狐狸的留日生活与青葱岁月

沐 鑫 / 著

——一个女博士的真实生活

知识产权出版社
全国百佳图书出版单位

图书在版编目(CIP)数据

狐狸的留日生活与青葱岁月 / 沐鑫著. —北京:知识产权出版社,2014.10
ISBN 978-7-5130-2977-3

Ⅰ.①狐… Ⅱ.①沐… Ⅲ.①中国文学—当代文学—作品综合集 Ⅳ.①I217.2

中国版本图书馆CIP数据核字(2014)第207362号

内容提要

本书分为三个部分,第一部分是作者在日本留学期间的日志,记载了当时生活、学习情况的点点滴滴;第二部分是作者初为人母时的一些感悟;第三部分是作者在少女时代所写的现代诗。本书作者是一位敏感多思、才华横溢的女博士,但她的求学之路却是坎坷而曲折的。她先考进职业学校,又通过成人高考进入大学,然后读研,去日本留学。这样的人生经历不仅开阔了她的视野,也让她笔下的文字更加富于哲思。作者对留日生活的温馨回忆,对于家庭、亲子关系的思考,还有她少女时代所写的诗歌,都能让人对"女博士"这个词有更新的认识。

责任编辑:许 波

狐狸的留日生活与青葱岁月
——一个女博士的真实生活
HULI DE LIURI SHENGHUO YU QINGCONG SUIYUE

沐 鑫 著

出版发行	知识产权出版社 有限责任公司	网　址	http://www.ipph.cn
电　话	010-82004826		http://www.laichushu.com
社　址	北京市海淀区马甸南村1号	邮　编	100088
责编电话	010-82000860转8380	责编邮箱	xbsun@163.com
发行电话	010-820008转8101/8029	发行传真	010-82000893/82003279
印　刷	北京中献拓方科技发展有限公司	经　销	各大网上书店、新华书店及相关专业书店
开　本	720mm×1000mm　1/16	印　张	20.5
版　次	2014年10月第1版	印　次	2014年10月第1次印刷
字　数	301千字	定　价	56.00元

ISBN 978-7-5130-2977-3

出版权专有侵权必究
如有印装质量问题, 本社负责调换。

谨以此书

献给天下

所有的父亲

序一 遇见女博士就娶了吧

我的同学沐鑫博士又要出书了。当然,博士出书并不值得大惊小怪,但一位致力于法学研究的女博士要出一本记录生活感悟的书,却有必要说一说。

时至今日,中国博士的"产量"已"高居"世界第一了,女博士也大体应该如此。女博士虽已不是稀缺的小众群体了,但其身上被误贴的"标签"却始终没有抹去,尤其是对女博士的婚恋选择和家庭生活。我与作者是同窗,又有同门之谊,交流和见面的机会自然多。这些年来,既是她事业奋斗的见证者,又是她幸福生活的旁观者。趁此机会,就让我以她为"原型",说说我心中的女博士吧。

说到女博士,最先想到的是不漂亮。其实,这一观点并不成立。且不说,女博士中大有脸蛋和身材皆出众者已然不是"黑天鹅"事件。更何况,如果漂亮仅指脸蛋和身材的话,对男人而言,女人的漂亮总是呈边际效用递减趋势。最终,任何漂亮的结局都是不漂亮。女博士则不同,除脸蛋和身材外,女博士的漂亮还体现在智慧上,智慧是永恒的,且随着岁月的流逝会呈边际效用递增的趋势。所以说,女博士漂亮得更优雅,周期会更长。

世人也常说"傻博士"。其实,男博士不傻,女博士更不傻。仔细想一想,所谓的"傻",无非是博士的书读多了,不会圆滑世故,总想坚守信念和尊重规则。在一个常识被扭曲,信念被踩踏,规则被潜规则替代的社会,如果多一些人坚持世俗所谓的"傻",又何尝不是一件好事呢?据说,18世纪法国社会的思想启蒙运动源于沙龙文化,而沙龙的早期主持者多是法国受过良好教育的知识女性。若真如此,我们这个交易成本巨大的社会可能比早期的法国更需要多一些"傻傻的"女博士。

博士是学位教育的顶点。拿着最高学历证书的女博士，丰衣足食、自力更生自然不在话下，幸运的话，成为某个领域的专家也是常有的事。娶个女博士，放手让她去追求事业，若有可能，再与她强强联合，岂不美哉？据说，在日本，就平均而言，女性工作的家庭比全职太太家庭更富有、更幸福。以此推理，是不是有女博士成员的中国家庭也更富足呢？

在我的经验里，女博士多从容又不物质。试想，一个妹子自小舍弃追求高档的化妆品和漂亮的衣服，长大了又总是琢磨发表没有直接物质价值的高水平论文，自然对金钱没有太高的要求。我的一个前同事，妻子也是日本回国的生物学博士，后因生意问题进监狱后，怕拖累妻子想离婚，苦苦哀求也未获妻子同意。可见，女博士能享用得了男人的成功，也容得了男人的平庸和失败。

女博士坚韧有毅力，堪称学习的典范。本书作者的初始学历是中专，历经学士、硕士，又去异国他乡读了堪称最难获得的日本法学博士学位，而后又到我国最高的学术殿堂攻读博士后。假设，孩子他妈都这么有毅力，又何愁孩子没有励志的榜样呢？

女博士的优点实在太多，如果你内心不脆弱，遇见女博士就娶了吧。——当然，要经过女博士的同意。

刘武朝　博士

（系本书作者的同学、朋友和事业上的合作者）

序二　看：那风一样的女子

记得刚上法大研习法律，就听到学长提到德国著名法学家拉德布鲁赫的一句话："很多诗人是法学院逃逸的学生。"后来学习外国法制史，发现歌德、席勒、海涅、卡夫卡、泰戈尔……都是学习法律出身，才觉得此言不虚。在法大，还有一位诗人用生命写诗，那就是海子，他的"面朝大海，春暖花开"更成为诸多有着诗人情怀的法律人梦想的生活。

每个法律人都有着诗一般的情怀！

只有在法学院，人们才能够真正将理性与激情完美地结合。如著名音乐家舒曼在海德堡研修法律期间写道"我生活勤勉、规律，在蒂堡和米特迈耶的指导下畅游于法学之中。直到现在，我才了解到它真正的价值，以及它如何帮助人类获得最崇高的利益。"研习法律，让人们深刻理解社会人情，法律条文本身可能是枯燥的，但是法律背后所诉说的生活真知确是感性，只有理解生活，才能够读懂法律。法律既训练我们具有诗人的浪漫情怀，也训练了法学家的理性气质，诗人所具有的炫丽多彩的灵动思维和法学家所要求的严密谨慎的逻辑思维，造就了人世间多彩的文字。如拉德布鲁赫所言："法律所考虑的不是人们都像哨兵一样时时刻刻目不转睛,而是要他们偶尔也能无忧无虑地抬头观瞻灿烂的星空、盛开的花木和存在的必要性及美感！"理解生活、感受生活，在法和情之间、理性与浪漫之间、激情与严密之间探寻着生活的奥秘！

"世界充满劳绩，然而人诗意地栖居在大地上。"每个法学家都具有诗歌情怀，而同事沐鑫博士就是这样诗性的女性，温婉而恬美。

我常说沐鑫博士是风一样的女子，这本书记录她的心路历程，追寻四季嬗递的脚步，品味生活的乐趣。这本书记录沐鑫博士在日本留学的故事，还有在生活中感悟的点点滴滴，还有她的诗……

于日本，国人多怀着矛盾的心理，然于家国情怀而言，国人如果希望"有一天，中日不再战"，那国人就不是仇日、畏日或者亲日，而是知日。了解日本，学习日本，超越日本。沐鑫博士这本书介绍了她对于日本及其国民的印象，还有和日本人交流的点点滴滴，以及在日本学习的诸多逸闻轶事。从这里，我们可以管窥日本何以起，何以衰，何以中兴！

同时，在这本书中，沐鑫博士记录了她在日常生活中的故事。我们的生活如流水一般逝去，记忆已经被灶台蒙上灰尘，快乐渐渐压在心底，却忘了我们本应有过的舞姿。当我们拿起笔，记录下这苦与乐、悲与喜，记录下自己与心灵的对话，记录下我们潮起潮落，将文字变为沙砾，铺就我们的生活之路。

文字是小道。在文字的背后，我们可以看到人的视野与胸怀。这里没有红尘悲欢，没有人世离合，却可以看到这奇女子融入自然，体验生活，用脚步丈量生命的律动，用心灵感悟宇宙的浩瀚。

静夜，一钩月，一池水，一壶茶，一卷书，一缕情思……

胡　岩　博士

（系本书作者的同事）

序三　狐狸的留日生活与青葱岁月

沐鑫博士嘱我为其新书作序，感铭之余不免惴惴。就我的认识，凡为书作序者应具备两项基本条件：理解力和影响力。理解力指通晓所著内容、明彻作者心声的能力。俗话说，各花入各眼。沐鑫博士笃志伽蓝，慧瞳禅心，我不确定自己是否能理解她对娑婆世界的体悟。影响力则指一个人的行为在某相关领域具有引领提带他人跟从的效果，这一点我更没有任何资本可言了。不过，一直以来沐鑫博士是我尊敬的学者和欣赏的女士，并且也曾和她同事几年，对于其人、其志、其才、其情也有个大致了解；因此，恭敬不如从命，谈谈阅读上述文字的感觉吧。

沐鑫博士的文字平实自然，读之有一种享受的感觉。恰如在天气雍和的午后品一杯下午茶，人懒懒的、茶淡淡的。文字是公共的资源，码字遣词、表彰感受却反映私人的性格与功力。随手翻开一篇日志，或言事或说景，娓娓道来，不急不缓、不温不火。如同倾听一位把每个音都唱得很准的歌者的低吟浅唱，听之涤荡身心。长期以来，由于外语在国民教育中的畸重地位，使得民族语言文字的影响日渐式微，国人母语表达能力下滑、词不达意、断章取义者有之；生词僻字、因形害义者有之。时下能看到这样用语到位、表达平顺的文字已属不易，作者以其娴熟的文字驾驭能力，信手拈来而无穿凿的痕迹，用人们熟悉的方块字在抽象层面重新建构着生活的真实。

品读沐鑫博士的文字，明显感觉到她对于生活的体悟、敏感和追求。负笈东瀛、孑然一身（后来她老公过去陪读），面临着语言、学习和生活的多重压力，心中的孤寂、彷徨、苦闷、焦灼非亲历者难以感同身受。但在作者的日志中，这些负面情绪几无觅处。她总以一种平和而不失坚忍、认真而略带调侃的心绪记录着自己的留学生活。仁者见仁、智者见智、美者见美，作者以积极的心态、敏感的触觉,不断地发现、欣赏、表达、传播生活中的自然之美、物化之美、人情之美、社会之美,并且每每因小细节而触发其小感动。这需要怎样柔软及悲悯的心灵!这些情感的基底还在于作者对生活、对家人、对朋友的爱,唯其有爱才有责任,唯有责任才有投入,唯有投入才能赋予其生活以意义。

扶桑求学、矢志以赴是沐鑫博士日志中潜而未彰的主线;读到相关文字油然想起坊间的一句话,"做人难、做女人更难、做女博士难上加难"。这种困难在于"女人"和"博士"两种角色传统定位的冲突:在东方社会对"女人"的传统定位是"女子无才便是德";而对"博士"的要求则是"博古通今"、业有专精。在这两种角色和社会欲求之间折冲平衡,不但需要技巧,更需要持续的付出和经年的努力。作者在日志中描述着自己一方面努力尝试向"家庭主妇"角色的回归,另一方面又要投身到博士生阶段的繁重科研活动。攻取博士学位的历程是艰辛的,需要穷尽某个领域的知识,并在此基础上对人类知识的增量有所贡献,所以说没有经历痛苦求学经历的博士是不合格的。日本博士教育以其专业规范、治学严谨、考核严苛,世所共知,沐鑫博士的日志中有限的几次苦闷的记述基本都与自己的业务学习有关。天道酬勤、功不唐捐,经由上述系统严格的学术训练过程,沐鑫博士成就为一枚业界精英。

在我眼中沐鑫博士是一个雍和精致的女人,用书中的词语是为"上品"女人。几篇日志浮光掠影地使我们管窥到"上品"女人的大体内涵以及如何炼造而成。上品女人着装得体、举止有度、言语规范、端敬贤孝,此外,"上品"女人不因其"品"之"上"而悬浮世外,她也需要过入世的生活,作者身体力行地告诉我们"上品"女人也要接地气,也需"下得厨房、出得厅堂",具备坚忍、宽容、相夫以敬等品行。活着是一种修行,"上品"女人的练就也是一个修行的过程,如同"沙门四果"的获取须往生于欲界、色界等的磨砺。修行之要在于修心,作者在红尘生活中,以欢喜的心,悦纳身外的事物,在和外物的交往中修持护念自己"上品"的心念,并因这种交往而使身边的世界具有了温情和色彩。

沐鑫博士人淡如菊,文也如斯。读取她的文字,仿佛笑眯眯的她就在你身边，款款地向你讲说着她的似水流年。这使我们也融入了她的生活，因而获致了更切真地了解到她学者以外丰富内涵人生的机缘。大千世界、芸芸众生，我们每个人都是恒河里的一粒沙尘。但是，苔花如米小，也做牡丹开。沐鑫博士以女性独有的担当、求索，参与着这个世界的完善。

是为序。

胡海涛

（系本书作者的同事和朋友）

狐狸的留日生活与青葱岁月

序 四

沐鑫又要出书了，我很高兴。最后，她找到我，让写一篇小文章，和其他几位博士的大作一起作为序言。读了书稿，感触很深。几位友人对沐鑫和书稿的评价非常全面深刻，作为同期在日本横滨国立大学留学的同学，我从个人角度讲讲对沐鑫的印象和对本书的体会。

世界上很多地方的民间传说里，每个人都是一颗星，都有自己的生活轨迹。而根据缘分的大小，有的轨迹会相交，有的能够平行，有的只能在异面，虽同时存在，却永不得见。我们同期留日的同学都非常珍视难得的情谊，这种情愫，很大程度上因为大家出生和生活的地方相隔千里，而最终到几千里外的日本得以相识，是难得的缘分。很多同学与沐鑫感情深厚，因为她漂亮，人好，深受大家的欢迎。此外，更主要的原因在于很多人吃过她包的饺子，味道鲜美，对于吃不惯日餐或日餐吃不饱的大多数同学而言，堪称饕餮。

我自己对她这位近乎完美女性的由衷钦佩。她最让我折服的品性，主要有两点。首先是近乎赤子的真，其次是百折不挠的勤。

对于她的真，我们在两年的同窗生涯中，体会得淋漓极致，无需细说，而读者朋友们亦可从本书内容窥见一斑。无论是对繁重学习、闲暇游玩的情节描述，无论是对生活、家庭、社会等方面问题的宏观思考，甚或对日本人不经意的一个"不雅"称谓，对中国某些现象"爱之深、责之切"的批评，均是信手拈来，取自天成，全然不去雕饰，让我等惯于做太平文章、文风四平八稳的机关人士，一开始略感惊异，然后是理解和欣赏。我以几乎和她同时、同地留学的同学身份证明，本书中的经历、人士、风物几乎是百分之百原味的呈现。这一点，在当下仍处于走向文明、诚信和规范的中国，在谎言与虚伪大行其道的风气之中，是何其难得，何其可贵！

而她的勤，更是给我留下了难以磨灭的印象，并对我的人生产生了重大影响。在日学习期间，无论是日语课还是专业课，几乎最早到的总是她。作业最认真，发表最无可挑剔的也基本总是她，她完美的伦敦腔英语曾经数次震惊多个严苛的日本教授。其实，这些也无需多说，她的经历和成果，足以印证她付出的汗水。我说一个真实的小故事。在日本留学期间，有一年面临妹妹读书选择的问题。妹妹虽然喜欢读书，但成绩一般，对高考，对未来，近乎恐惧。其中一个重要因素是我从小成绩好，由此她形成的观点是，能否学业有成，很大程度是靠天赋，自己再努力，也不能做好。我把沐鑫中专毕业进入工厂，逐渐拿到大专、本科、研究生学历，成为大学老师，并最终争取公派留学，到日本攻读博士学位的经历，讲给妹妹听。她很受启发，决定继续读高中，后来也读到了大学。而沐鑫回国后，很快考取了最顶尖学校和导师的博士后。沐鑫的经历，本身就是关于个人奋斗，女人平衡家庭和事业的最佳励志篇。对我自己和很多同学而言，沐鑫就像一面镜子，更是积极正能量，时刻激励我们不能偷懒懈怠，为了生活和理想，必须只争朝夕，时不我待。相信她的经历，同样会给那些在人生和事业上彷徨、迷惘、踟蹰不前的人们，提供很多参考，带去更多启发。

前几年，看刘震云的小说《一句顶一万句》，讲述了父子两代人为了生活，从河南小县城延津出走又回延津寻根的故事，感觉除了几个家庭的历史，其中并无太多深意。几年后，经历家庭、工作方面诸多世事变迁，当我再次通读这本小说时，突然发现，它讲述了一个人，一个群体，一个国家和民族，不断探索、追求自我价值和内心满足的大道理。我们所有的追求在于寻找到能"说得着的人"，我们生活的目的在于自我强大、找到意义并且有尊严。我们多年的求学就业，我们不远几千里到异国他乡求知，我们国家千百年的挫折与奋起，我相信，都是在寻找自己的意义，自己的定位，并立足于过有尊严的生活。而从这本书中，我相信读者朋友会和我一样，清晰感受到这样的寻找，这样的求索，这样的渴望。

国内描写日本和中日关系的文章不少，讲述在日本留学和生活的著作也不鲜见。有高瞻远瞩、立意深远的，但个人感觉数量远远不够，而且很多内容未达真意。很多读者知道，出于各种目的，日本千年来，尤其是一百余年来，对我国政治、经济、地理和人文等方面研究范围之广，内容之细，分析之深刻，研究方法之现代化，甚至超过我们自己对自己的研究。相反，我们对日本的研究，直至今日，仍处于表层和片段。我们的古代智者孙子早就告诫我们"知己知彼，百战不殆"。无论是把日本当友人，还是敌人，我们都应先了解日本和日本人。理性对待日本和日本人，理性研究日本国家和日本社会，应该成为当前和未来我国处理对日关系的基础。而沐鑫博士的这本书，给我们提供了一个从微观、细节上了解日本社会结构、民众生活和国家运行状况的最好载体。并且因为沐鑫博士研究领域的专业和个人知识结构和水平都极为高深，其描述和观点，先天的处在较高的位置，相信无论对专业学者还是普通民众，都会有很强的学习和借鉴意义。

黄文艺

（系作者的留日同学、好友）

狐 狸 的 留 日 生 活 与 青 葱 岁 月

前言

我相信人生中的每一步都是冥冥之中注定的，就好像去日本，似乎也是上天的有意安排。记得我上英语本科时，第二外语选修的是日语。当时我就想，如果将来有机会出国，最好先去日本，再去英美国家。因为毕竟英语从小到大一直在学，基础相对厚实，而日语如果一旦放下，很快就会忘记。如果能去日本留学，不仅可以在专业领域有所拓展，而且还可以巩固和提高日语。没想到，我的想法在几年后果然成真。2004年2月，我研究生毕业留校的第2年，友人突然告诉我一个消息，日本文部省和我国教育部的一个博士项目正在报名。于是，用了一天时间匆匆填完了所有的报名表格，几天后参加日本大使馆的面试，几乎在一个星期的时间里就获得了赴日攻读博士的机会。然后懵懵懂懂像做梦一样地就踏上了开往长春的列车，到东北师范大学留日预备学校学习日语。

经过5个月的集中培训，2004年10月5日，我与同批20余名赴日攻读博士和博士后的同学登上了飞往日本的航班。当进入北京国际机场闸口向家人挥手告别的一瞬间，泪水不禁涌入了眼底，从来没有离开过家人的我终于要自己远行了。伤感、不舍像一团浓雾紧紧地笼罩着我。还好，有同行的留日预备学校同学陪伴，一路上并不孤单。经过3个多小时的飞行，飞机降落到了日本成田机场。一到机场，日方接待人员便安排我上了开往横滨的机场大巴。由于同批人员只有我一个人在横滨，所以当我怀着惴惴不安的心情乘坐大巴时，个中滋味难以表达。孤独、不安、忐忑在心中弥漫，茫然地望着窗外陌生的景色，不知未来迎接我的将是怎样的生活……

在横滨车站迎接我的是横滨国立大学的日本志愿学生。看到她手中举着写着我名字的牌子，我的不安也稍稍得到缓解。用着不流利的有限的日语进行交流之后，她把我带到了横滨国立大学的留学生会馆，一个距离学校50分钟路程的地方。安排我进入会馆预留的房间并告知第二天的安排后，那个志愿者就告别了。日本的学生会馆与我们的大学不同，都是每人一个10平米左右的房间，房间内有洗手间和灶台。会馆没有食堂，学生基本上都是从附近的超市和商店街买东西，回来自己做饭吃。冰箱、微波炉、电视、电热水壶、做饭的炉子等家用电器和设备一般都是自己配备，幸运的话，可以从毕业的前辈那里得到不少东西。我的房间里除了一张床和书柜、椅子外，没有其他东西。初来乍到，人生地不熟，语言不通，也无法与家人打电话或者通过网络联系，那种无助的感觉生平第一次尝到。由于我对周边环境不熟悉，会馆里也没有认识的前辈，置身于空荡荡的房间，连一口热水也没有。不过还不错，日本的自来水是可以直接喝的。于是，啃着从中国带的面包，喝着自来水就着泪水，我吃完了在日本的第一顿晚餐……

几天后，当我终于从中国商城里买到电话卡，能够给父母打电话了，在电话接通的一瞬间，眼泪毫无征兆地稀里哗啦流下来，怎么也止不住。以至于我父母以为我是被前几天新潟地震（当时横滨大约有5级的地震）吓哭的。他们哪里知道一个人初到异国他乡的感受啊！

虽然近10年过去了，但每当想起第一天到日本的情景，仍然历历在目。在之后的近4年时间里，慢慢地适应了日本的学习和生活，并且如期拿到了法学博士学位，其间既有欢乐也有痛苦。不过，毋庸置疑，4年的留日生活将是我人生中最难忘的一段旅程。

本书包括三个部分。第一部分"留日生活"部分，记录我在日本最后一年的生活和学习情况。通过这些日志，希望读者能够从女博士的日常生活点滴之中了解女博士学习、生活之一斑，也从中了解到您所不熟悉的日本和日本平民；第二部分"初为人母"记录了我回国后发生的一些事情和初为人母的感受。同时，作为对自己青春时期的纪念；第三部分收录了我少女时期写的一些朦胧诗，以怀念那段美好、纯真的岁月。

目　录

001　**第一编**
留日生活
　　——狐狸共享空间里的日志

175　**第二编**
回国之初的岁月
　　——初为人母

237　**第三编**
回首青春
　　——如诗年华、如歌岁月

304　**后记**

第一编

留日生活
——狐狸共享空间里的日志

2007年4月17日

老公"命令"我写日志

闲来无事,浏览了一下李凯同志(东京工业大学的一个同学)的MSN日志,内容还真不少。既有漂亮的图片,又有幽默的文章,读起来颇有趣味。于是老公羡慕至极,自己懒得动笔,却"命令"我发布些东西上来,还美其名曰为了让我展示自己的文采。

说来惭愧,好长时间没有写文章了,提起笔来真有些不知所云。虽然年轻的时候也曾经文采飞扬、"为赋新词强说愁"过,可是现在,却已经是"此去经年、欲说还休"的境地了。

哎,可悲啊。

不过此次塞班之行,虽然行程短暂,却收获颇多,不虚此行,算是结婚纪念的一个美好的回忆吧。特别巧合的是,同行的三对中国夫妇的结婚纪念

日,居然是4月7、8、9三天,真是不可思议。呵呵,恐怕事先想凑都不那么好凑呢。但愿我们以后还有机会同游,为了这来之不易的缘分。同时,我们也命令李凯要在4月6日或者10日这两天结婚,为了和我们的纪念日连在一起。李凯,加油啊。

(注:塞班是太平洋上的一个小岛,在美国的托管之下。在日本,由于人

力成本较高，海外旅游比国内旅游的价格便宜，而且，一般每年4月份旅游淡季的时候都会推出特价的旅行，我们此次就幸运地订到了全年中最便宜的航班和旅社，在塞班5天4晚每人的花费总共3500元人民币左右，所以不要以为我们很奢侈、很富有哦！）

4月18日

中国女人 vs 日本女人

　　来日本之前，日本女人给我的印象是对丈夫唯唯诺诺、逆来顺受的小女人形象。但来日本之后，却发现日本的女人很会享受生活。大多数日本女人都穿着得体，举止优雅，面色从容。即使是家庭主妇，她们的生活也丰富多彩，除了做家务、照顾老公孩子之外，还和其他的主妇们一起参加插花或者各种语言教室，生活充实，完全不是我们想象中的模样。比起整天工作、家庭两头忙的中国女人，日本女人的生活似乎更悠闲、充实。于是我也不禁向往起家庭主妇的生活来了。

　　前段时间给日本人上中文课（这些人一般都是对中国文化感兴趣，经常到中国旅游的老头和老太太们，当然也有一些年纪轻些的公司职员和主妇），问起日本人家里的经济大权由谁掌握时，全班十多个男女学生，几乎都回答说是由"奥さん"，即太太掌握。他们跟我解释说，日本的公司职员一般结婚后，如果太太是专职主妇，公司会给他涨一部分工资，而且同时会给夫人也办理一张工资卡。每当先生发工资的日子，太太就会从卡里取出大部分工资做家用，只给先生留下一些零花钱。怪不得日本女人可以安心在家当主妇而不会担心丈夫在外面乱搞，原来丈夫的工资卡都被老婆牢牢抓在手里呢！老公手里没钱，自然出去乱搞的机会就会减少。加之日本男人离婚的话，要付给老婆一大笔抚养费，所以普通的日本人是离不起婚的。还有一个特别有趣的现象就是，日本男性退休后的离婚率持续上升。原因是，这些男性退休后在家无所事事还要老婆伺候，导致老婆看他们不顺眼，于是老太太们干脆跟他们离婚拿了一半退休金走人，过自己的悠闲日子去，省得伺候他们。从这方面看，日本女性还是蛮强势的，呵呵。

而我们中国女人，即使手里拿着丈夫的工资卡，却对他的小金库鞭长莫及，虽然整天为家庭、工作奔劳，却没有什么安全感。难怪大多数中国的已婚妇女每天都是风风火火、焦虑不安的样子。

当我问及日本人对中国女人的印象时，大家异口同声地说："強い"，意思是"厉害"。和中文一样，日语中的厉害一词也包括性格上的厉害和意志坚强、能干等意思。于是，我不得不接着问在座的日本人，他们所言之厉害是哪种厉害。于是大家你一言我一语地说："说话声音很大""吵架的时候很厉害""爱表现自己，很张扬"等，"哦，原来都是不太好的意思啊。"我失望地说。

还好，有一个日本男人大概是为了给我点面子，说："有的中国女人很坚强，很能干。"可是，他的发言依然不能让我释怀。为什么中国女人在外国人中的形象这么差呢？难道真的如中国男人们常常感慨得那样，中国的妇女被解放得过了头吗？

看来作为中国女人的我们，不得不好好反省一下了。

笔者注：回国后，我也进行了深刻的反思。我们中国的女性与日本和中国台湾地区的女性不同，日本女性一般婚后会做专职主妇，照顾家庭和孩子，因此，她们有时间也有精力不断提高自己的修养，无论是内在还是外在。所以，我们发现多数日本女性都给人一种很优雅的感觉。而中国大陆的女性不同，在外，她们有自己的工作（因为现实很残酷，大部分家庭仅仅依靠男人的工资是难以为继的），要跟男同事进行竞争，虽然妇女占了"半边天"，但在工作中鲜有人顾及到男女之间的生理差异而对女性的要求有所降低；在内，女性的本能又使她们不得不担负起照顾家庭和孩子的重任。内外兼顾的大陆女性很难有那么多时间和经历去打点自己的穿衣打扮或者修养自己的心性，也难怪整天风风火火，让人感觉很"强悍"了。因为我们都是"女汉子"了！

4月19日

日元，美元，人民币

　　初来日本之时，到超市买东西，总喜欢把日元的标价换算成人民币（当时100日元兑换7.5元人民币，现在日元贬值了，大概6元），其结果是觉得什么东西都贵，所以除了日常的生活必需品之外，一些小吃、水果什么的基本上是能不买就不买了。直到第二年老公来了日本之后，在他的鼓励之下，我开始放开手脚花钱，也不再换算人民币了。于是不仅家里小吃不断，而且连衣服都时不时地买回来。老公一个劲地感叹我学好不容易，学坏倒是很快。想想也是，日本这个鬼地方，整天不是地震就是台风。不知道哪一天就有可能牺牲掉，所以不如趁青春还有一点小尾巴，及时行乐为好。

　　可是这次到塞班，每每看到免税店里的美元标价时，又不由自主地总是把美元换算成日元，比较那里的物价比日本高还是低，人民币反倒被抛到脑后了，感觉很可笑。不过比较之后还是蛮有收获的。在日本就一直向往的兰蔻迷你香水，一瓶就要1500日元左右，合人民币100元；而塞班免税店里的兰蔻香水5小瓶只要34美元，每瓶合800日元左右，人民币50元（当然是比较便宜的那种）。而我手中刚好抽到一张可以打折10美元的奖券，结果24美元就买下了那5小瓶香水。如此下来，一瓶兰蔻迷你香水只要500日元（30多元人民币）就可以搞定了。又赚了，哈哈。

　　在此要感谢老公给我的鼓励。没有他的支持，我可能还舍不得花钱买香水呢。

4月20日

法国红酒也醉人

本人一向滴酒不沾。每当和朋友聚会时，都以酒精过敏为由搪塞过去（事实上也的确是酒精过敏）。我以为今生都不会对酒类感兴趣了。

没想到来日本之后，居然开始偶尔抿点酒喝了。这全怪老公的诱惑。起因是去年夏天的世界杯期间，因为球赛都是在午夜之后进行，于是老公便买来啤酒和花生豆，以备看球时边饮边看。而我不能喝酒，为了心理平衡，就从超市买来一大盒哈根达斯冰淇淋，每天看球时吃一小盒。边看球场上的帅哥，边吃美味的冰淇淋，倒也自得其乐，不过老公看球时不老实，边喝边夸日本的啤酒比中国的啤酒好喝，于是本人也忍不住诱惑喝了两口，一品之下，味道果真不错。怎奈第三口之后便满脸通红，两眼发直，反应迟钝了。逗得老公直乐，他讥讽我说"以后管你叫'狐三口'好了"。自此以后，我喝啤酒从来不敢超过两口，以免被人看到酒后丑态。

可是最近看到一篇网上文章，说是法国女人之所以显得年轻，身材窈窕的原因是因为她们每晚睡觉前都要喝50毫升的法国红酒，法国红酒既可以燃烧体内脂肪，达到减肥作用，又可以加速血液循环，达到美容的作用。我闻之大喜。塞班归来之后，正为如何去除一冬天堆积的赘肉发愁，如果每天喝红酒能减肥的话……嘿嘿。说来也巧，朋友前两天来我家吃饺子的时候，带了一瓶法国红酒，正合我意。于是睡觉前吩咐老公给我倒上红酒……

没想到数分钟之后，红酒开始发挥作用，不仅浑身发热，脸部通红，而且脑袋也昏昏沉沉，两眼发直，反应迟钝。心中大叫不好，匆匆钻进被窝，不顾老公的讥讽与调侃，迅速进入梦乡……

原来红酒也能醉人啊。看来减肥的话，此路不通啊。

4月21日

日本的菜刀为什么叫"庖丁"？

学日语和在日本生活的中国人都知道，日本的菜刀叫做"庖丁"。那么为什么叫"庖丁"呢？恐怕知道的人就不多了吧。

其实"庖丁"一词来自中国的成语"庖丁解牛"。

"庖丁解牛"说的是……嘿嘿，具体故事自己查去吧。

总之，庖丁这个屠夫的刀以锋利而闻名，所以日本的商人为了显摆自己的刀跟庖丁的刀一样好，就管自己卖的刀叫做"庖丁"了。不知道庖丁的后人是否还健在，我寻思应该建议他们向日本要姓名使用费吧。

以上是我在中文课上给日本人讲的内容。

日本人还有些不信，问"ほんとう？"（真的吗）。

"当然是真的！"我自豪地说，"中国的成语可是流传了好几千年的。"

又让他们长见识了，呵呵。

4月22日

其实，暗恋很美

我想我是真的老了。闲暇的时候，总喜欢回忆些过去的事情，包括朋友、老师，还有……恋人。

人生中已经走过三十余年，其间既品尝过恋爱的甜美，也经历过失恋的苦涩，还拥有着为数不多的几个朋友的关心。但细细品来，觉得在所有的感情当中，暗恋的感觉却是别有一番滋味在心头，让人久久难以忘怀。

印象中最深的一次暗恋是上英语夜大的时候。

那时刚刚参加工作不久的我，和表姐一起考上了某大学的外语系夜大，主修英语。

记得上第一节课的时候，讲台上走过来一个身穿蓝色中式上衣，戴眼镜并且留着一撇小胡子的男老师，身材微微发福。乍一看其形象，实在不像个教英语的老师，如果去教中文系的文言文课倒还合适。

没想到，此君一走上讲台便开始用流利的英语自我介绍，而讲台下的我除了偶尔能听懂他嘴里蹦出的有限的几个单词外，全然不明白他在讲什么。但是，那声音……却有一种似曾相识的感觉。

于是我紧紧地盯着他的脸，飞快地在大脑里开启搜索记忆的引擎……可是，除了看到那撇小胡子随着他的嘴唇上下左右的移动外，我实在想不出在哪里见过他。

可是，可是，那声音为什么听起来那么熟悉？我肯定在哪里见过他……

终于，在盯了那张脸一节课之后，我的脑袋灵光一现——他，不会是将近十年前我上初一时曾经代过我们英语课的老师吧。

对，应该没错。我不禁暗暗佩服起我的记忆力来。

上初一的时候，由于当时的英语老师家中有事，所以学校就请当时即将大学毕业的他代我们的英语课。那时他可能只有20或者21岁的样子，正是风华正茂、意气风发的年龄，而我只是一个不到12岁的丑小鸭（当然，直到现在丑小鸭也没有变成天鹅），所以当时的小女孩对那么年轻的男老师还是颇有点好感的（至于他嘛，当然不会注意到我这个丑小鸭了，呵呵）。因为代课老师不需要坐班，他一向都是上课前来上课后走，自然连我们的名字都不会记住了。

可是，可是不到十年的光景，他怎么变化这么大，除了声音以外，我完全看不出他昔日的风采。难道，难道岁月真的那么残忍吗？让一个曾经那么英俊的小伙子蜕变成了一个中年发福的普通男人。哎……我除了感叹，就是……

感叹！

当然，他讲课的内容我一个字都没听进去。（幸亏我选择了教室后面的一个角落里坐下，不然直盯盯看他一个半钟头，他会以为我是女色狼呢。哈哈。）

下课之后，我仍然心有不甘，趁同学们和他一起聊天的机会问："老师，您是不是曾经在附中代过初一的英语课啊？"

"对啊，那是很长时间以前的事了，你怎么知道？"他终于注意到我了。

"因为我当时就在那个班上课。"惭愧，没考大学，居然在夜大的教室里碰到了以前的老师。

"哦。"他若有所思，估计是在看我有没有一点面熟。（当然看不出来了，女大十八变嘛。）

于是，那晚我带着无限的遗憾回到了家里。哎，心中的偶像在重逢时分轰然倒塌了。郁闷！郁闷……

然而，之后的课堂上，我对他的印象却慢慢地转变起来。他流利纯正的美式发音让我们争相模仿，充满幽默的话语让我们的课堂生趣盎然。渐渐地，我开始被他所吸引，上他的精读课成了我每周的向往。

于是，下课后我拼命地背单词、背课文，为了在课堂上有良好的表现。而他似乎也慢慢地发现了我的进步，经常让我到黑板上默写单词和句子。

每当上课时有其他同学不会的单词时，他的目光会投向我的座位，而此时，我会小声地说出单词的意思。即使其他的同学听不到，他也会从我的口型中读出我要说的话，再重复给大家。

我们就这样在课堂上交流着，但课下我却很少像其他女同学一样叽叽喳喳地问他问题或者和他聊天。那时的我虽然对他充满崇拜与向往，却总是装出一幅心不在焉的样子。不仅仅是因为小女孩的羞涩，更多的是因为他是一个已婚男人。同时我也知道，他的妻子是同一所大学的老师，皮肤白皙，文雅秀美。而我，在他面前依然是一只丑小鸭而已。

有时，上课的路上会碰到他（因为我们住同一所大学的宿舍，只隔一条马路），他总是开玩笑地问我："你有20岁吗？"（因为我当时比较瘦小，工厂里的老师傅都开玩笑说我是童工。)

"当然,我都20多了!"我把那个"多"字拉得长长的(虽然当时我只有21岁)。

"不可能,我至少会比你大一轮!"他继续逗我。我想他应该是可以感觉到我对他的好感的,不然为什么要强调比我大很多呢?

但是我依然在心底偷偷地喜欢着他,独自品尝着暗恋的滋味,没有痛苦,没有甜蜜,却别是一番滋味在心头。同时,我的英语水平也飞速进步,成绩在班级里总是数一数二。(以至于考试的时候我都不用提前去占座位,因为早有人替我把座位占了。他们把我包围在中间,为了作弊方便。呵呵,惭愧一下。)

转眼间两年过去了,而第三年他就要到美国留学了。大家决定在一起吃饭为他饯行。

那是一个夏末的傍晚,当我赶到饭店的时候,大家已经基本到齐了。他的身边早已坐好了我们班的班长、副班长等的学生干部,我也像往常一样在离他很远的地方坐下。有意思的是,那天到场的学生是13个人,这还真有点最后的晚餐的味道。

餐毕,有同学跑到他的面前跟他合影,我坐在自己的位置上不知所然。这时,他看着我,用眼神让我过去跟他们一起合影,于是我起身,走上前去……没想到剩下的同学也一拥而上,最后,成了大家的合影。(后来我拿照片给我妹妹和妈妈看,她们都说他只是一个太普通的男人,丝毫没有我说得那么有魅力,呵呵。)

后来,大家又一起到附近的歌厅唱歌跳舞。我既不会唱歌,也不会跳舞,当然还是找一个小角落,和表姐聊天。他则被班上的一些活跃分子包围着,其间有女生请他跳舞,但被他拒绝了。(我心里还偷偷高兴了一下,虽然人家也不是为了我。呵呵。)然后,因为要做出国前的准备,他提前告辞,告辞前跟我们一一握手,没想到跟我握手的时候,我的手大概是因为冷气的原因,冰凉。他一惊,盯着我问:"手怎么这么凉?""冷。"我只吐出一个字。(看来当时我的手温跟我的心情还是蛮合拍的,呵呵。)

因为我和他顺路，所以为了安全起见，被同学安排一起提前离开了歌厅。从歌厅到家的距离只有步行10分钟的路程，虽然我们都有自行车，但谁都没有提出骑车回家，于是推着自行车在便道上走，一路上说着无关痛痒的话，就那样一直走到了家属院门口。别时，他说，有时间联系。我说好。但我心中却有一个声音在说，我可能再也见不到他了。

然后，独自回家。

半年后，他的妻子和儿子也去了美国，听说他们在那里又生了一个小女孩。

然后，听说他们又一同去了加拿大。

然后，就没有了消息……

但是，我心中却一直对他存有一份感激，感谢他当时没有提出骑车回家，而是陪我一起走过了那10分钟的路程。每每想起我的暗恋，我就会想起那10分钟的温暖。虽然没有甜言蜜语，虽然显得无关痛痒，但那种感觉，这辈子恐怕都不会再有。

一个小女孩的纯纯的暗恋结束在夏末的那一晚。

再后来，我也当了大学的英语老师。

当看到讲台桌上学生们给我摆的鲜花时，当收到调皮的男生给我传来的小纸条时（上面通常写着"老师，你今天真漂亮"之类的恭维话），当看到大男生们下课问我问题时的羞涩表情时，我突然明白了他当时对我的感觉。一个成年男人面对一个小女孩的感觉，就好像我面对讲台下充满崇拜与欣赏的大男生们的目光一样。

为人师者，传道、授业、解惑者也。他当时可能就是在履行他的为师之道，但他可能想不到，他的一个举动可能会温暖一个人的一生。

感谢你，我曾经的老师。

也感谢你们，我曾经的学生们。虽然我已经不记得你们的名字，但我会永远记得你们带给我的感动。

4月23日

今天的日语课

每周一上午10点到12点是我跟中村老师学日语的固定时间。中村老师今年已经74岁了,却依然精神抖擞,气宇盎然。不难看出,他年轻的时候一定很帅!(我现在怎么越来越庸俗好色了。哎,没办法,每天接触的人太少了!)

认识中村老师已经两年了。他是日本许多日语志愿者老师中的一员,退休后便利用闲暇时间免费教外国人日语。

在跟中村老师学日语的两年期间,承蒙他老人家指导,我来日本后第二年便一次性通过了日语一级考试。虽然通过了一级考试,并不意味着自己的日语已经学得很完美了,考试和生活中的日语还是有很大不同的。因此,考试后我依然跟着中村老师学习,中村老师也尽量地找一些对我日常生活和写论文有用的资料来教我。

今天也是跟往常一样,一上课,中村老师先问我过去的一周都干了些什么。我如实相告:除了写论文,就是写MSN日志。

老师闻知大喜:"是blog吗?"

"算是吧。就是写一些日记一样的东西,然后跟MSN上的朋友分享。"我回答。

"我的一些朋友也写blog,我经常给他们留言呢。那你都写些什么内容呢?"老师似乎对我的博客很感兴趣。

"一些在日本的所见所闻,还有回忆性的文章,还有中文课上发生的一些事情什么的,例如,日本刀为什么叫庖丁之类的有意思的话题。您知道日本的刀为什么叫庖丁吗?"我顺便将了他一军。

"哎?日本的刀为什么叫庖丁呢?"中村老师居然也不知道……

于是乎，把庖丁解牛的故事重述一遍。

"いい勉強にないました（又长见识了）。"中村老师由衷地说。

"是啊，看来许多日本人都不知道呢。我在博客里还建议庖丁的后人向你们日本人要姓名使用费呢。"我开玩笑道。

"没错，没错。"中村老师连声附和，"正好胡小姐是研究知识产权法的，如果把这个典故和现在的知识产权法中的内容结合起来发表一篇文章，一定有意思！"

"对了。"中村老师突然好像想起了什么，在黑板上写下了"正宗"两个字，问我怎么念。

"せいしゅう？"

"不是，这是一个特殊的读音，念：马萨姆乃（いいえ、これは特別な読み方、まさむねですよ）。"他接着说，"我一直以为这是一个日本自己的词语呢，没想到也是从中国传过来的。让我恍然大悟！"

"对啊，我们经常说：正宗贵州茅台酒呀，正宗北京烤鸭什么的。正宗的意思就是原产地的，货真价实的东西。"我解释道。

"看来日语中的大部分词语都是从汉语中学来的啊。"中村老师感慨道。"胡小姐有时间的话应该写一些这方面的文章，如果在日本发表的话，一定很受欢迎。因为日本人对这些都不太清楚。"

"我不仅考虑到写文章，我还在考虑是不是应该建议中国人向日本、韩国等汉字文化圈的国家征收汉字使用费呢。不仅如此，像日本的一些古建筑都是模仿中国的古建筑设计制造的，那些也是要收使用费的。"我调侃道。

"可是著作权是有时效限制的。汉字已经流传了好几千年了，已经过了保护时效了。"

"是啊，著作权的保护期限是作者生平加死后50年，可是，现在有一种叫'民间传承的表现'的著作权保护对象正在被越来越多的国家认可，它就是为了保护某一国家或区域的传统文化所设立的一项制度。所以，汉字和古建筑的设计，作为中华民族的传统文化传承，一旦被列入保护范围，其他使用中国汉字的国家就有可能被征收使用费哦。"我开始充分发挥我的专长了，呵呵。

"嗯，嗯……"中村老师似乎被我唬住了。

"不过，对日本或韩国征收汉字使用费恐怕不太现实。"我收起先前的一脸坏笑，正色道，"但是让日本国民和其他汉字圈国家的国民知道中国的汉字是如何影响着他们的文化，他们曾经怎样地受惠于中国是最重要的。虽然日本人也知道日语汉字来源于中国，但究竟多大程度上受到中国的影响，或许知道的人就不多了。所以，我想应该有人来做这项工作，把汉语和日语之间的密切联系告诉给日本国民，增进两国民间的相互认识，共同合作，共同发展才是。"

"是啊，是啊。"中村老师连连点头，"胡小姐所言极是，第二次世界大战前日本和中国的关系就是瞄准中国市场，占有中国的资源，而第二次世界大战后日本政府的战略有了变化，正在向共同发展的道路上走。"

"今天真的很开心，从胡小姐这里又学到许多新知识。"中村老师一边跟我微微鞠躬一边说。

"哪里哪里。"我不好意思起来，"我需要学的东西还很多呢。"

"你把博客地址告诉我，我一定拜读。"

"哎？我可都是用中文写的。"

"没关系，汉字都是一样的，大概意思还是懂得。"

"好……"，看来我以后写日本的事情要客观些了，不然给中村老师看到……

与中村老师在叶山

4月24日

日语志愿者老师

在日本，活跃着一批日语志愿者老师，他们当中既有退休的老人，也有家庭主妇，还有公司白领。他们有的隶属于某些团体，如日中友好协会、留学生支援会等。有的则独来独往，不属于任何团体。不管他们的身份如何，他们都在做着同一件事情：免费给在日本学习生活或者工作的外国人教授日语。

正是有了这些志愿者老师的无私奉献，我们这些外国人才在学习语言之余，有更多的机会了解日本文化、了解日本社会。

其中，有一位叫稻叶的志愿者老师，虽然已经是60多岁的老太太了，可是依然神采奕奕，开着本田车四处奔忙。闲暇的时候，她便会开车带我们到东京附近的地方游玩，以便让我们更多地了解日本。

记得有一次，她和中村老师一起带我们到富士山附近的箱根去玩，虽然山路蜿蜒曲折，但老太太开车却平稳娴熟，边和我们聊天，边驾驶，一点也看不出是一位老太太在开车。稻叶老师到过中国很多次，所以对中国留学生非常友好。那次，她不仅充当我们免费的司机和向导，而且还请我们泡了箱根的温泉，吃了日本传统的てんぷら料理。要知道，如果我们自己去箱根的话，光车费就五六千日元呢。

回来之后，跟家里的父母汇报箱根之旅时，我父母颇为惊讶："日本人不是一向很小气吗，怎么会请你们吃饭和泡温泉呢？"

"不会啊，我们的志愿者老师经常带我们出去玩，请我们吃饭呢。"我也不知道为什么日本人在中国人的印象中那么小气。呵呵。

后来，我给一个日本公司白领上中文课，每周一次，当然是收费的。

于是我父母揶揄我说："人家日本人教你们日语都是免费的，你怎么教人家中文就收费啊!"

"性质不一样啊,我这是打工。"我辩驳道,"我还不算过分的呢,至少教我日语的老师和我教中文的学生不是一个人。我有一个中国同学,她的日语志愿者老师给她上课是免费的,而她给那个志愿者老师的太太上中文课却是收费的!"

话虽如此,我还是感到惭愧。看来口袋里没钱就是大方不起来啊。

确实有很多日语志愿者老师为了更好地教日语,一边自己掏钱上中文课,一边免费给中国学生教日语。我所在的中文教室里的好几个学生都是我同学的志愿者老师呢。在此感谢那些为我们这些留学生辛勤付出的日语志愿者老师们。

"上品"女人

日语中"上品"的意思是高级品、上等品,高尚、文雅、优雅等意思。如果指女人的话,上品女人就是指有修养、有品位、优雅的女人。

日本的女孩从小就被父母送到钢琴教室和舞蹈教室,为的是首先从外形气质上为做上品女人作准备。

此外做上品女人另一个必不可少的条件是,说话方式。我们知道日语中既有普通体,又有"ます体加译",还有自谦语、尊他语等。跟关系密切的朋友之间,可以用普通体,跟长辈和上级则要用自谦语和尊他语。跟普通的朋友或其他人，用"ます体"就可以了。怎么样，够复杂的吧。总之，作为上品女人，一般是绝对不用普通体说话的，至少要用"ます体"。所以，别看许多年轻的大学女生在学校里跟同学或者恋人说话的时候都是用普通体，一旦她们结婚之后，则会一改婚前的说话方式，并且在穿着上也不再追逐流行，变得优雅成熟起来。因为她们要为自己的孩子做出榜样，所以，不得不向上品女人看齐。

　　此外，待人接物，言行举止也是成为上品女人的条件之一。比如，公共场合不能大声讲话呀；跟别人打电话时要先问对方是否方便接听呀；送别人礼物时应当怎样选择既让对方喜欢，又不太贵重，以免给对方造成心理压力的礼物呀……

　　哎，做一个上品女人真是够累的，那可是内外兼修得来的结果，绝不是满身的名牌就可以解决的问题。

　　所以，中村老师上课的时候总要腾出一部分时间让我读有关礼仪的文章，为的是把我培养成"上品"女人。呵呵，搞得我现在说话和写邮件的时候也动不动就　"でございます""いただきます""いらっしゃいます"（最高级的自谦语和尊他语），(老先生恐怕无论如何也想不到我回家后"河东狮吼"的庐山真面目吧。惭愧！惭愧！)。

　　所以，初来日本的留学生们，特别是女生，千万不要一味地模仿电视中那些未婚男女的话，否则一不小心就会被日本人笑话哦。

4月25日

狐狸看"倭寇"

　　自从写MSN日志之后，每天给老公念我的文章成了必做的功课。

　　虽然当初撺掇我写日志的是老公，可是我写了他却总是懒得看，我只好每天晚饭后念给他听。真没办法！

某日，念罢。

老公点头说："不错，不错。将来回国后可以把你的文章编辑成册，发给你的亲戚朋友看。"

"嗯，好主意。"我点头称道，"书名就叫'狐狸看日本'好了。"

"不行，不行。"老公摇头道："书名太普通，没人看。我看叫'狐狸看倭寇'好了，一定吸引人的眼球！"

这个家伙！居然见利忘义！如果让中村老师看到，岂不要伤心死了！

中村老师，您可千万别在意啊。玩笑而已！

再说……以前中国人确实管日本人叫过"倭寇"的啊。

失恋是珍珠里的那颗细砂

你尝过失恋的滋味吗？

不要以为你没有失恋过，就有什么可值得骄傲和得意的！也不要以为没有失恋过就可以证明你有迷人的魅力！

如果，如果你真的没有经历过失恋，那我只能送给你三个字：真遗憾！

失恋过的人都明白，当你全心全意地付出你所有的情感之后，换来的却是那个人弃你而去的背影时，是怎样一种滋味。你可能会变得茶饭不思，面庞憔悴；你可能会觉得你的世界轰然倒塌，整个天空布满了阴云；你可能会整夜整夜地失眠，瞪着大眼睛，一直到天明；你可能会在脑海中一遍又一遍地回放和那个人在一起时的甜蜜情景；你可能会独自一人望着那个人的照片，默默流泪；你可能会一遍又一遍地拨打那个人的电话，却在接通之前挂掉；你可能会整日守候在电话旁，盼望他能重新跟你联系，哪怕只是简单的一句问候；你可能一下子从高傲的公主变成了失意的怨妇；你可能会像祥林嫂一样跟朋友喋喋不休地讲述你们的过去，希望从朋友的判断中知道那个人是否真地爱过你；你甚至可能……会想到死。

你以为没有那个人的人生将不再有意义，你以为你今生将不会再爱。

因此，原本平淡的恋情突然变得轰轰烈烈起来，它也因失去而在你的心里变成了永恒……

人生，就是这么不可思议啊！

但是，不管你有多么痛彻心肺，不管你有多么沮丧彷徨，当别人放弃你的时候，你一定不能放弃你自己！

因为，随着时间的推移，当你离那段恋情越来越远的时候，当你走出当初的阴影，碰到一个真正爱你，适合你的人的时候，你会发现，你的世界依然灿烂。你依然可以重新享受爱的阳光……

这时，你也许会感谢上天对你的恩赐，让你找到真正适合你的人，你甚至可能会感谢当初弃你而去的那个人。他的离开，给了你拥有今天幸福的机会。

所以，当你失恋的时候，一定不要轻易地作出任何决定，一定要相信，在以后的日子里，上天会将你生命中真正的另一半送到你的面前。

当你开始享受生活的甜蜜时，你会发现，当初的失恋，就像珍珠里的那颗细沙。开始触摸的时候，令你痛不欲生，但经年累月，当那颗沙被岁月层层包裹之后，你便不再感到疼痛，偶尔，你甚至可能会为自己当初的痴情感动一下，呵呵。

正因为有了那段经历，才让你明白如何去珍惜感情、把握幸福。

正因为有了那段经历，才让你放下心中的高傲，和婚姻中的另一半过最普通、最平实的生活。

正因为有了那段经历，才让你蜕变成一颗圆润饱满的珍珠，在生命的长河里熠熠生辉。

所以正如有人说过的那样，一个女人的人生中应该经受一次失恋的打击。然而，失恋，还是经历一次为好。因为，经历多了，珍珠的质量会下降哦。

谨以此篇献给我的一位正处于水深火热感情中的朋友。

4月26日

上"栽米"

一看题目，是不是觉得很奇怪。别担心，我没有去"种稻子"。

"栽米"是日语单词"ゼミ"的音读，是大学里由指导教授主持的有关本研究方向的一些课题的讨论会。每次上"栽米"的时候，导师手下的博士生和硕士生聚集在一起，先由某一位同学发表自己过去一周，或者最近研究的课题，然后其他同学和导师轮流提问，一起讨论。"栽米"课上导师也会顺便检查一下自己的学生最近的学习、研究进度等。如果导师手下的学生比较多，可能要好几周才轮到一次自己发表（汇报研究情况的发言）。

而我，很不幸！因为是导师的唯一弟子，所以，每周都要跟导师一起讨论和学习本研究方向的东西。恐怕在国内很少有博士生能享受到我这样的优待吧。呵呵。

还好，我的前任导师总是根据我的研究计划找来资料跟我一起学习、讨论。这样也平安无事地混过了两年。

今年，由于前任导师跟学校的协议期满，回文部省去了。新来的著作权法老师自然成了我的新导师。

今年是最后一年博士课程，"栽米"的内容也主要围绕我论文中涉及的问题。通常是导师一边看我的论文，一边跟我讨论论文中出现的问题。

说起论文来，不由得叹一口气。

要把法条中不足300字的规定，写成20万字的博士论文！难啊，真难！

国内的朋友可怜我，给我出主意说，从别的书里多抄些，或者干脆把相同的内容多写几遍。反正论文那么长，也没人看那么仔细。

非也，我无奈地对他们说："你以为这是在中国吗？随便糊弄就可以蒙混过关了。"

想蒙日本人？比登天还难！日本人的认真和严谨在全世界都是出了名的。何况本人好歹也是研究知识产权法出身的，抄袭别人的作品，不是知法犯法，罪加一等吗？

罢了，罢了。只好自己慢慢地啃资料、啃参考书了。

由于"栽米"每周一次，所以其他的时间我都花在写论文上了。"栽米"的时候，老师会一句一句地读我的论文，连标点符号的错误都会给我订正过来。平时写论文的时候我不敢有半点侥幸心理，引用和脚注都标得清清楚楚、明明白白。因为每次导师都会根据我的脚注，找原文确认的。

每当看到导师给我修改的花花点点的论文时，我都不禁感慨万分。要说本人在国内也算是混了英语语言文学和法学两个硕士学位，遇到的指导老师应该比一般人多吧。加之父母都是大学教师，跟国内的导师接触的机会也比较多。可是，我从没有发现过像日本导师如此严谨认真的导师。不要说给一字一句地修改了，恐怕能完整地看完自己学生论文的导师都不多吧。

我想，可能正是因为日本人的这种严谨的工作态度，才使得整个国家如此发达昌盛吧。

……

不过感谢导师对我的认真指导。否则像我这样懒散的人，不知道何时才能写出论文来呢。

但愿今年能够顺利写完论文，通过答辩，明年按时学成回国！

我祈祷！

4月27日

最让人心疼的一天

今年二月份，春节后，父母妹妹一行三人在我们的再三邀请之下，终于屈尊来日本看望我们了。

本着旅游由远及近的原则，稍作2日的休息之后，我们便登上了开往大阪的新干线。由于预订车票的时间比较晚，我们只好被迫坐了一次绿色车厢（当然是要加钱的）。绿色车厢比普通车厢的座位宽敞，而且上车后还可以得到一块免费的湿纸巾。（事后我跟我的日本学生们说，可能绿色车厢比普通车厢贵就贵在那个纸巾上了吧。日本人一个劲说我有钱。我苦笑，总不能为了省那点钱就让我父母去不成关西吧。）

到达大阪车站后，我们径直奔USJ而去。据朋友介绍，这是大阪唯一可玩的地方。所谓USJ，全名Universal City，就是一个电影城，模仿美国大片的一些外景，让游客亲身经历大片中的某一片断。

到达USJ门口，看着所有的售票窗口都排满了长长的队，我不禁后悔起来。那天是周日，人奇多。早知道应该选个工作日过来！

父母和妹妹忙着在门口留影，我和老公的任务自然是排队买票了。

没成想，一看票价，倒吸一口凉气！居然5800日元一个人！合人民币400块左右。

如此算来，5个人要3万日元！2000块人民币啊！

怎么办？老公悄悄问我。

"既来之则安之，买！"我一咬牙，恨恨地说。

当门票发到父母和妹妹手中时，他们一看票价，"你们自己进去玩吧，我们在门口等你们就可以了。"他们是想为我们省钱。

"走吧,都来了,哪能不进去看看,一辈子不就这一次吗?"我故作不在乎的样子劝他们。(天知道!我的心当时都要痛得吐血!)

终于,一行人顺利走进了电影城。

因为是周日,每个场馆光排队就要花40分钟以上,而实际看立体电影也好,体验蜘蛛侠的飞车也好,充其量不过10分钟。体验蜘蛛侠在城市的高楼大厦之间蹿上蹿下的感觉是,电闪雷鸣、飞来飞去,吓得我妹妹不敢睁开眼睛。妈妈发现了,强迫她睁开眼睛:"花400块钱进来不就是体验这种感觉吗?睁开眼,不然白瞎了那400块!"哈哈!

一天下来,玩了5个景点,平均每个景点80块人民币。

回宾馆后,妈妈给那天的游玩作了一个总结:"我这辈子都没有像今天这么心疼过!"

(我也心疼啊。我心里说!)

……

在日本当家庭主妇

日本人的饮食以大米为主，小麦制品除了面包之外，就是包子和饺子了。

由于我和老公都是北方人，在国内时很少吃米饭。特别是老公，在国内的时候吃惯了烙饼、包子、馒头、面条等面食，来日本后不习惯整天吃米饭，竟然体重骤降了10千克。所以我不得不考虑给他适当改善伙食了。

可是日本超市里的包子和饺子价钱贵不说，而且馅儿里一般都放糖，极其难吃。

好在日本的面粉要比大米便宜得多，我只好施展十八般武艺，时不时地给老公蒸馒头、包子、花卷和糖包呀，或者烙饼、包饺子了（穷人的孩子早当家，这要感谢我母亲对我从小的培养，让我在做饭上不用发愁。呵呵）。

某日晚上10点，老公如往常一样给我发来短消息："我已经在某某车站等电车，大概1小时后回家。"

答曰："明白。回家后想吃点什么东西吗？"

"家里有什么就吃什么，不必特意做。"他倒是蛮宽容的。

"家里什么吃的都没有了。"我接着回信。

"那就等我回去后再说吧。"

"好。等你。"

放下手机，我先沏上一杯热茶。（茶要在老公到家的时候刚好能喝，不能太烫，也不能太冷。）

然后拿出事先和好的面，摆上案板，开始烙饼。

烙完饼后，切点葱花，打好鸡蛋备用。

一切准备就绪。老公的脚步声也从楼道里传了过来。

在他掏出钥匙开门的瞬间，我及时开门："お帰り！（回来了！）"

老公一惊，不过反应倒是不慢："ただいま！（我回来了！）"

于是，接过他的包，递上热茶。

趁他喝茶小歇的时间，迅速把葱花鸡蛋下到油锅里。

然后，将金灿灿的烙饼和葱花炒鸡蛋摆到老公的面前。要知道，这两样东西可是老公的最爱，呵呵，还比较好伺候。

老公大喜，狼吞虎咽地吃起来。

而我，看着他吃的香喷喷的样子，一个劲地咽口水。（原来，人生最痛苦的事情莫过于看着眼前的美食，却不能吃啊。为了减肥，一定要坚持，再坚持！）

"嗯，不错，很好吃。"餐毕，老公满脸都写着满足。

"热水器已经打开了，等会儿就洗澡睡觉吧。"我一脸谦卑。

于是洗澡，睡觉。

睡前的卧谈会上，老公对我的表现给予了充分肯定，"不错，越来越有主妇的样子了。我喜欢！"

……

翌日清晨，闹钟响过之后。老公居然还是没有动静！

一脚把他踹出老远（别担心，我们睡的是榻榻米，他不会掉下床的。嘿嘿），"都几点了？还不快起床做饭！"

老公使劲揉着他美丽无神的大眼睛："……难道，我昨晚只是做了一场梦？

4月28日

奈良印象

关西之行的第二站是奈良。早就听说奈良作为日本最早的古都，保留着具有中国唐代风格的许多建筑。特别是东大寺的大佛、兴隆寺的五重塔等都是记载在教科书里的著名历史景点。本人还算是个虔诚的佛教徒，所以对奈良之旅一直都充满了期待。

用过早餐，我们一行五人便坐上了JR由大阪开往奈良的电车，一路上不断能看到铁路两旁星星点点的寺院建筑和一簇簇的红色的或黄色的鲜花。

经过不到一个小时的行程，到达奈良车站。由于到东大寺所在的奈良公园还有一段距离，我们又转乘公共汽车。

终于，到达奈良公园。

首先映入眼帘的不是宏伟的寺庙，而是公路两旁青青的绿草地。虽然还是初春乍暖还寒的时节，两旁的树木和草坪却在暖暖的阳光下泛着嫩嫩的绿色，而草地上悠闲踱步的野鹿更是让我们一阵惊喜。

于是，赶紧冲上去，围着鹿儿一顿猛拍。

那鹿儿居然并不认生，泰然自若地扬起高傲的头，可能心里在笑话我们这些土老冒儿少见多怪吧！

跟鹿拍照之后，顺着两旁的绿地接着前行。人行道上零零散散地开着粉色的、白色的梅花，小河里的水静静地流淌着，偶尔还可以看到小摊贩在卖喂鹿的煎饼……

空气中到处都弥漫着静谧、散发着与喧闹的都市截然不同的气息。

最后，终于来到了向往已久的东大寺。据载，东大寺建于中国的唐朝，由当时的鉴真和尚亲自设计并监工而建。

一看之下，果真名不虚传。寺里的佛殿气势宏伟，而佛像也不似东京附近的寺里那样供奉的都是小佛像，而是中国寺院里常见到身高几米的大佛。

虽然经过了千百年历史的变迁，东大寺却像一个年逾古稀的老人一样，静静地矗立在这座古色古香的城市里，默默地感受着时光的流转轮回。同时，它也作为人类的宝贵历史财富，而被列入世界文化遗产名册之中。

拜过大佛，我们便漫步在奈良公园。

公园依山而建，神社、寺院、博物馆等星星点点地散落在广阔的草地里。

沿着蜿蜒的小路而上，绿色的池塘里，鱼儿在自由地游泳，野鸭也在水面上悠闲地晒着太阳。

偶尔会遇到零星的本地人，拿着报纸或者端着盒饭坐在草地的石凳上打发着午休时间。

父母和妹妹一时兴起，也拿出面包，揉烂了丢给水里的鱼儿。

大概因为是周一的缘故，公园里游人极少，整个空气里都充满了娴静、安然的气氛。

仿佛是一不经意间走入了传说中的世外桃源。

只是还没有到樱花的季节，如果到四月份，道路两旁的樱花盛开的时候，一定是别样的美景吧。

我不禁微微遗憾起来……

4月28日

黄金周第一天

今天是日本黄金周的第一天。一大早,电车里就挤满了出游的人们。甚至还有人拖着旅行箱,想必是出国旅游的吧。

可是我的心里却一点也不轻松。假期既要写论文,又要准备即将来临的第二次中间发表资料,想想就头疼。

中午回来之后,老公已经打工去了,简单地作了一个凉拌豆腐和黄瓜、青椒、鸡蛋色拉,就把午饭打发了。

打开电脑,恰好朋友在线,于是问:"中国的黄金周从什么时候开始,多长时间?"

"听口气好像你不是中国人一样,忘本了!"没成想换来一顿炮轰。

心中本来就郁闷,被其一激,一下子把火撒在了她的身上:"太敏感了吧。中国和日本都有黄金周,而且都是五一前后,我在日本,不知道中国什么时候放假,问问就错了吗?'粪青'一个!"

"'粪青'是什么意思?"朋友居然问我!

"愤怒青年的意思!"我哭笑不得。

哎，难道我只出国两年多，就跟朋友沟通出现障碍了吗？
看来以后还要多学习啊！

4月29日

我出名啦

昨夜，老公下班归来，一进门就对我说："你可是在我打工的地方出名了！"

"哎？"我一脸困惑，"此话怎讲？"

"我同事都知道我有一个聪明漂亮、学历又高的老婆了！"老公悻悻地说。

原来，下午中村老师带朋友到老公所在的饭店吃饭，因为是下午三点左右，没有什么客人，于是中村老师便跟饭店里的服务人员聊天。（他老人家知道老公周末在那里打工。可能是老人家年纪大了，走到哪里都愿意多说两句。）

聊天的话题自然离不开老公和我。中村老师便跟饭店里的经理，那个台湾大姐，说我不仅聪明，日语学得很好，而且很漂亮，是个"美人"。居然还问人家是否见过我。经理大姐不好驳他老人家的面子，只好说没见过，但听说挺漂亮的，云云。

"啊！"我一听恨不得找个地缝钻起来，"那我以后岂不是不能到你们饭店吃饭了？否则你同事看到我不如传说中的那么漂亮，不就糟大发了？"

"没关系，只要别吓着他们就行。"老公不以为然。

"那怎么行！"我反对道，"不见人恐怕不可能。要不，我去整整容，整出一个美女来如何？"

"先把眼角割开，显得眼睛大些；再把颧骨削低些，然后鼻梁垫高，两腮削尖；最后再从腹部和臀部抽出些脂肪来……"我自顾自地说。

"打住!"老公厉声喝道,"你还是给我老老实实地待着吧,我挣那么点钱容易吗?"

哎,看来没钱的话,想做个人造美女也不行啊!

……

4月30日

吃饭啦

这是我们今天的午餐,发几张照片上来,让大家了解了解我们在日本的生活。呵呵。

红烧肉是老公原来做好的,加热了一下;糖醋鱼块和香菇肉片是本人的作品;水菜、玉米粒和蟹肉色拉是老公的作品。

别眼馋啊,想吃就过来吧,哈哈。

5月1日

宁静的神户

神户离大阪很近,就好像横滨到东京一样。

早就听说神户港口和横滨港口的感觉不太一样,一睹之下,果不其然。

穿过神户车站的地下商业街,便一路走到了港口。也许大家都去上班了,街上行人很少,也没什么游客,只有高大的建筑物矗立在街道两旁。

虽然天气不是很晴朗,但空气中却弥漫着清新的味道。

沿港口漫步,既可以看到远处停泊的油轮,也可以欣赏四周的风景。

累了,就坐在岸边的花坛沿上,眺望大海。

花坛的四周都是花岗岩堆砌而成的很宽的沿,一尘不染,随时准备着为疲乏的游人提供小憩。

如果说横滨港给人一种沧桑/沉重之感的话,那么神户港更似一个娴静、优雅的妇人,让人感受到温馨和宁静。这,可能就是两者的不同之处吧。

神户和横滨一样,港口附近都有中华街和元町。只是中华街的规模远没有横滨的大,只有一条街而已。

中华街里的氛围和港口以及车站等地全然不同,人群熙熙攘攘,大家手里都拿着包子、麻团等中国小吃,边吃边逛,完全不再顾及风度。反正大家都一样,谁怕谁啊!

大概是因为中华街大抵以卖小吃和开饭店为主的缘故吧,不管是横滨的中华街也好,还是神户的中华街也好,比起其他地方而言,给人一种脏、乱的感觉。不过这似乎并不妨碍人们对中华料理的向往,每家饭店门口和中国商城里都挤满了人。

神户的物价水平比东京和横滨低得多,生活节奏也不似东京那么快。想必生活在这样一个人口稀少、安静平和的城市里,一定很惬意吧。

5月2日

我想吃油条!

昨夜失眠,好不容易等到半夜睡着了,却又胡乱做起梦来。

梦里来到一小吃店前,那里正在卖油条,刚刚炸好的油条金灿灿的,让人垂涎欲滴。我边排队，边琢磨着自己要吃几根才能饱。

可是，可是……轮到我的时候，油条居然卖完了！气煞我也！

一急之下，梦醒了。一看天已大亮。

老公问我早餐吃什么。

答曰：想吃油条豆浆，想吃麻花，想吃凉皮，想吃熏肉大饼，还想吃……驴肉火烧（哎，不能再想了，再想又要勾出许多伤心事了）！

……

人真是个奇怪的动物！

小时候吃油条豆浆的时候，向往着什么时候可以天天吃牛奶面包。

如今吃上牛奶面包了，却又馋起油条豆浆来了！

突然想起春节时父母来日本的时候，临行前家里还剩4个馒头，本想扔掉，后来觉得可惜，最后还是带上飞机拿到了日本。

他们没想到，我们看到那几个白馒头居然异常高兴。

而我更是在吃饭的时候小心地把馒头掰开，中间夹上红烧肉，然后再一小口一小口地慢慢咀嚼，那感觉，一个字！香！真香！

五一快乐

五一快乐！

现在的你或许正携妻带子一起游玩；

或许你正和父母兄弟欢聚一堂；

或许你正和朋友一起开怀畅饮；

或许你只是一个人躲在被窝里享受着睡懒觉的舒畅。

不管怎么说，祝你们在节日里玩好、吃好、休息好！

不过，别忘了节后跟我汇报一下你们的行踪哦。

5月2日

不吃就想的生鱼片

来日本的第一年,看到每天下午商店街的海鲜店里都围着买生鱼片的日本人,很是不解,不明白为什么日本人对生鱼片那么情有独钟。难道真的如国人所言,日本人乃蛮夷之族,所以喜好生吃吗?

学校里暑假组织留学生见学,吃的是传统日本料理,除了小火锅、烤鱼、豆腐、色拉等,自然少不了生鱼片。可是生鱼肉嚼在嘴里,实在难以下咽,于是就将人家特意呈上的生鱼片放在涮牛肉的锅里,煮熟了吃。硬是来个生鱼片熟吃。想来当时给我们服务的日本老太太一定背地里心疼得要死吧。这不整个一个暴殄天物吗!

老公也是一样,平日里对食物就挑剔的他,自然看到生鱼片就皱着眉头,放到一边。

中村老师对我们不能适应日本的饮食感到很遗憾。居然不喜欢那样的美味。要知道,生鱼片都是取材于新鲜的海鱼,价钱可贵了!

真正开始喜欢吃生鱼片缘于一次会餐。去年夏天,我们研究科派我和另外两个中国博士生给即将到中国访问的横滨律师协会的律师们讲解中国法律,会后大家一起到一家居酒屋吃饭。点菜时,主人特地问我们能否吃生鱼片,我不好意思说不喜欢,便答能吃。

没想到,生鱼片上来后,夹起一片雪白的鱿鱼一吃,味道居然很好,没有一点腥味儿,好像鱼片要在嘴里化掉的感觉。再吃其他的金枪鱼片,味道也不错,绵软而不腻,清新爽口。

从此,不再排斥生鱼片,特别是夏天,每当天气炎热、食欲不振的时候,总是想起生鱼片的清凉和日本芥末的刺鼻、呛人的味道。

每当这时,就跟老公从超市买一盒生鱼片,就着清凉的啤酒,边饮边吃。那感觉,一个字!

爽!

5月3日

生日感言

还记得吗,今天是我的生日。

不过,不记得也没关系,反正我也很少记得住别人的生日。呵呵。

一大早,老公就趴在我的耳朵边一遍又一遍地用他的破锣嗓子(这两天他感冒咳嗽,所以原本不太难听的嗓音,变得跟破锣一样了)给我唱生日歌。

终于,不耐其烦,懒洋洋地从床上爬起来。

起床第一件事,便是给母亲打电话。生日是母亲的受难日。虽然当初来到这个世上非我所愿,但还是要感谢父母给予我生命,养育我、并且让我品尝到人间的生活百味:不管是酸甜,还是苦辣。

电话接通后,母亲问有什么事情,大早晨就往家里打电话。我先是东拉西扯地问他们在家干什么,今天准备到哪里玩等等。聊了没几句,母亲似乎明白了我打电话的用意,"哦,我知道了,今天是你生日,我刚想打开电脑跟你联系呢。你就打电话过来了,真事儿多!"母亲以为我是为了让他们祝我生日快乐才打的电话。

"我打电话是为了感谢你当初生下了我,你居然说我事儿多!"虽然笑着跟母亲说着,可是不知为什么眼泪在眼圈里打转。

"自己给自己做点好吃的吧。"母亲嘱咐我说。

"不用,我们打算出去吃烤肉。"生日的时候出去吃烤肉是跟老公早就计划好的。

"你们也做点好吃的啊。"我也嘱咐母亲说。心里却微微感到遗憾。虽然人生已经走过了30余年,而我却一直在父母的庇荫之下,像一个孩子一样,没有承担过任何家庭责任,反倒处处让父母为我担心。好不容易工作稳定了，却又远走他乡，无法守在父母身边尽儿女之孝，甚至连给父母做一顿可口的饭菜都成了一种奢想……哎，只有等回国之后再说了！

放下电话，匆匆向一家叫"牛角"的韩国烤肉店奔去。"牛角"是一家炭火烤肉店，木炭火炉一上来，顿时感到一股热意。将调好味的肉片放在炭火上烤，烤熟后，沾上特制的调料汁，再裹上芝麻油和辣椒末拌好的葱丝，吃在嘴里，满口余香，别有一番风味。如果觉得烤肉有点腻的话，可以吃两口蔬菜色拉清口。此外，为了防止卡路里摄入量太高，还可以点些蔬菜烧烤。如洋葱、香菇、卷心菜、玉米等，既可以保证维生素的供给，又不会增加卡路里。对减肥的人来说效果实在不错。

吃完烤肉，自然少不了吃一碗朝鲜冷面。今天生日嘛，不吃面似乎说不过去。

"牛角"的冷面是盛在韩国的那种金属大圆碗里，还有金属的勺子，红色的泡菜和一大片叉烧肉漂在冷面上面，煞是诱人。于是左手拿勺，右手拿筷子，迫不及待地吃起来。边吃面边喝汤，不一会儿，整个身体都感觉凉爽起来了。

餐毕，顺便拜访一位朋友，并且跟她混血的儿子（朋友跟一个英国人结婚）玩了一下午，然后拖着略显疲惫的身躯踏上回家的电车。

回家后，打开电脑，没想到邮箱里居然有一位认识20多年的朋友发来的祝我生日快乐的邮件。虽然寥寥数语，但心里还是异常感激。

当大家都忙着跟家人朋友一起出去游玩的时候，居然还有人记得我的生日，并且发来邮件，着实有点出乎意料。

因为平时很少联系，甚至MSN的朋友列表里都没有他的名字，却没想到事隔20多年，他依然记得我的生日。

人生中最让人欣慰的事情可能就是，在你最不经意的时候，有着给你带来突然感动的朋友吧。

我庆幸，虽然我的朋友为数不多，但我拥有着不断感动着我的朋友！

在此，在这个生日的日子里，感谢我身边所有关心我、爱护我的亲人和朋友。因为有你们，我的生活才变得更加有希望、更加绚丽多彩！

因为有你们，我在国外的日子变得不再孤单、寂寞！

你们永远是我生活下去的动力和理由!

祈祷,我能和你们一起走过今后的日子,不管前方等待着我们的将是怎样的风景!

5月4日

百无聊赖

一个人在家,除了写论文就是上网。一天下来,感觉就是四个字:百无聊赖。

虽然第二次中间发表迫在眉睫,可是心里却总是静不下来,可能是被黄金周的气氛所传染的吧。

于是,拿起电话本,胡乱翻着,看能否找到一个可以闲聊的人。

无意中看到中专时的班主任的手机号码,突然想起来今天是他的生日,便心血来潮,打了过去(他的生日是青年节,自然好记。呵呵)。

对方一接电话,我便大声说道:"生日快乐!"

不知道是我的声音太有魅力了,还是他的耳朵异常灵敏的缘故。还未等我自报家门,老师就叫出了我的名字,并连声感谢我的问候。

看来,我也可以给人出其不意的惊喜哦。

老师正在下山的路上,不便多聊,只好约定回国后慢慢聊,便匆匆挂掉电话。

静下心来,才明白老师为什么总问我今年是否回国。

原来,今年是我们认识二十周年。

时光流逝,真是弹指一挥之间啊。

想当年,我们这一班初中毕业的少男少女刚刚踏入中专校门的时候,是何等稚嫩、何等的青春逼人啊。

而老师,当年也不过是一个刚刚走出大学校门的二十出头的小伙子。与其说是老师，不如说更像我们的兄长、朋友。大家在青春洋溢的日子里，一起走过四年无忧无虑的时光，回想起来，是何等的美好啊！

可是如今，转眼之间，我们还没有觉得长大，时间却已经走过二十年！

当初的翩翩少年已经被生活雕琢出了沧桑和沉重。

而当初意气风发的老师也不再神采飞扬。

时光，真是一个残忍的家伙！

而我们却对它永远都是：无可奈何！

但我依然庆幸，在这二十年中，我们一起走过了成长岁月！

5月5日

鱼翅 VS 麻婆豆腐

如果你问日本人喜欢吃什么中华料理，十之八九的人会回答：麻婆豆腐，饺子，古老肉。

我真的有点不解，现在我们国人到饭店去，谁还会点麻婆豆腐啊。恐怕连菜单上都很少有麻婆豆腐这道菜了吧。印象中，麻婆豆腐还属于20世纪80年代时，大家都没钱下馆子时候的佳肴。现在根本就没人想得起来的麻婆豆腐，居然在日本人气依然不减！不可思议！

另一个就是饺子，日本人所言之饺子，就是我们通常所说的锅贴或者叫煎饺。五六个饺子放在一个小碟里，也算一盘菜，居然还要卖上300到400日元（合20元左右人民币）！而日本人就着米饭居然也吃得津津有味！嘴里还一个劲地说："おいしい！（好吃）おいしい！"

我经常不屑地跟日本人说，我们中国人都习惯吃水饺，不像日本人当作菜来吃，而是作为主食吃，一般一个人一次能吃20到30个呢，多过瘾啊！说这话的时候，日本人往往都是瞪大了眼睛，张大嘴巴：哎？

更让我觉得可笑的是，有一年初冬的时候，一个日本工人来给我家安空调，恰逢我们请一个朋友到家里吃饺子，那个日本人看到我们三个人已经包出的100多个饺子时，居然问我们："你们在工作吗？"（他以为我们包那么多饺子是为了卖。）

"没有啊，我们是自己吃的！"我们不以为然地回答。

"哎？"又是一幅瞪大眼睛、张大嘴巴的模样，真是少见多怪！

……

可是，对于在国内备受推崇的鲍鱼、鱼翅之类的料理，日本人似乎并不那么感冒。

最近看到电视节目中介绍的横滨中华街最贵的炒面，就是用上等鱼翅做成，一人份的一盘炒面要8000多日元（合500多人民币）！

老公正好在中华街的一家广东饭店打工，该饭店在日本人当中颇有口碑（价格也贵）。

通常日本人去吃饭的时候，会预定套餐，而最贵的就是包括鲍鱼或者鱼翅在内的套餐了。一小碗鲍鱼汤，要5000多日元（300多人民币），一小盘鱼翅要8000多日元。

可是每次客人吃完，剩下的总是纹丝未动的鲍鱼汤和鱼翅汤。饭店里的经理总是笑话日本人太傻，不识货！

每到这时，老公他们自然就可以大饱口福了。边打工，边滋补，小日子过得还不错。

我听说后，一个劲地央求老公介绍我到他们饭店打工，我也要吃鲍鱼，吃鱼翅！

老公不同意，"等哪天我带你去吃好了。"他敷衍我说。

"那岂不是要自己花钱！"我可舍不得花上500多块钱吃一小碗汤，不如把我杀了！（我是守财奴，我怕谁！）

"不过光吃一次，也补不了什么身体，天天吃才能达到滋补的效果。"我转念安慰自己说。

"等哪天，我有钱了，我要雇个广东厨子，天天负责给我做鲍鱼汤和鱼翅！"我恨恨地想。

5月6日

美容晚餐

老公不在家,趁机把前日买的鸡爪子和猪蹄拿出来,作了个盐焗凤爪和红烧猪蹄。

因为鸡爪子和猪蹄里富含胶质,所以经常食用可以增加皮肤弹性,减少皱纹,是既便宜又好吃的美容佳品。

可是,老公是一个有视觉洁癖的人,不好看的东西一律不吃。(我真纳闷,当初认识我的时候,他的视觉怎么没有洁癖一下,否则我也不至于落入魔掌,沦落到今天如此悲惨的境地!哎,命苦啊!)

所以平时他在家的时候,一般是不做这些东西的。

说起视觉洁癖,好像还大有人在呢。记得我的一个朋友,从来不吃乱七八糟的东西,甚至蔬菜如果样子不好看的话,他也是绝对不碰的。有一次,看到我吃鸡爪的模样后,那家伙居然跟我说:"看你平时挺干净的一个人,怎么也吃这么埋汰的东西!"

"洗干净了不就不脏了吗?再说我吃鸡爪是为了美容!"我反唇相讥。心想,长得不怎么样,事儿还不少!

不过,好像大多数的女性还是很青睐鸡爪和猪蹄的。特别是冬天和春天风大、天气干燥的时候,多吃些鸡爪和猪蹄可以保持皮肤水分,防止皮肤缺水造成的干皱。

好在日本人一般不吃鸡爪和猪蹄,所以这里的价格和国内的价格也差不多

（现在比以前贵了，可能是知道中国人喜欢吃的缘故吧）。比起人参、燕窝等美容滋补品来说，我想，鸡爪和猪蹄可能更适合我们小老百姓的胃口吧。

如果想吃的话，就赶紧来吧，趁我还没吃完。嘿嘿！

5月7日

感受日本的人性化服务

早就想写一篇关于日本服务方面的文章，但因为想写的东西太多，所以迟迟没有动笔。没想到，今天下午又被日本人的服务感动了一回，所以，还是一吐为快吧。

因为要给老公办理签证延期手续，需要到区役所（类似于中国的区政府）办理登陆证明。填写申请表的时候，工作人员先是问我们开证明的目的，我说是老公签证延期手续用。

于是，她接着问："你是不是也要办理延期？"

我回答："我不办理，但因为老公的身份是家族滞在（陪读），需要我的登陆证证明。"

"那你们两个人是分开办还是在一起？"工作人员接着问。

"分开办吧。"因为我们以前开证明时，都是各开各的，不知道一起办理是怎么回事。

"如果分开办理的话，请你们先交600日元，每份证明300日元。"工作人员说完后，拿着我们的申请表去打印证明了。

没想到，过了一会儿，工作人员手里拿着4张证明叫我们过去。

其中两张是用订书钉钉在一起的（我的和老公的各一份），另外两张是分开的。其实证明内容都是一样的。

她指着订在一起的两张证明说："这是你们两个的登陆证明，如果作为家族成员一起开的话，收一份手续费300日元，"然后又指着那两张分开的证明："这是你们两个人各自的证明，如果这样的话，需要交600日元手续费，你们要哪一个？"

"我们要那个。"我指着订在一起的证明说。心想，傻子也知道要那份可以省300块钱啊。何况，证明的内容都是一样的！

"那好，我再退给你们300日元。以后如果是家族一起办证明的话，请记住交一份手续费就可以了。"

我和老公连声称谢，心里感慨万千。虽然只是区区300日元，但他们工作的周到细致却让我们感动。如果在国内的话，会是什么样子呢？大家心里恐怕比我更明白吧。

回想起刚来日本的时候，因为不知道怎么用银行的ATM汇款，我就到人工服务窗口，可是轮到我的时候，银行的服务人员知道我是汇款后，就跟我说，在人工窗口办理汇款比在机器上汇款的手续费要贵，她建议我到机器那里去办理。当得知我不会使用机器时，她特地叫来其他的银行工作人员教我如何使用机器。其实有她给我解释和叫人的时间，早就给我把汇款手续办完了。但他们首先想到的不是如何多赚客户的钱，而是在为客户服务的同时，更多的是站在客户的立场上考虑问题，虽然当时赚到的手续费少了，但是给银行带来的却是无价的信誉和更多的客户。

诸如此类的例子还很多，无论是你到商店还是在机场，日本人毕恭毕敬、笑脸相迎的服务态度，恐怕在全世界任何一个其他地方都是找不到的。

我感慨，什么时候我们国内的政府工作人员也好，服务行业的服务人员也好，能像日本人那样真正地把客户和顾客奉为上帝，让我们这些老百姓不再看他们的脸色过日子呢？

5月8日

最浪漫的事

我想每个人的记忆中都会保存着某一个令你感动的场景,当你回想起来的时候,会在心中泛起一层甜蜜的涟漪吧。

那么,你能说出你所经历的最浪漫的事吗?

不要跟我说,最浪漫的事,就是和你最爱的人一起慢慢变老,也不要跟我说最浪漫的事就是在情人节的时候收到爱人送的玫瑰花!

其实,我觉得,所谓浪漫的事,就是当它发生的时候,你可能并没有感觉到有多浪漫,但当你回想起来的时候,让你感动,让你温暖的那曾经的一瞬间吧。也许,是你和爱人某个夜晚一起散步的情景,也许是下雨时他为你撑起雨伞的瞬间,也许对别人

来讲只是一件微不足道的小事,但对你是却久久不能忘怀的感动。

我人生中最浪漫的事?

想来想去,可能就是那一次,老公在电话里给我边弹吉他边唱歌的情景吧。

那时,和老公相识不久,我正处在人生中最为晦暗的时期,整日把自己

封闭在房间里，足不出户，甚至连电视都不看，只是对着枯燥无味的书本发呆。而老公则是一个阳光大男孩，整天除了工作，就是下班后跟朋友一起到酒吧里唱歌。认识我之后，便多了一个任务，就是有事没事地给我打几个骚扰电话，让我本来就烦躁的心情更加不胜其烦。

虽然他能够感觉到我对他微微的反感，但这似乎并没有阻挡他骚扰我的决心。除了隔三差五地上门报到外，还要天天不间断地打电话问候。我难拂其为我排解烦恼的好意，于是就不咸不淡地跟他交往着。

某日，突然接到他的电话，说是要给我唱一支歌。随后，电话里传来了他边弹边唱的"你知道我在等你吗"这首歌。

"莫名我就喜欢你，深深地爱上你，没有理由没有原因……"

听着他低沉的歌声传来，原本对他的反感一下子消失到九霄云外去了。虽然以前知道他会唱歌，但是没有想到他的歌声如此好听，以至于我情不自禁地开始崇拜起他来了。（这大概是因为我音乐细胞极度匮乏的缘故吧。）

从此对他的态度开始改变，直至……彻底落入魔掌！

后来，每当朋友来我们家聚会的时候，他总是拿出吉他来边谈边唱给大家助兴。而每次当他唱起那首"你知道我在等你吗"的时候，我便会在一旁跟朋友说"刚认识他的时候很讨厌他，可是因为有一次他通过电话给我唱了这首歌，我对他的看法才慢慢改变，最终接受了他。"

而朋友们都非常羡慕地对我说"哎？这么浪漫啊！"

"浪漫吗？"我反问。然后自己又点点头，"嗯，也许吧。"

被人说得多了，回想起当时他给我唱歌的情形，就慢慢觉得，这，也许就是我一生中最浪漫的事吧！

5月9日

走学族

听说最近国内兴起了"走班族"。指的是那些没有时间锻炼的白领女性，为了减肥和锻炼，不坐车上班，而是走路上班。

没想到，我也不经意间赶上了这个流行。只是我是一个"走学族"。

我们现在居住的地方属于县营团地（小区），就是政府为低收入的国民提供的租金很便宜的住房。小区内环境很好，道路两旁种着樱花和银杏树，楼前楼后都是草地。春天的时候，梅花、玉兰、樱花相继开放，夏天的时候会看到百合以及许多不知名的鲜花。秋天的时候枫树的红叶和银杏金黄色的叶子则会把小区装点成一幅鲜艳的风景画。

只是，美中不足的是，小区离电车站比较远，从家到车站要20分钟。虽然小区里有公共汽车，但因为日本公共汽车车费较高，并且等一趟车的时间也很长，所以除了没什么事情干的老年人外，一般人都是坐电车上班或上学的。

我和老公在品尝了一个月坐公共汽车的不便之后（因为买的是月票），毅然决定坐电车。既可以锻炼身体，又可以省钱，一举两得。

如此下来，从家到车站需要花费20分钟，坐电车10分钟，下车后再爬20分钟的山路（学校在山上），到学校，单程即需要50分钟！

怎么样，还算是一个名副其实的"走学族"吧。

不过，遗憾的是，虽然走得很辛苦，可是体重却一点也没减下来！

"不错了，"老公安慰我说，"您现在的年龄，体重不增加就已经很好了，想减下来？难！"

郁闷！郁闷！

5月10日

雨中游京都

京都是我们关西之行的最后一站。

清晨起床,便发现窗外不知何时下起了淅淅沥沥的小雨,天空也显得比往日晦暗。

但阴郁的天气似乎并没有阻挡住人们游览这个旧日国都的兴致,开往各个景点的公共汽车站台上站满了排着长队的游人。

我们也匆匆买了500日元的一日乘车券,踏上了开往金阁寺的汽车。

京都的寺院都坐落在城市四周,依山而建。金阁寺也不例外。

一走进寺门,远远地就看到那座举世闻名的金色大殿。其四周涂满了金黄色的铂金,金阁寺也因此而得名。

大殿正前方是一片宁静的池塘,金色的殿阁倒映在池塘中,相映成辉。而大殿的后面则是花与草装点而成的美丽的庭园,娴静而清爽。据说,金阁寺是当时唐朝使臣下榻之处,相当于现在的国宾馆。不难想象出当时的唐朝使臣来访日本时,是何等威风、何等风光啊。

走出金阁寺,下一站便是著名的龙安寺。龙安寺以其独特的砂石庭园而闻名。走入寺内大殿,才发现所谓砂石庭园不过是几十平方米的小院子。只不过,整个院子的地面由砂子铺成,砂地上零散地摆着几块大石头,许多人都坐在庭院边上的台阶上对着这片砂石冥思。我们不知所然,也照样坐在一边,凝视着眼前的石头和砂地。我看了半天,仍不知其意,于是小声问旁边的母亲,"看出点什么了吗?"

"没有!"母亲回答得很干脆。

"那就走吧!"我不禁哑然失笑。起身!

后来,有日本人告诉我,7块石头代表的是7大洲,砂地代表的是海洋,那小小的庭园代表的是整个世界。所谓禅语中"心中怀有世界之意"是也。

"哦……"我似懂非懂地点点头,后悔当时没有好好数一下到底是几块石头。不过还是挺佩服日本人的,这么小小的一个庭园,居然也宣传得满世界都知道,搞得大家乘兴而来!败兴而归!

带着对龙安寺的庭园的疑惑和微微的失望,我们又相继游览了银阁寺和

祇园。银阁寺的风格与金阁寺相似,也是寺院的建筑与庭园的结合,而祇园则给人一种耳目一新的感觉。这里的庭园很宽广,池塘里过冬的仙鹤在优雅地向游人展示着它的身姿,而依次排开的古代建筑宏伟雄大,堪比中国的灵隐寺等建筑,全然不似金阁寺那般小巧精致。

沿祇园的青砖石路而上,两边是古色古香的店铺和旧日的建筑。每家店铺里都摆放着传统的京都名物,或是精巧的装饰品,或是特色的小吃。随着游人越来越多,我们便来到了传说中的清水寺。

比起金阁寺和银阁寺的宁静,清水寺要热闹得多,大概是因为雨停了的缘故吧。大红的寺门前聚集着争先恐后拍照的游人。拾级而上,来到了著名的清水寺大舞台。清水寺的舞台悬空建在半山腰上,下面由木头支撑。大概是年代久远的缘故吧。整个建筑呈黑色,庄重而不失威严。舞台周围是崖壁和山谷,空旷而深远。想必古代因为没有扩音器,所以才将舞台建于此处,艺人可以借助山谷的回音将自己的歌声传给更多的人吧。

我不禁开始遐想起来……

5月11日

博士又如何

国内的朋友看到我日志里的料理照片，嘲笑我整天研究如何做美食，全然不像博士的样子。

她疑惑："你是不是在刻意把自己放到一个很低的位置，去适应别人呢？"

我想，她所说的"别人"可能是指老公吧。虽然我偶尔也会跟老公开玩笑说他跟我结婚，完全是人才高消费，但是，说句心里话，自己也常常对自己说，博士，又如何呢？

也许在旁人的眼里，博士要么是两耳不闻窗外事，一心苦读圣贤书；要么是高高在上，一副不食人间烟火的样子吧。

更有甚者，将女博士喻为灭绝师太，让人闻之不寒而栗。

其实，所谓博士，不过是比一般人多读几年书而已，不过是在某一领域比一般人知道的多一点而已，不过是一个代表学识的称号而已。大家何必如此介意呢？

任何一个博士，首先是一个人，跟平常人一样需要吃饭，需要睡觉。

在父母面前也一样永远是个长不大的孩子；

在爱人面前也一样是一个需要做家务的妻子或丈夫；

在孩子面前也一样是一个慈母或严父。

所以，不要把博士看得那么高，也不要戴着有色眼镜去看博士。

因为，博士跟大家一样，是一个有感情、有思想、有血有肉的人。

所以，也不必奇怪，作为妻子的我，虽然身为博士，但一样要照顾家人，做饭，洗衣，打扫卫生！

因为我深知，只有让别人快乐幸福，你自己才会快乐幸福！

5月12日

记忆中的红糖烙饼

老公打工去了,独自在家,于是便发了些白面,准备烙发面饼。

本来想烙些老公爱吃的五香发面饼,可是做的时候突然心血来潮,想起了童年时姥姥经常给我们做的红糖烙饼。

小时候,因为父母工作学习比较忙,我和妹妹从小在姥姥身边长大,小学也是在当地农村的村办小学里上的。

每当学校组织我们出去春游或者到烈士陵园扫墓的时候,我们都兴奋异常,因为大家中午可以一起在外面吃午饭。对于小孩子来说,跟小朋友们一起出游并在一起吃饭是一件多么新鲜刺激的事情啊!

可是,那时候不像现在,有大型超市,只要买些面包和火腿就可以应付出游的午餐了。

因为姥姥家在农村,生活比较困难,平日里吃的是玉米面饼子,不要说面包,连馒头对于年幼的我们来说都是美味佳肴。

然而每当这时,姥姥就会在出发前一晚,给我们烙上几张发面的红糖烙饼,煮上几个鸡蛋,就算是出门的便当了。烙饼的时候,我们围在姥姥身边,看着刚出锅的金灿灿的烙饼,直流口水。可是不能吃,因为吃了,第二天的午餐就没有了。

虽然第二天吃烙饼的时候,已经不似刚出锅时那般香甜酥软了,但是我们依然会在旅游途中将它们一扫而光。那种感觉,好像在品尝山珍美味一般……

如今,我们都已长大成人,姥姥也离开了人世,但童年时那红糖烙饼的味道却在心里久久飘荡着。

想到这些,打定主意,今晚就做红糖烙饼!

虽然做的样子不好看,但香甜酥软,咬上一口,好香啊!

仿佛又回到了那个童年的馋得直流口水的小女孩时代!

5月13日

花　见

日本是一个对季节非常敏感的民族。一年四季,每个季节都有每个季节的"风物"。比如冬天的冰雪节,夏天的开海日,秋天的红叶,还有春天……著名的"花见"。

按照字典上的解释,"花见"就是"赏花"的意思。然而,日本人所言之"花见",通常是指每年春天四月初的观赏樱花活动。

每年3月份开始,电视里的气象预报便开始提供樱花前线的信息,樱花前线从南部的冲绳到北部的北海道依次延绵。人们根据樱花前线的信息,决定赏花的时间和地点。

日本人的赏花,不似我们国内,到了鲜花盛开的地方,赏赏花,留个影就行了。

日本人喜欢在盛开的樱花树下,大家席地而坐,边饮酒边聊天,觉得那样才有赏花气氛。大概只有这样,才叫花下风流吧。

所以，每年像上野公园这样有名的赏花之地，便成了人们争相聚集之地。

通常，公园附近的公司，会一大早就派人到公园占地方，以便中午下班后大家一起到公园共饮。因为，如果去晚了，会占不到地方。

而负责占地方的人通常是这年公司新进的职员。

如果，你四月初到东京上野公园的话，你会看到除了两旁盛开的樱花和攒动的人群之外，樱花树下还坐满边饮边唱的人们。其中不乏喝醉酒的老头们，在人群中边唱边跳，全然没有了公司里身着西装革履的威严，让人忍俊不禁。

可惜，今年的樱花虽然比往年早，但是因为樱花盛开的时候赶上了风雨交加的坏天气。看着被风吹雨打之后的花瓣散落在地上，心疼得叫人不忍下脚。

于是，不仅暗笑起自己来，什么时候竟多了一份黛玉葬花的闲愁！

5月14日

梦　　想

　　今天下午，在光顾了横滨一家日本最大的仓储式超市三次之后，终于把老公向往已久的"コンポ"抱回了家。所谓"コンポ"，就是既可以接到电视上看DVD，也可以听CD的一种小型音响。

　　本来，想趁五月初电器店搞活动时，给老公买一款价格比较便宜的音响，可是，没成想老公对那款音响根本看不上眼，居然看上了一款VICTOR的7万多日元的木质音响。7万多，相当于人民币5000多块，太奢侈了吧。老公的眼力是够毒的！

　　我只好跟老公说，等等吧，等降到可以接受的价格时再考虑买吧。

　　没想到，上周偶然到横滨的那家日本最大的仓储式超市去逛，居然看到了那款音响！价格是3万日元！

　　老公狂喜，不过细看之下，发现是他看中的那款音响的系列产品，虽然外观相似，但功能略有差别。因为是展示品，所以只卖3万日元。如果正常价格，是5万日元。

　　于是，请来店员给我们放音乐试听，一听之下，一下子被那独特的清脆空灵的声音所吸引。加之其樱桃木制成的音箱颜色古朴典雅，不似其他金属外形的音响那般冰冷，让人有一种忍不住亲近的感觉。

　　可是，老公还是有些犹豫，觉得不如新款功能齐全。其实最新的那款只不过是多一个USB接口，可以放IPOD里存的音乐而已，影响也不太大。

　　之后，他又在其他的电器店发现了这款音响，居然卖到6万5千多日元，和新款只差1万日元，声音效果却相差不多。

　　几番比较之后，老公终于下定决心，把那个音响买了回来。而且意外的是，当我问他们能不能把音响下面的架座卖给我们时，店员居然将它作为礼物送给了我们！要知道，那个架子起码要1万日元以上才能买到。而之前的两次，我们求他们卖给我们的时候，他们都推说厂家特别制造品不能随便卖云云。

回到家以后，老公迫不及待地将其摆放好。

边听着王菲空灵动听的音乐，老公边感慨地说，哎，我的梦想在这两年里都实现了。

是啊，喜欢音乐的老公，在上大学时就渴望拥有一个日本制造的morris的吉他，去年圣诞节时，花了5万多日元买到了。

为了在路上听日语和音乐（估计主要是为了听音乐吧，呵呵），买了一个3万多的30G的IPOD送给他。

然后是今年，一个音响。

看着他高兴的模样，我问他"你的梦想都在我这里实现了，可是我的梦想呢？"

"你有什么梦想呢？"老公反问我。

是啊，我有什么梦想呢。想来想去还真没有什么迫切渴望的东西。

看来，没有梦想的人也很悲哀啊！

我又开始郁闷起来……

5月15日

何时能如此柔情地凝视我

昨日，买回音响之后老公兴奋得迟迟不肯睡觉，对着我甜言蜜语说了一箩筐。

今天一大早，更是早早起床，放起音乐来，吵得我无法像往日一样睡到自然醒。

然后，吃完早饭又开始调音响的收音机天线，光听CD不够，还要听音乐台。

这下可好，我一天都在音乐声中度过，直到听得两耳发麻，头痛恶心。

老公看我可怜，感叹到，音乐素养不是一天之内就能培养成的。

终于，放我一马，允许我关掉音响，好好安静地待一会儿。

可老公还是意犹未尽，时不时地跑到音响前面一边端详，一边发出满足的感叹声，那目光，是如此温柔，以至于我忍不住妒嫉起那音响来！

于是，冲老公吼到："你什么时候也能像端详音响那样柔情地看看我呢？"

5月16日

日本女生的超短裙

在日本不管是穿多么怪异的服装，人们都不会多看你一眼。因为每个人的穿衣都有每个人的特点。

所以，在欣赏过往的日本女孩时，你经常被其或得体或新潮的服装搭配和头发式样所吸引，而忘记了去看她的五官是否漂亮。

而在川流不息的时尚的人流中，身着超短裙制服的女中学生，是一道独特靓丽的风景线，让人忍不住多看两眼。

记得上日语课的时候，老师曾经问我们刚来日本时最吃惊的是什么。在座的女孩有的回答说台风，有的回答说地震。而男生们则异口同声地回答"中学女生的超短裙！"

是啊，不管是三九严寒还是酷暑炎夏，日本的中学女生们都会穿着只延及大腿上半部的超短裙（上衣会随着季节的变化或增或减）。即使是冬天最冷的时候，也顶多是加上一双长度不到膝盖的棉袜。而裙子的下面露着白白嫩嫩的大腿。(拿我妈的话说，就是"真禁冻！")

青春洋溢的年龄加上漂亮性感的制服，让一些定力不够的日本男人们频频"犯错误"（报纸和电视里经常出现男子猥亵女中学生的犯罪事件）。

因此，当你在日本坐电车的时候会发现，上下班的高峰时段，每趟列车都会设有女性专用车厢，以防性侵害事件发生。

据我一个在东京的朋友说，上下班高峰坐电车时，他一般都是把两手举得高高的，以排除性骚扰嫌疑！

那么，日本女孩子穿那么短的裙子，就不怕走光吗？

据我的一个师弟（此君来日前可是国内某国家机关的公务员）讲，日本女孩的保护措施还是很严密的，基本上除了大腿之外什么也看不到。

他怎么知道的？

据称某次此君在麦当劳吃饭，刚好邻座是两个女中学生，于是此君忍不住多往人家大腿上扫了几眼。

谁知，看穿此君心思的女孩并不以为然，反而故意将裙子向上拉了拉，以满足他的好奇心！

当然，他什么也看不到。里面据说好几层，很严实！

此君当场来了个大红脸，既惊诧于日本女孩的泼辣，又为自己的意图被人家看穿而沮丧！

看来，美丽只能远远欣赏，千万不要动"坏心思"啊！

5月17日

越来越白痴

在家抠了一天法律条文，论文也没什么进展，反倒是腰酸背疼，颈椎发麻。

于是，和老公相约一起到天王町车站附近的菜市场买菜。

下午五点，穿上轻便的运动鞋，出门。像是被关了一天的犯人终于等到了放风的时间,长长地呼出一口气。

雨后的空气分外清新,只是有些潮湿。据说冲绳已经开始进入梅雨季节了,想必离横滨也不远了吧。

太阳还没有下山,懒洋洋地斜照过来。路边白色的马蹄莲、紫色的蝴蝶花以及各种不知名的五颜六色的花儿竞相开放着。

蹦蹦跳跳地向山下的车站而去,偶尔还会闻到空气中飘来的丁香花的淡淡优雅的味道,令我身上兰蔻香水的味道黯然失色。

来到车站,将月票像往常一样插入自动检票机,可是,居然被挡住了!

心中纳闷,昨天还用得好好的啊!白痴一样又重新插了一次,还是不通!

于是,将月票拿给旁边小屋里站着的车站工作人员看是怎么回事。

"月票过期了!"老头笑眯眯地说。

"啊!忘了换月票了!"我恍然大悟,连声道歉。

心里直骂自己简直是个白痴。

居然没想到月票过期了!

看来整日把自己关在家里,迟早会变成白痴!

5月17日

我愿意

这几日,一直在反反复复地听王菲那清澈空灵的歌声。

最喜欢的,就是那首"我愿意"。虽然是王菲早期作品,也非本人作词,但歌词中的每一句话似乎都在表达着将来的某一天,她会为了某段感情、某个人不惜一切,放弃所有的誓言。

恐怕当初唱这首歌的时候,王菲本人也不会想到她真地会退出歌坛,安心做一个相夫教子的妻子吧。

但是她真地做到了，那份决心，那份真情，让世人为之惋惜的同时，又为之感动。

如今在这个浮华的社会里，在真情已经变成奢侈品的今天，能做到她那样为了感情和家庭而放弃一切虚名和荣华的人，还剩几个呢？

附上歌词，和大家共享吧。

我愿意

作词：黄国伦

思念是一种很玄的东西

如影随形

无声又无息出没在心底

转眼~吞没我在寂默里

我无力抗拒特别是夜里喔

想你到无法呼吸

恨不能立即朝你狂奔去

大声的告诉你

愿意为你我愿意为你

我愿意为你忘记我姓名

就算多一秒停留在你怀里

失去世界也不可惜

我愿意为你我愿意为你

我愿意为你被放逐天际

只要你真心拿爱与我回应

什么都愿意

什么都愿意为你

5月18日

割 勘

日语中的"割勘"就是我们中文里的"AA制"。

在日本，不管是朋友还是恋人，在外消费的时候，一般都是AA制，即最后结账时，大家各自掏钱。

如果是大家一起出去吃饭难以分清谁吃了多少的时候，通常就是平摊。男女一起吃饭的场合，女性不饮酒的话，还可以少掏一些。

即使是恋人之间出去吃饭或者唱卡拉OK的时候，看似甜甜蜜蜜，但结账时两个人每人手里拿着自己的那部分钱，很自然地递给收银员，男性一方一点也不觉得不好意思。要是在中国的话，男人们肯定会把这种行为当作对自己的侮辱吧（至少北方男人是这样吧）。

不过细想起来，AA制还是挺不错的。比如朋友们一起出去吃饭的时候，如果由一个人支付大家的消费的话，负担会很重（要知道，在日本吃最简单的一碗面条都要七八百日元，约合50块人民币，不要说出去吃饭喝酒了）。即使是他人请客，自己心里也会有负担，总会惦记着哪天把人家的人情还回去，而还人情的时候又要花钱，所以不如一次结清为好，大家互不相欠。

至于恋人之间嘛，如果是刚开始交往，两个人的关系不确定就给对方花钱的话，对男方来讲似乎也不太公平。因此大家都约定俗成地实行AA制。订婚或成夫妻之后男方的工资卡会自然分给老婆一个，所以也就没必要AA制了。

不过，上了年纪的人和年轻人之间，如果地位收入差距比较大的话，收入地位高的一方也会请另一方吃饭，而非AA制。比如中村老师跟我们吃饭时，每次总是跟我抢账单。学校的教授们偶尔也会在下课后请学生们吃饭喝酒，通常也是由老师出钱，因为学生没钱啊，呵呵。

AA制在朋友之间实行还是不错的，不过如果夫妻之间也实行AA制的话，总让人感觉有点冰冷。

所以，我坚决果断地把老公所有的银行卡牢牢地把握在手。

虽然钱不多，但，这是个态度问题！呵呵。

5月19日

来日本必须会做的料理

许多留学生来日本之前都先学做几样料理，以备国外独立生活之需。

而饺子则是最实用的必备料理之一。

一则携带方便，送人的时候往饭盒里一装即可；再则过节时大家一起包饺子，还可以减轻些独在异乡为异客的感觉。

每次包饺子，我都喜欢做上两三种馅儿，然后混在一起煮，大家吃的时候边吃边猜是什么馅儿，直到将饺子送到嘴里那一瞬间，才知道其味道，然后再在一起评论自己喜欢吃的馅儿。那气氛，真正一个其乐融融。迄今为止，已经有好几个国家的留学生到我家吃过饺子了，我也经常把饺子带到学校给导师和我的那些老师们吃。他们的一致评价是:"这是我吃过的最好吃的饺子!"虽然带有恭维的意思,不过我的饺子确实很受欢迎哦!有一次老公邀请中文班的几个学生到我家吃饭,他们从来不知道原来萝卜、蒜薹等各种蔬菜都可以做成饺子馅儿(日本的饺子馅儿一般都是韭菜肉或者猪肉大葱的),还如此美味。以至于临走前有一个女学生怯怯地问我们,能不能下次还来吃饺子?哈哈,没想到一向内敛的日本人居然也有这么可爱的一面!

今天,作了两种馅儿的饺子:一种韭菜鸡蛋虾皮素馅,一种萝卜肉馅。发给大家看看。别眼馋啊。

呵呵,希望以后有机会给你们做饺子吃!

5月20日

鸽子入侵

日本是一个人与自然和谐融合在一起的国度。

虽然日本的国土面积不大,且70%多都是山地,生存环境比较差,但日本的森林覆盖率却高达70%以上。尽管家家户户的庭院很小,但每家的庭院里都种满了鲜花或者果树,一年四季里都开着各种各样的花。

鲜花和树木多的地方自然成了鸟儿们的天堂。日本的野鸟很多,特别是鸽子和乌鸦,一点都不怕人,甚至有的时候,从成群的乌鸦旁边走过时,我还提心吊胆的,生怕一不小心被哪知调皮的乌鸦啄坏了眼睛。(如果在国内的话,想必那些野鸽子和乌鸦早就成了夏天夜市烧烤摊上的美味佳肴了吧。哪容得它们如此放肆!呵呵。)

我住的团地里也不例外,因为草坪和树木很多,自然引来了不少野鸽子。

去年冬天开始,一对鸽子夫妇看中了我家阳台,不仅每天早晨天不亮就在阳台上约会并且兴奋地大叫,吵得我们无法睡懒觉,而且数日后,居然把窝安在了阳台的洗衣机下面。

后来,终于清静了几日,听不见鸽子欢快的叫声了。正纳闷的时候,老公准备打开洗衣机洗衣服时才发现,鸽子妈妈正安静地躲在洗衣机下面孵宝宝呢。

无奈,为了让鸽子妈妈安心养胎,在小鸽子出生之前,我只好担负起了所有衣物的洗涤任务。(一般情况下,床单被罩等大件物品用洗衣机洗,我只负责洗小件衣服。)

终于,小鸽子出生了,听着洗衣机下面传出来的"唧唧,唧唧"的叫声,我长呼一口气,终于可以解脱了。

又过了数日,小鸽子开始学习飞翔了,每天天不亮就跟着爸爸妈妈一起出门,晚上才归巢。

被鸽子霸占了数日的阳台,却实在让人难以下脚。洗衣机下面的鸽子窝充满了小树枝和鸽子屎,还有散落的羽毛。估计是鸽子妈妈"坐月子"时在窝里吃喝拉撒睡的结果吧。

于是,趁鸽子一家三口出门的功夫,我将阳台彻底打扫了一番,而那又脏又臭的鸽子窝,自然也被我连锅端起!

既然小鸽子已经长大了,它们也应该另觅豪宅了吧。我心想。

没成想,傍晚鸽子回来后,发现窝没了,小鸽子在那里一个劲期期艾艾地叫,而鸽子爸爸则站在阳台的栏杆上,用浑厚的嗓音怒吼着,仿佛在跟我示威!老公也跟着凑热闹,埋怨我不该把人家的家给端了。

看着一家三口无家可归的可怜模样,我赶紧找来一个鞋盒子,垫上软软的卫生纸放到阳台上,希望它们能暂时凑合住在那里。

可是，鸽子们居然不领情，还是钻到了洗衣机下面，尽管地面是冰冷的水泥地！让我心里好生不忍！

看鸽子没有离开的意思，为了阳台的卫生环境，我和老公只好狠心地把洗衣机下面填满了泡沫塑料，好让它们不再留恋那里。

几日下来，效果果然不错，鸽子屎少多了，阳台也干净了很多。

只是，鸽子夫妇还是会有事没事地来约会一把。

更可气的是，今天居然入侵到房间里来了！

今天起床后，因为天气比较晴朗，我便把被子晒到了阳台上，顺便开着阳台的窗户，透透空气。

可是，那鸽子（估计是长大的那只小鸽子）居然大摇大摆地踱了进来，我一看不好，要知道房间的地面都是榻榻米，它脚上的脏东西会把榻榻米踩脏，何况房间里进得这样一只小东西，我也不知如何是好啊。

于是，我惊叫一声，指着窗户对鸽子说："快出去！"

那鸽子受了惊吓，一下子扑腾了起来，可是房间空间小，又没办法展翅高飞，只好落脚到墙壁四周的木楞上，木楞很窄，它一边紧紧地用爪子抓着木楞，一边缩成一团，那样子，好像在对我说"不要过来，不要过来！"（感觉我像电视剧里的强奸犯一样，呵呵。）

我哭笑不得，指着窗户对它说："从那里出去！"

怎奈其不解我意，从房间这头扑棱到那头，就是找不到窗户的出口。

如此折腾数回，它飞到了窗户附近，我趁势用书一赶，那鸽子终于找到了出口，一口气飞到了对面的楼顶！

我站在阳台上，看着它怯怯地正朝这边张望，冲它喊道："以后不许再到我家来了！"

喊罢，自己忍不住笑了。

这么大一个人，居然对一只鸽子无可奈何！

哎，人要是软弱的话，连鸽子也欺负啊！

5月22日

榻榻米

说起日本传统的房间，人们马上联想到的可能就是榻榻米了吧。

虽然日本自20世纪第二次世界大战后，受美国等西方国家的影响很深，但其传统文化却依然保留得很完整。榻榻米就是一个例子。

榻榻米由我国盛唐时期传入日本和韩国等地。经过1000多年的历史变迁，我们国人的房间已经从土炕过渡到了西式洋床，而日本人却依然保留着这传统的房间。

日本的房间大抵上分为"洋式"与"和式"两种。洋式房间就是我们平时放着床和桌子等家具的或是木质地板，或是水泥瓷砖地板的房间，而和式房间则是指榻榻米地板的房间。

所谓榻榻米，就是10厘米左右厚的木板上面粘贴上一层灯心草草席而已。每个榻榻米大约1.3平方米，所以日本人问及房间的面积时，不似我们说有多少平米，而是说有几个榻榻米大。

榻榻米房间的好处就是可以节省空间。比如房间里只要准备上几个厚棉垫就可以让人休息了，而不必摆上椅子或沙发等家具占据空间。晚上睡觉的时候，把棉垫一收，铺上被褥席地而睡。不像大床，白天不用了还要摆在那里占地方。

榻榻米还有一个好处就是，坐累了，随时可以往后一躺，而不必顾及地面是否干净。特别是家里有小孩的话，可以让小孩子在房间里肆意滚爬，不用担心是否弄脏衣服。我和老公就经常在吃饭吃累了的时候，顺势躺到榻榻米上小歇一会儿，聊聊天，然后坐起来接着吃。就像两个孩童一样，边吃边玩。呵呵。

榻榻米房间的缺点就是，坐的时间长了容易腰酸背疼。特别是如果和朋友出去吃饭的话，在和式房间里要盘腿正坐，不习惯的话，一会儿的工夫，腿脚就麻得动弹不得。日本女人和男人的坐姿是不一样的。男人是盘腿坐，而女人则要跪坐。所以，大部分日本女孩的腿形都比较难看，罗圈腿很多。

不过还好，现在越来越多的饭店考虑到客人吃饭跪坐的辛苦，往往将饭桌下面挖深，好让腿伸到下面，不至于造成盘腿或跪坐而带来的不便。

虽然已经住了将近两年榻榻米的房间了，可是我们总觉得席地而睡不能解乏。

所以，每到学校组织旅游的时候，我们都抢先跑到房间里，占上一张床（通常一个套间里有和式和洋式房间各一间），好好享受享受睡床的舒服滋味。每当这时，我们也就会倍加怀念家里那张1.8米乘2米的大床，两个人睡在上面又宽敞、又自在，多美啊！

5月23日

缘来缘去

我是宿命论者，相信人生中的每一次相遇、每一次挫折都来自命运的安排。

因此，从来不愿意去做什么无谓的假设，也不会幻想着某一天天上会有馅饼掉下来。只是被动地做着眼前的事情，混天度日。

其实，与其说自己是一个能够看淡一切、享受生活的人，不如说自己是一个慵懒无味、不求上进的人而已。

对朋友，也是如此，从不刻意相求。口口声声地以相信缘分为借口，掩盖着自己处事的消极。

所以，交朋友也像狗熊掰棒子一样，结识新朋友，忘了老朋友。最后，剩下的也就是一两个可以称作知己的人而已。

不是我生性清高，不愿与凡人为伍，而是天生冰冷且略带傲气的外表，加之内向的性格，往往让人产生一种难以亲近的感觉，换句话说，就是"亲和力"太差！故一旦与朋友分离，便慢慢没有了消息。

虽然记忆中会储存着这30年来过往朋友的音容笑貌，以及曾经发生的或有趣或忧伤的故事，但每当想起的时候，却已是此去经年，各奔东西了。

还好，现在有了互联网，有了百度和Google等各种各样的搜索引擎，可以轻易地将失去多年联系的朋友"搜"出来（据说有人还搜出过初恋情人），可是我的运气却好像并没有那么好，输进去名字后，出来的人却没有一个是我想要的。

这似乎又一次印证了缘分的说法。缘来缘去，都是命中注定，即使是朋友，也有缘分的轻重之分吧。

所以，在相识相知的日子里，我们还是珍惜上天给我们安排的机缘吧。不管是夫妻、家人还是朋友，在一起的时候，彼此善待，彼此容忍。即使哪一天分开了，记忆中也会留下一份美好的回忆。

人生，也在这缘来缘去中慢慢地走过！

5月24日

成精的蟑螂

日本气候温和潮湿，因此每到5月份天气缓和之后，各种昆虫便伺机行动起来。其中最为猖狂的恐怕就是蟑螂了。

日本的蟑螂不似国内的蟑螂，个子足有国内蟑螂的5倍，单身长就有寸把长，不只爬得快，而且能飞。怎么样，成精了吧。

蟑螂专门藏在房间不见光的角落里，一旦被人发现，身手极端敏捷，一般是打不到的。

这不，今天做晚饭时，一开橱柜，赫然发现里面藏着一只硕大的蟑螂，吓得我不由惊叫起来。

待老公闻声赶来，那家伙早已不知去向了！

无奈，只好把橱柜里的碗盘清空，往里面放一个粘蟑螂的纸夹子，只能是守株待"兔"了。

但愿明天能够看到那家伙老老实实地呆在粘板上，不然我这几天可就没好日子过了！

最新战报

刚写完蟑螂的日志，心里还是有些不踏实，决定再打开橱柜，看看蟑螂是否已经上钩。

为了安全起见，拿上几张报纸，以备其逃跑时之需（只要它敢从本人眼前过，决不手软！呵呵）。

老公看我急不可待的样子，一个劲地阻拦，"着什么急啊，它不可能这么早就被粘上的。别到时候蟑螂没上钩，反倒又把您吓一跳！"

哼，自己不操心，还老给我泄气！

看我怎么收拾那个可恶的家伙！

悄悄打开橱柜一看，粘板上果真没有那只大蟑螂的影子，再往里看，盘子后面露出了那家伙的身影。

于是跟老公喊道："快来，它好像刚才被我打伤了，躲在盘子后面，估计不会到粘板上了。"

老公闻声也兴奋起来，将报纸卷成一个小棒子，好戳那家伙。

"恐怕不行吧，"我有些不放心，"万一戳不中，那家伙肯定就跑掉了。"

我们两个分工协作，我负责把剩下的盘子拿出，腾空地方，他负责捉拿蟑螂。

开始行动了，我一把盘子端出，那家伙便现出身形来，并迅速做出反应！

说是迟那是快，老公看一戳之下未能击中其要害，便左右开弓抽打起那家伙来。（以前还真没发现老公竟有如此身手，佩服，佩服！）

"好了好了，它已经晕了，赶紧摁住！"老公只顾没命地抽打，哪里知道那家伙早已招架不起，仰面倒下了。

于是，趁它没翻过身之前，一下子将其打倒在地，然后处以极刑。

终于，一场战役以我和老公的胜利结束了！

晚上睡个好觉，做个好梦。呵呵。

5月25日

婚前婚后

婚前，两个人吵架后。

把手机往枕头下面一塞（不能关机！否则不知道他打过几个电话，检验不出他的认罪态度啊。呵呵），电话线一拔，来个玩失踪。不管短信里说了多少道歉的话，也不管手机里有多少个未接电话，就是不理他！急死他！

接着，看到的是下班后的他，满脸的气急败坏和无可奈何。

然后，是低三下四的道歉和甜言蜜语。

最后，痛斥其种种不是之后，和好如初。

婚后，两个人吵架后。

一个人躲在房间流泪，而他若无其事地看电视。

眼泪无效后，起身，离家。

在做了无数次是到海边还是到县民中心的思想斗争之后，终于选择了县民中心。（万一到海边一时想不开，跳海自杀了，岂能对得起国内的双亲啊！）

手机开着，查看过无数回，没有短信，也没有电话。（居然对我的离家出走毫不理会！）

待天色已晚，不得不回家时，发现人家依然在看电视，对我的离家和归来无动于衷。

懊恼，无奈！

做饭，吃饭。

他仍旧纹丝不动！

"难道吃饭也要别人请你吗？"终于忍无可忍，我率先发出了进攻，可是，话说出来却软绵绵的，居然还带着一丝怯意。（郁闷，郁闷！）

"哦，你也没做什么啊。"他倒是很会顺着台阶下。

若无其事地吃饭，然后，洗澡休息。（眼泪也白流了，失踪也白玩了，不甘心啊！）

于是，睡觉前，趁人家高兴，"你还没跟我道歉呢！"做很委屈状（其实也确实委屈啊）。

"好好好，对不起！对不起！"他顺势敷衍两声，嘻皮笑脸，一副无赖的样子。

心理平衡一下，和好如初。

哎，我不知道是该为我的成熟感到高兴还是悲哀！

这，就是女人的婚前婚后！

5月27日

夜游的狐狸

可能名字有的时候会对人的性格和行动产生某种暗示吧,即使是假名!(狐狸是我上中专时的同学根据我的姓起的外号。)

我发现我的习性越来越像狐狸了,喜欢夜间出没!

白天在小"窝"里蜷缩了一天之后,喜欢在太阳落山之后围着偌大的团地一圈一圈地转。一来为了消化晚饭的食物,二来可以呼吸呼吸新鲜空气,做做有氧运动,利于减肥。

初夏的夜晚,凉风袭来,清爽舒适,便道两旁的野花也在夜晚里静悄悄地开放着。

华灯初上,却被浓密的树叶遮掩着,便道也变得昏暗起来。也好,我可以肆无忌惮地甩开臂膀,大步前进而不必顾及是否有损形象。

偶尔,也会停下脚步,抚摸一下路旁银杏树婆娑细密的纹路。银杏树是我所喜欢的,早在上小学的时候,看到同学书里夹着的银杏叶子标本时,便被它与众不同的形状所吸引。

只是,北方的银杏树似乎不多。因此,一直到日本之后才发现,银杏叶子在深秋时分居然会绽放出那样鲜艳灿烂的黄色!

说起黄色,突然想起初三的时候,在满大街流行明黄色的时候,我恰好得到了一位亲戚从国外带回的闪着金光的夹克,每日招摇地在校园里走来走去。搞得学校教导处主任整日用其严苛的目光狠狠地盯我,同时也吸引了其他同学的眼球,以至于下学回家时,自行车的车带总是半瘪的(调皮的男生趁课间的工夫偷偷给我放了气)。

而事后,那帮男生居然还美其名曰地说,因为看我骑车太快,危险,所以放点气,让我骑慢点。

可是他们哪里知道,我还整天傻乎乎地问同行的女孩:"今天是不是顶风啊？我怎么骑不动啊？"

如今，那帮恶作剧的男孩早已为人夫，为人父，早已忙碌地无暇去回忆了，而我却依然漂泊、依然游荡着。在异国他乡的夜晚，边回想着少年时的趣事，边一圈又一圈地游荡着……

小区风景

5月28日

日本的贫富差距

日本人中10%左右属于富人，10%左右属于穷人，其他的80%左右的人生活水平都大致相同。

即使是如此，贫富差距稍显加大，民主党等在野党便将其作为攻击自民党执政不力的武器之一，大加批判。

日本调节贫富差距最有力的武器就是税收。

据说，日本人每年在支付如房地产、汽车等不动产税方面就要花费很大一笔钱。

而对于遗产税的征收，更是加大力度。一般来说，如果日本人死后留给自己的儿女一栋房产的话，其房产的价值基本上到第三代就剩不下什么了（即使房产还在，支付的遗产税也足以抵消其价值了）。

所以，许多日本人在继承了父母的房产之后，不得不马上卖掉以支付数额巨大的遗产税。那些指望靠父母打下的江山过活的人，如果什么都不干，坐吃山空的话，也挺不过两代人。不可能永远富有下去，除非自己不断努力奋斗。

一般来说，日本普通白领5年不吃不喝的话，可以买一栋普通的住房。

日本的父母是不会为自己的子女出钱买房的。他们认为把子女供养到大学毕业，能够独立已经尽到义务了。一旦孩子参加工作后，他们便可以轻松地享受生活了。

我的一个日本朋友常常感叹中国人有钱，因为他经常出差的中国公司里的刚毕业的年轻人大多都花上50万元左右买上了房子，尽管他们的工资并不高。我跟他说，那是因为父母支援的缘故。他感到不解，为什么中国的房价高的离谱，还有那么多人争先恐后地买！

还好，国内目前还没有征收房产税和遗产税，我还可以仰仗父母的庇荫有个安身之地，否则，光靠我那点可怜的工资，哪有钱买那么贵的房子啊！

感谢父母！没有他们的努力就没有我今天的幸福生活！

5月29日

小资生活

似乎每周二成了我和老公约定俗成的改善日。

在家里懒散了一天，便和老公出去伸展伸展筋骨。

下得山去，坐电车来到学校附近的超市。傍晚时分也是超市新鲜食品打折的时候，于是买了许多生鱼片、寿司和天麸罗❶当作晚餐。

当然，啤酒也不能落下。吃生鱼片的时候不喝两口啤酒总觉得欠点味道。

回家后，将生鱼片、天麸罗和寿司依次摆上，然后再做一个生菜色拉，就是一顿地道的日式晚饭了。

老公打开音乐，他喝他的冰啤，我喝我的乌龙茶，边饮边吃，倒也自得其乐。

没想到，如今咱也过上了小资生活！

于是，趁机奉承老公几句："多亏了您，我才能过上如此惬意的日子！"

"钱都在你手里，你想怎么花就怎么花，怎么会是多亏了我？"老公倒是很谦虚。

"嘿嘿，"我诡异地坏笑，"没有您鼓励我花钱，我这样的守财奴怎么舍得吃这么好的东西呀！"

"嗯，嗯！就是！"老公在我的吹捧之下，借着酒意，满足地点点头。

"不过别忘了，没有我你也来不了日本！"我话头一转，"如果哪天你想出轨的时候，就多想想我们现在的甜蜜时光！要知道幸福来之不易啊！"我

---

❶ 天麸罗，日式料理中的油炸食品，用面粉、鸡蛋与水和成浆，将新鲜的鱼虾和时令蔬菜裹上浆放入油锅炸成金黄色，吃时蘸酱油和萝卜泥调成的汁，鲜嫩美味，香而不腻。不是某个具体菜肴的名称，而是对油炸食品的总称。具体的种类有蔬菜天麸罗、海鲜天麸罗，什锦天麸罗等。

语重心长地告诫他。(防患于未然,要时时提醒,警钟长鸣!嘿嘿。)

"怎么会呢!钱都在您的手里,我就是想出轨也没资本啊。"老公委屈地说。

"那如果碰上一个富婆倒贴呢?"我不依不饶。

"不过,真碰到倒贴的富婆的话,"我不等老公回答,便接着说,"你就去吧,别忘了把挣的钱统统交给我!"

"啊?!"老公嘴里的啤酒差点喷了出来。

怒目圆睁!

"你这个要钱不要……"

"不要夫的家伙,嘿嘿",我接言道,"关键是我现在担心的是没人要你啊!"

"所以,你还是在我这里委屈着点吧。帅哥!"我一脸坏笑……

5月30日

感动于点滴之间

上午起床之后,吃罢早餐,先收拾房间。

看到餐桌上摆着老公吃完小吃的空塑料袋子,不禁徒生怨气,"这个家伙,懒到家了!吃完了也不知道顺手把袋子扔掉!"

不料,拿起空空的袋子,却发现里面还有十几粒油炸花生米!

原来如此!怨气一下子消失得无影无踪,取而代之的,除了感动,还是感动!

这种小吃是老公喜欢的,所以去超市买东西时,顺便给他买了回来,里面装的是一种膨化食品和油炸花生豆。

因为每次都是我开包先吃,然后再把剩下的交给老公,而花生米比较沉，都是藏在袋子的下面，所以虽然以前吃过好几袋，我却一直都不知道里面有花生米。直到前日，老公快吃完时才问我："吃不吃花生豆？"

"啊？里面居然有花生豆，我一直不知道呀！"我夸张地惊呼（老公以为我是知道的）。

其实，老公也很爱吃花生米，只是看我那贪婪的吃相，他便把剩下的所有花生米倒进了我的嘴里（一袋最多也就20几颗）。

今天的这袋小吃也是一样，我先打开吃了一大半，然后丢给了老公，便不再过问了。可是，没想到……

老公竟然带给我如此的感动。

或许是我太容易被感动、被哄骗了吧。呵呵！

那又有什么不好呢，生活又何尝不是由这些点滴的感动构成的呢！

比如老公，生性冰冷且不善言辞，更不要说主动对我说什么甜言蜜语了（不似我整日里虚情假意地缠着他说一些肉麻的话）。

虽然总是抱怨他对我的"冷暴力"，可是却还是时不时地被他感动着：

夜里回家时，走20多分钟山路赶到车站接我的人是他；

疲惫不堪地回家后，将可口饭菜呈上来的人是他；

走过脏水沟时，背起我的人是他；

郁闷苦恼时，守在身旁听我发牢骚的人是他；

独在异乡，放弃一切赶来陪伴我的人是他……

是啊，有这样一个体贴而不张扬的人陪伴在身边，

即使不会说甜言蜜语，

即使不会收敛自己的坏脾气，

即使偶尔会惹人生气，

那又何妨呢！

毕竟，人无完人！

只要他的心中首先想到的是你，那就足够了！

我庆幸，有这样的老公！

5月31日

东瀛采桑

一大早起床,便拿出昨夜熨烫好的白衬衣和西服套装,以备中间发表之需(日本人比较注重这些。正式场合时一般需要着正装)。

虽然天气不太热,可湿度很大,所以到学校后汗水还是湿透了衬衣。

好不容易捱到了发表的时间,却又被指导教授们的种种指摘搞得信心全无,不知道论文还能不能写下去,明年是否能顺利毕业。

于是,发表完毕,匆匆收拾行装往家返。

孰料,走过学校路边的一片灌木丛时,突然发现几枝桑树枝探出头来,上面零零落落地结着紫色的桑葚。

我心中大喜,跳到路边看个仔细,没错,就是桑葚!

摘下一颗紫色的熟透的果子放到嘴里一嚼,很甜!跟小时候爬树摘的桑葚一个味道!

顿时,童心大发,早已忘了发表带来的不快,开始采摘起来。

还好,书包里有一个买东西剩下的塑料袋子,正好可以盛桑葚。

说是桑树,其实只是两株灌木,并不高,伸手可及。于是,站在浓密的枝叶下面,仰望着树枝上紫色的、红色的和淡粉色的桑葚,一颗一颗小心地摘下,轻轻地放到袋子里。不顾来往学生好奇的目光,也不顾自己那身价格不菲的滕氏套装!日本人似乎不知道桑葚是可以吃的,所以任由熟透了的桑葚或是散落在地上,或是寂寞地吊挂在枝头。

今天,终于碰到了我这样一个懂得其价值的人!

呵呵,可以无所顾忌地采摘一通!

"秦氏有好女，自名为罗敷；罗敷喜蚕桑，采桑城南隅"，突然脑子里冒出了N年前学过的一首乐府诗歌。

仿佛回到了那个古老的年代，而自己就是那个采桑的罗敷。

只是，罗敷采的是蚕宝宝吃的桑叶，而我采的是自己吃的桑葚！

回到家后，将桑葚在水里略微浸泡之后，一颗一颗地放到嘴里品尝。

紫色的绵软香甜，红色的酸甜可口，而粉色的因为没有熟透，酸酸的。

一边品尝，一边心里盘算着下次去学校时，不知道还有没有桑葚呢……

6月1日

给大脑安个删除键

如果人的大脑里也有一个删除键该有多好啊。

可以按照自己的意志将不愉快的记忆删除掉，将不想见的人删除掉，将不想知道的事情删除掉……

然后，记忆里储存的只有快乐的回忆，只有喜欢的人，只有自己想留下的一切！

那多好啊！

6月2日

假亦真时真亦假

一个日本朋友刚从中国出差回来，一见面先汇报的事情就是在坐国内航班从大连飞往天津时，又一次遭遇了航班班次的取消。原因是那趟航班的乘客很少，不值得飞，所以将原本打算乘坐那趟航班的乘客全部安排到了5个小时之后的下一趟航班。

"哎？"我觉得有点不可思议，仅仅是因为乘客少就取消航班，在日本是绝对不可能发生的事情。万一耽误了乘客的大事怎么办呢？

"那你后来怎么样了？"我问那个朋友。

"打车回市内等了5个小时。"朋友如实回答。

"那有没有向航空公司索要损失赔偿？"我接着问。乘客来回坐车的费用和耽误的5个小时总要有个说法吧。

"没有，因为我是外国人，不好跟他们吵架。何况中国公司的人告诉我，要也不给！"

我叹口气，没想到国内的航班竟如此置乘客之利益于不顾，而且把随意取消航班当作平常事情，连一个道歉和说法都没有。

可怜的中国老百姓！为什么大家不联合起来抵制航空公司的这种做法呢？一旦哪家航空公司涮了乘客，马上曝光，号召全国人民都不坐那个航空公司的飞机，看他们还敢胡闹不！可惜，我们现在缺少的正是这种万众一心的凝聚力，才使得老百姓任人欺负！无奈无奈！

接着，朋友又说起了天津的假货市场，据说在那个市场里充斥着各种各样的名牌服装、包和手表等的假冒品。更可笑的是，同一件假冒品根据其仿真的程度不同，价格也分为三六九等。比如名牌手表，真品要卖到1万多到2万人民币，而假冒品则根据其做工的精细程度不同，分为300、500和1000元人民币三种价格。那个1000元的被叫做"超仿真品"！

据说，天津人很爱买这种假冒手表，我朋友公司的同事几乎每人都戴着一个。有一次，一个同事把自己价值1万多元人民币的真表和其他两个人的同一品牌的手表放在一起，让公司里的人辨别哪一个是真品，没想到，所有的人都指着那个"超仿真品"！这可真成了假亦真时真亦假了！

更让我哭笑不得的是，我的朋友居然经常买来中国的假冒手表和钱包等作为"中国特产"送给日本国内的朋友和家人。当然，在送的时候是要说明那是仿造品的。不为别的，就是觉得好玩，有"中国特色"。

听了朋友的话，我一个劲地指责他"ひどい（差劲）"！

他不解，问为什么。

"明知道是假冒品还买，不是很差劲吗？而且还是送给日本的朋友！"

"可那是中国特有的啊，人们出去带礼物的时候，不都是送特产吗？"

哎，没法解释清楚了！让我这个学知识产权法的人脸面尽失！

"为什么中国人都爱买假冒的名牌呢？"看来朋友是要"打破砂锅问到底"了。

"大概是虚荣的缘故吧，真品很贵买不起，所以只好买假冒的充充面子吧。反正大家也分不清。"

"我发现许多世界上的名牌在中国卖的比日本还要贵，中国人的工资那么低，可是买的人还很多。"朋友接着说。

"是啊，我也觉得很奇怪，许多世界品牌卖到中国的产品的定价高得离谱，可是许多中国人还打肿脸充胖子地去买，大概就是因为外国公司看准了中国人虚荣、互相攀比的心态，所以在营销战略上采取了高价位的政策吧。"（心里直骂，那帮外国公司真够狠的，让中国人当冤大头！）

"哦，原来如此。"朋友释然。

而我，却难以释然，什么时候我们的国民才能够量力而行呢？

为什么不把消费奢侈品的那些钱花在更多有用的地方呢？

即使是你戴着1万多人民币的手表，而月工资只有1000多的话，恐怕，那个名牌手表给你带来的不是荣耀，而是众人不屑的目光吧！

6月4日

可以用到孙子辈的电池

电子词典没电了,液晶屏上频繁出现的电量不足的提示搞得我心烦意乱。心里恨恨地想:"这次一定要买好电池,省得总要换!"

到了电器店,看着货架上琳琅满目各种品牌的电池,着实有点眼花缭乱。

突然,发现干电池的货架旁边还摆着各种各样的充电电池,只是充电电池的价钱要比普通电池的价钱贵上10倍,但可以反复充电1000次,如此算下来,每次更换电池也不过是现在的1%!合算!不过需要配上特别的充电器,需要1300日元(合人民币80多块)。那也合算啊。何况我和老公各自有一个电子词典,他充电时,和我同用一个充电器就可以了。合算,太合算了!

于是和老公毫不犹豫地买了4节7号电池和充电器,总共花费2560日元(合160块左右)。

出得店门,我和老公边走边计算着电池可以用到什么时候,不算不知道,一算吓一跳!

按每次电池可以用三个月算,一千次的话,可以用250年!也就是说,如果我们的词典不死的话,用到孙子辈儿还富裕!即使词典不能用了,其他需要7号电池的地方也可以用。

看来,我可要好好地、小心地用我的宝贝电池了。说不定,到了200多年之后就成了古董、传家宝了。嘿嘿!

6月5日

树的感情

如果有来生，你希望变成什么呢？

我希望我会变成一棵树！

记得曾经读过席慕容的一首诗——"一棵开花的树"，那清新而又忧伤的语调，让我为之动容。诗词如下：

"如何/让你遇见我

在我/最美丽的时刻 为这

我已在佛前 求了五百年

求它让我们/结一段尘缘

佛于是/把我化作/一棵树

长在/你必经的路旁

阳光下/慎重地/开满了花

朵朵都是我/前世的盼望

当你走近 请你细听

那颤抖的叶/是我/等待的热情

而当你/终于无视地/走过

在你身后/落了一地的

朋友啊 那不是花瓣

是我/凋零的心"

只是，我想变成树，

并不是为了等待曾经爱慕过的某一个人。

我也不会祈求佛让我长在其必经的路上。
我只是希望能够做一棵郁郁葱葱的大树，
或许会站立桥头，看遍过往的千帆；
或许会隐藏于山林，静静地承受着风吹雨打；
或许，我会屹立于一个普通的小路旁，
夏天时，用我繁茂的枝叶为来往的人们提供一片荫凉；
秋天时，用我丰硕的果实为孩子们带来收获的喜悦；
冬天时，用我硬朗的身躯抵御严寒的考验；
春天时，用我绽放的花朵唤醒沉睡的大地……
所以，如果来生，当你走过一棵绿树成荫的大树时，
那可能就是我！
正在用我满心的欢喜静默地看着你，
我前世的朋友。
如果，你感到一丝清凉和一丝柔情的话，
那就是我，
在和你悄悄的细语。
所以，我会在佛前祈祷，
祈求佛将我变成一棵大树，
不必承受人世的种种烦恼，
不必体验生活的种种无奈。
我只要，
大自然的阳光和雨露。
但是，
我会是一棵有感情的树！

6月6日

垃圾之累

　　刚来日本最不习惯的事情就是——垃圾分类。

　　日本为了合理地回收利用和处理垃圾，将垃圾分为可燃垃圾、塑料垃圾、瓶罐垃圾和古旧报纸等多种类型。

　　每种垃圾在每周特定的时间放到垃圾集中地，然后由垃圾车收走。

　　在留学生会馆的时候，有专门的人负责将分好类的垃圾按照收垃圾的日子，摆放到垃圾堆放点，我们只需将垃圾分类，而不必记住每种垃圾的收集日。

　　搬到县营团地之后，首先要记住的便是扔垃圾的日子。比如，周二、周四和周六扔可燃垃圾（生ごみ，就是我们平日做饭的垃圾），周三是瓶罐，周五是塑料垃圾，周日则是破旧衣物或者用坏的伞呀、剪子等比较小的金属类废物。

　　收垃圾的车每天早晨8点前来收垃圾。所以我们通常是在前一天晚上将垃圾放到指定地点。（为了早晨睡懒觉！）可是，老公却总是记不住收垃圾的日子（压根就不想记吧）。于是，只好跟他分工合作。他负责扔垃圾，我负责提醒他每天应该扔什么垃圾，倒也各尽所能，呵呵！

　　如果是家具或者电器、被褥等粗大的垃圾，则需要给回收部门打电话，让其派车来处理，但需要支付处理费用。

　　我的一个朋友就因为冰箱坏了，不得已花了6000日元（400块人民币左右）才让回收车给拉走。

　　如果是能够正常使用的家具和家电，一般人会联系二手店，运气好的话，二手店还可能给一些钱呢。

记得去年回国时，我跟家里人抱怨整天有人往邮箱里塞广告什么的，搞得家里废纸一堆。家人给我出主意说，你可以攒起来卖啊！

卖？不交钱就不错了，还卖！

但是，垃圾分类收集的好处就是可以回收利用，节省资源。

比如，买手纸的时候，手纸上会注明用废旧牛奶盒子做成，车站厕所里的手纸旁会注明是用废旧车票回收后加工而成。

此外，还有许多，平时打印复印的纸张、塑料袋子等都是回收品加工而成。

之所以在各种商品上注明是回收利用品，可能是为了提醒人们时刻注意垃圾分类和节省资源吧。

虽然垃圾分类很麻烦，但是每当呼吸着清新的空气，抬头仰望蔚蓝的天空和棉絮一般洁白的云朵时，还是为日本人在环境保护方面所作的努力而感动。

不知道什么时候，当我飞回国内时，飘在北京上空的不再是暗灰色的乌云和阴郁的天空，而是和日本一样的蓝天和白云呢！

6月7日

欲望的变迁

关于学历的欲望。

记得中专毕业之前，学校里的学生科长，一个年轻英俊的男老师对我说："小狐狸，以后一定要考一个中文大专啊。"

因为我曾经拿到过学校写作比赛和演讲比赛的第一名，在他的印象里，我可能是属于那种文学青年（那时候不到20岁，应该还算少年吧），将来无论如何应该去深造一下的吧。

然而，由于当时只是一名小小的中专生，所以老师对我最大的期许就是成为一个大专生。就我当时的欲望而言，学习之路恐怕也就止于大专了吧。

可惜，我并未如同学和老师想象的那样，攻读中文专业，而是选择了英语（觉得英语比中文更有用）。

于是，欲望随着学历的提升也一点一点增强，读完了大专，读第二学历，读本科，研究生，最后，走到了现在。

另外一种欲望是关于睡觉。

参加工作时，被安排到印染厂的车间里做跟班技术员，也就是人们通常所说的三班倒。

结果，第一天就轮到夜班，从夜里12点开始到第二天早晨8点。连续8个小时，原则上不能睡觉。

因为是第一天，一整夜在车间里转来转去，兴奋得感觉不到困！

可是，第二天就不行了，凌晨2点多便开始哈欠连天，睡意难耐。

要是有张床多好啊！可以在上面美美睡一觉！当时想。

第三天，又到了凌晨，要是有张光板床也行啊！心想。

第四天，要是能够趴在桌子上好好睡一会儿多好啊！

第五天，只要不被值班长和查岗的人发现，让我坐在地上睡一会儿多好啊！

欲望随着睡意的浓度在一点点降低……

最后，当我4年后离开工厂的时候，居然练就了站着睡觉和在任何一个黑暗的角落里都可以睡着的本事！（管他有没有老鼠，脏不脏的。能睡觉就是最大的幸福！）

有了三班倒的痛苦体验，也就有了调动工作的欲望。

上三班倒时，最初的欲望是能有一个长白班的工作。

有了长白班的工作，希望能有一个轻松点的工作，当时小学老师是我的梦想！

英语本科毕业之后，中学老师列入了考虑范围！

法学研究生毕业之后，居然可以到大学里当老师了！

这恐怕是在工厂里做梦都想不到的！

现在的欲望？读了博士之后？

我的欲望是——做一个家庭主妇！

老公问我，那你这么多年的努力都是为了什么？做家庭主妇的话，什么都不学就够了！

正因为学了很多，辛苦了很多，所以才想舒舒服服地做家庭主妇啊！我回答。

当然，做家庭主妇的可能性不太大。

但是，我自己也纳闷儿，为什么条件好了，欲望却不那么多了、不那么强了呢？

6月8日

错　过

人的一生中可能会出现许多机会，也会遇到许多人。

我们可能会错过一些机会，但是没关系，因为仍然会有下一次机会光临你。

可是，如果碰到了灵犀相通的人，一旦错过，恐怕就很难有同样的人等着你了。

正如刘若英在"后来"那首歌中所唱得那样：

后来 我总算学会了如何去爱 /可惜你早已远去 消失在人海/后来 终于在眼泪中明白 /有些人 一旦错过就不再

所以，当遇到值得自己付出的人时，一定不要错过。

一定要将最美好的你展现在他（她）的面前，要珍惜在一起的每一个瞬间。

那样，即使有一天你们分开了，
你也会在他（她）的心目中留下美好的形象。
一个很好的朋友刚刚失恋，
他感叹恋人不懂得回报自己的付出。
叹息自己如此善良却仍遭冷落。
我想对他说，
只要你尽力了，
即使分手又如何呢。
因为，是那个人错过了你。
将来反复浅酌低吟地唱着"后来"那首歌的人可能是他（她）
而绝不会是你！
所以，即使被人抛弃了，
请记住，
你至少不会为错过他（她）而懊悔！
错过的人是他（她）！
还好，我没有错过过！

6月10日

豆浆事件

前几天，看新闻，又被某些韩国人寡廉鲜耻的行为震撼！

据悉，某韩国大型豆浆企业居然在其网页的宣传标语上公然宣称豆浆乃韩国人发明！

从前几年的端午节申遗，到去年鼓吹汉字乃韩国人创造，乃至电视剧中多次歪曲历史，将传统的针灸等中医文化据为己有！

种种做法，让作为中国人的我气得吐血。

人，不能无耻到这种地步！（可惜我没有黑客那两下子，否则我一定要把那家企业的网页搞到瘫痪，看他们还敢猖狂不！）

据说，韩国那家企业的宣传手段还真见效，由于其产品在日本超市有卖，据某网友对日本年轻人的调查，有一半以上的被调查者都认为豆浆的原产地是韩国！认为原产地是中国的被调查者只占不到10%！（现在日本年轻人的历史知识真是少得可怜，至少豆浆和豆腐在日本存在的时间不比韩国短吧，居然轻易相信他们的胡言乱语！）

于是，上中文课的时候，我给大家提的第一个问题就是："你们知道豆浆和豆腐的原产地是哪里吗？"

让我欣慰的是，在座的4个人中，除一个人说不知道外，其他三个人都说是中国。

心里总算可以平衡一些了。

于是，我用中文给日本学生们讲了我问他们这个问题的缘由，然后，又将发明豆浆的故事讲给他们听：

豆浆是中国西汉时期淮南王刘安为其身体虚弱的母亲所制造的一种大豆制品，在中国已经有2000多年的历史……

原来如此！日本人连连点头。

由此看来，身为留学生的我们，不仅要在异国他乡学习专业知识和外语，同时也应当时刻记住自己是中国人，记住将中国的传统文化传达给外国人。

因为，承载和传播中华传统文化，是我们义不容辞的责任！

6月11日

父爱如山

小时候，对父亲的印象是模糊的，因为父亲在距省城10多个小时车程之外的城市里工作。

可能是因为我所住的地方附近是兵营的缘故吧，经常可以看到来来去去穿着军装、英姿飒爽的军人们，那片绿色的军营也成了我永远的向往。

于是我常常问母亲："我爸爸是不是一个解放军啊？"

"不是，他是一个大学老师，在另一个城市工作。"母亲总是不厌其烦地给我解释。

我有些沮丧，父亲要是个军人多好啊。（小孩儿毕竟是小孩儿，小当兵的哪能和大学老师比啊。呵呵。）

后来，终于明白了为什么每年冬天和夏天特定的几天里，母亲总会在深夜里仔细聆听马路上摩托三轮车的声音。原来那是父亲回家的日子。

因为父亲坐的火车总是在深夜里到达，而当时没有出租车，所以经常坐噪声很大的摩托三轮车回家。

母亲一听到寂静的深夜里传来的三轮车声，便知道父亲回来了！（想必当时那种等待，对于母亲来说也是一种幸福吧。）

可惜，我并不了解母亲的心情。

童年时对父亲的期盼，就是他给我带回来的叫做"小儿香糖"的糖果，甜甜的，香香的。所以，每次父亲回来最吸引我的就是他的大书包！（长大之后才知道，那叫酥糖，"小儿香糖"是父亲为我创造的名字！）

在我三岁的时候，父亲调回了省城。一家人终于团聚了。然后，妹妹来到了人世。

可是，团聚的时刻似乎总是那么短暂。在妹妹1岁多的时候，母亲走进大学校门，重新做起了学生。而我和妹妹则被安置在姥姥家，父母每周回家来看我们一次。

这样过了四年。

再次回到父母身边时，我已经是一个小学四年级的学生了。

正值顽皮叛逆时期的我，成了父母眼中的问题孩子。

因为我生性倔强，加之长期未能和父母生活在一起，所以不懂得如何跟父母沟通。而父母却抱着恨铁不成钢的心态，对我严加管教，最终导致了双方更深的"代沟"。（通常第一个孩子都是父母的"试验品"，很不幸，我就是那个"试验品"！）

与一般家庭严父慈母的模式相反，我们家是"慈父严母"。大概因为我是女孩儿的缘故吧，训斥我的总是母亲。（当然，气急了被母亲拿着笤帚打两下子也是常事。）在经受了母亲赐予我的皮肉之苦后，扮演白脸来苦口婆心地教育我的通常是父亲。

可是，那时候对父亲是反感的。那口气和说法跟母亲如出一辙！于是，心里暗暗地管他叫"跟屁虫"！

后来，终于长大了。

在历经了种种坎坷和磨难之后，才明白当初父母的一片苦心。

终于明白了父亲在这个"阴盛阳衰"的家庭里是多么不易。

都说"三个女人一台戏"，我、妹妹和母亲三个人每天围绕在父亲身边，他既要调解我们之间的矛盾，又要忍受母亲的抱怨和我们的不满，真不知道他是怎么忍受过来的！

在外，父亲是硕士生导师，是受人尊敬的教授。在家，却整天为我们买菜做饭，忙碌不休。

每当各种各样的学会呀、评审委员会什么的请父亲作为专家去做评委的时候，我和妹妹就会调侃父亲说："爸，您也算专家啊？我们小时候可是觉得专家离我们很遥远，特伟大。没成想您这样的也能当专家！"

每当这时候，父亲听着我们带刺的"夸奖"，总是报以宽厚的笑容。

人，总是欺软怕硬的吧。跟母亲，我们是绝对不敢开玩笑的，更何况讽刺挖苦！

父亲虽然对我们管教不多，但他却一直默默地为家里辛劳着。

我们从最初一家人住一间房子，到现在我和老公住的三室一厅以及父母住的房子，都是父亲多年来辛苦的结果。

每当我提出想学点什么时，父亲总是毫不犹豫地承担起我的学费和生活费，并为我以后的人生历程提供意见。

记得妹妹大学毕业时，有一个来日本参加学术研讨会的机会。在父母为妹妹准备行装的时候，他们特意到大商场挑了一个质量看起来不错、价钱很贵的行李箱。

母亲对我说，买那么贵的行李箱的原因是父亲说了一句："买一个好的，将来老大出国时还要用呢！"

我闻知甚为感动。虽然当时学的是英语专业，但出国对于我来说还是一个连影儿都没有的梦呢！

而父亲，却对我充满信心，深信我将来一定会出国！

终于，等到了我出国的一天，父亲却在电话里说，想念我给他们包的饺子。

母亲说，妹妹给他们包饺子时，父亲居然很直白地跟妹妹说："饺子很好吃，但跟你姐包的差点儿！"

气得妹妹恨恨地说："别吃我的饺子，找你们家老大去！"

后来，真地来找我了，三个人一起，来到了日本。

也终于有机会给父母包了他们爱吃的饺子。

然而，全家团聚的时刻总是过得飞快，两周之后，又把父母送上了回国的飞机。心里却充满了愧意，充满了遗憾，有许多想带他们去的地方没有来得及去，有许多想让他们吃的东西没有让他们吃。有许多，许多……想为他们做的事情没有做！

电话里对父母说，你们再来日本一次，带你们去泡温泉，去看樱花，给你们包最爱吃的饺子！父母却是执意不肯再来！（为了给我省钱吧。）但是每天还是在网上等候着我的出现，只是为了知道我过得是否安好。

父亲的爱，虽然不似母爱那般热烈，却在沉默中散发着力量，浸透在生活中的每一个瞬间里，似一座大山，坚实而沉稳，似陈年老酒，醇香悠远，令人回味……

谨以此文献给父亲，祝您生日快乐，父亲节快乐！

注：父亲已于2012年3月永远地离开了我们。留日期间，父亲每天上网的第一件事就是打开我的日志，看我有没有更新。很遗憾父亲有生之年没有看到我的作品出版。感谢父亲，为我指引人生的方向！

6月12日

女人难养

孔子有一句遭到后世千千万万女人所痛恨的名言：唯女子与小人难养也。老夫子居然将女人与小人相提并论！岂有此理！

其实，细细品来，老夫子所言还是有一定道理的。

女人难养，并非单纯指女人不好养活吧。我想，恐怕是缘于女人心思细密，难以揣摩之故吧。

明明心里喜欢一个人，却口口声声地说讨厌人家。搞得男人摸不着头脑，一个劲儿地自我反省！

明明想要的东西，却不直接说出来，一定要让对方去猜自己喜欢什么。

吵架后，明明希望男人跟自己道歉，却在人家道歉时，故意作出一副爱搭不理的样子，其实心里早就乐开了花！

明明生活得很幸福，却总喜欢跟周围的朋友比来比去，结果是平添许多烦恼，让男人也跟着郁闷！

哎，女人的缺点真是不说则已，一说还真挺严重！

不得不佩服孔老夫子的深刻思想！女人虽不似小人那般可怕，却让男人不得不小心伺候，时刻提防！自我反省一下，以此为戒！

6月13日

水！水！水！

昨夜，偶然看到NHK电视台拍摄的"激流中国"节目，这一期主要是讲中国目前缺水的问题。

节目以北京用水为例，讲述了北京地区用水来源问题并拍摄了北京水务局针对盗水行为的执法情况。

看完之后，心中久久不能平静。节目中的两个画面在我的脑海里反复出现，感慨万千。

第一个画面是北京用水来源之一，河北省云州水库岸边一个叫做旧站村的村庄的饮水和耕地用水情况。

原来，作为北京城市居民用水的京郊密云水库的水量已经远远不能满足北京市民的用水需求。因此，北京周边省市的水库便成了供给北京用水源泉，而作为离北京最近的省份——河北省，自然负有义不容辞的责任。

据报道，河北省目前有四个水库被指定为北京用水，当地居民不得使用水库里的水。

旧站村也是如此。

同高楼大厦鳞次栉比的首都北京城相比，这里只是一个贫困的小村庄而已。而令这个村庄平添不少景致的，便是村前的那片水库。

从前，居住在村庄里的村民世世代代喝着水库里的水，生存繁衍着。可是，自从水库被指定为北京市的专用水之后，村民们的用水只有两个途径：

井水和雨水。

时至今日，在我们早已经习惯了自来水的便利之时，那里的村民们依旧靠井台前打来的混浊井水度日。

今年天旱，播种时节，干涸的土地裂开了一个个大口子。为了保证有个好收成，村民们找村长商量是否能暂时用水库的水浇地。然而，村长以牺牲小利益保全大利益为由将村民们劝了回去。是啊，我们国家最注重的就是牺牲个人或小集体的利益来保全大利益。北京是中国的首都，2008年还要举办奥运会，如果北京发生了用水危机，整个国际形象就会受到影响。

所以，纯朴的农民选择了牺牲自己。

每天望着那片碧绿的水源，却不能饮用。那是怎样一种心情啊。农民们的牺牲换来的是收成的减少、收入的降低和生活水平的低下。他们依然住在简陋的房子里，依然用传统的镐头和镰刀在"面朝黄土背朝天"地劳作着，依然为子女的学费问题担忧着，依然忍受着精神和肉体的磨难。

而那些居住在高楼大厦里的城市居民们，当每天饮用着清洁的自来水时，当享受着大房间里两个卫生间的舒适时，是否想到过，有一些人，为了这种舒适，正在默默地奉献着？

当城市居民享受着灯红酒绿的奢华生活时，是否想起过，在不太遥远的乡村，农民们依然过着最俭朴、最艰苦的生活？

另一个画面是北京市水务局执法大队深夜抓捕盗水人的画面。

三月份的夜晚应该是乍暖还寒的吧，因为执法人员都穿着棉制外套。他们所要抓捕的对象是深夜拎着两只废油漆桶，给过往车辆擦车的人。因为，废油漆桶里装满的清水，来自附近绿地的公用水源。三个中年妇女很不幸地成了执法大队的"猎物"。于是被罚款600多元！想必这罚款够她们干上半个月的吧。虽然知道她们的盗水行为确属违法。可是，心里还是忍不住同情起她们来。如果不是生活所迫，谁愿意在深夜里偷偷摸摸地出来奔波呢。两桶水的价值固然是积少成多，应当制止，可是，相对于那些动辄贪污受贿千万乃至上亿元的贪官而言，这两桶水的分量又当几何呢？

何况，今天可以制止三两个盗水洗车的人，那其他地方成百上千的盗水者都能抓住吗？那些花钱买水却又浪费使用水的行为能遏制吗？

其实，节约用水关键还是从人的观念意识入手。而不仅仅是抓一两个盗水之人！关键是让更多的人知道水之珍贵，和那些为了城市用水在做着默默牺牲的人们！

看着农民们艰辛的生活时，看到盗水人在深夜里为了生活被抓捕的无奈时，我们这些城市里居住的人们，还有什么理由追求奢华、追求享受呢。

要知道，我们的国家里，依然有千千万万贫困的人们，挣扎地生活地最底线上！我们所要做的，不应当是一味地从他们那里索取，而是，当我们富裕起来时，当我们有能力帮助别人时，如何去回馈那些为我们做着牺牲的人们！

节约用水，从我做起！（这次是发自内心的呼唤！）

6月14日

男人也臭美

梅雨季节从今天开始了。

午饭之后，便淅淅沥沥下起雨来，搞得心情也有些阴郁。

出门时，老公边穿衣服边咕哝，日本没有卖适合他的衬衣！（其实是他身体长得不成比例，肩膀太宽，个子又没那么高，当然不好买衣服了！不过人家还美其名曰，自己是运动员的身材，自然跟一般人的尺寸不能比，哼！）

"那没办法啊。"我故作同情状，"谁让你的身材特别，打折的衣服都穿不了呢！"

因为我的身材比较标准，总能在打折的时候买上几件衣服，所以衣服还凑合够穿，呵呵。（臭美一下！）

而这两年，老公一直穿的都是国内带过来的衣服！除了今年春天给他买的唯一一件西装外！

真难为他了，看他现在的样子，谁能想象得到，婚前那个曾经喜欢穿名牌的阳光大男孩呢！

坐了半个多小时电车，来到横滨附近的一个小城市。办完事情，途经商店街时，突然发现一家休闲服装店正在搞活动，门前摆满了各式各样打折的衬衣和休闲西装等。于是，迫不及待地走上去，还不错，居然给老公淘出了一件短袖衬衣，一件白色套头衫，还有——两件麻制休闲西装上衣！

老公于是开始试衣服，衬衣和套头衫都不错。剩下的是两件西装上衣。

老公不厌其烦地将那两件白色的和黑色的休闲西装比来比去，难以取舍。

"白的好些还是黑色的好些？"

"都好！"我不耐烦地答道。

"那买哪件好呢？"老公征求我的意见（因为财政大权在本人手里，最后拍板的是我！嘿嘿）。

"都买好了，好不容易碰到你既喜欢，又合身的。何况价格也不贵！"我大包大揽地说。

（虽然钱包不是很鼓，可是为了博老公一笑，适当的时候还是大方点好，呵呵。其实，也是为我以后买衣服留个后路！）

"那太多了吧？"老公有点不好意思。

"不多，不多，"我连声说道，"这几件衣服加起来的价钱才相当于一件西装的原价，多合适啊！"我比店员还敬业！

拎着装满衣物的大包，回得家来。

"晚饭是不是你来做啊？"我假惺惺地征求老公意见。（刚给他买了新装，总得做做饭报答报答我吧！嘻嘻！）

然后，酒足饭饱之后，躺在榻榻米上吩咐老公："把你的新衣服穿上让我欣赏欣赏男色！"（没办法，整天见不到几个人，只能把老公当男色享受了！）

老公开始听话地臭美起来……

6月17日

萝卜青菜

老公不在家的时候，是减肥的最佳时机。

不必在饭桌摆上四五个荤素搭配的菜，也不必考虑是吃米饭还是面条。

一根黄瓜，一根胡萝卜便可以充当一顿午餐。不够的话，就吃上一点凉拌豆腐将肚子填满。

不必担心卡路里高不高，不必担心会不会发胖。

清清爽爽的萝卜青菜，也可以吃的有滋有味；不信，你也试试！

6月18日

生活就是一种心态

其实，越来越觉得生活的好坏，取决于一个人的心态。

如果心态乐观，着眼于积极的方面，心情也会清清爽爽，快乐每一天。

如果心态悲观，总是着眼于生活中消极的一面，心情也会随之阴郁，每天闷闷不乐。

所以周围中会有许多人，虽然挣钱不多，但活的有滋有味。

也有许多人，在旁人眼里衣食无忧，事业有成，却整日摆出一副愁眉苦脸的样子。

种种不同，皆源于自身的心态。

知足者常乐。

适当的时候给自己找一个放纵和懈怠的借口,也未必不是一件好事!

可惜,明白这个道理的人不少,真正能够做到的人却不多!

很不幸,我也是其中之一!

6月19日

端午节

今天是端午节。

人在异国他乡的时候,似乎对传统节日更多了一份眷恋。因为,节日的时候,可以给自己找一个伤感的借口。可以给自己一个回忆过去的理由。

记得小时候,对于阴历的端午、中秋之类的节日是从来不在意的。

只有看到大人们从集市上买回来准备包粽子的芦苇叶子和糯米时,才知道,要过端午节了。

关于端午节的由来是从课本里学到的。但对于孩子们来说,纪念屈原的意义似乎远没有吃粽子来得实在。

最惬意的时候,就是全家人围坐在姥姥家通风的大门洞底下,大人们将红枣和泡好的糯米用芦苇叶子包成三角形的粽子,而小孩子们则在一旁边嬉闹玩耍,边趁大人不注意,偷偷地将甜甜的红枣塞到嘴里。

虽然是炎炎夏日,但等候吃粽子的喜悦对孩子们而言,却是别样的享受。通常包好的粽子要在大锅里蒸上好几个小时。

而最辛苦的差使便是烧火拉风箱了。但孩子们好像并不介意那小小厨房里的闷热,好奇而兴奋地围在炉灶旁,眼巴巴地看着大锅里冒出的袅袅炊烟,拼命往灶膛里加柴,期盼着锅里的粽子早点熟。

可是,粽子刚蒸好的时候是不能吃的,因为缺乏黏性。需要在凉水里泡上一段时间才好吃。孩子们却等不得那么长时间,迫不及待地从水里捞出余温尚存的粽子,开始大吃起来。

不需要任何菜肴(也没有菜肴,呵呵),也不需要任何佐料,一个粽子便是一顿午餐,晚餐,甚至早餐……虽然那时候的生活是清苦的,但和家人一起过节的气氛,如今却难以寻觅了。因为,人非当初之人,物非当初之物。

6月20日

梦

梦,
真是个奇怪的东西。
都说梦是一种,
日有所思夜有所想的表现。
可是,
常常是梦里碰到的,
都是想都没有想到过的或者陌生的人。
反而天天想见的人,
却难得在梦中相遇。
稀奇古怪的情节,
让做梦人自己都不知所然。
真想知道,
控制或者编辑梦境的是何方神圣。
如果可以,
我希望他能把编辑梦的任务交给我自己。

这样，

我会把现实中难以实现的一切梦想，

在梦里做个够！

6月21日

理智与情感

理智，

不过是人对社会规范、伦理道德和经验总结的一种趋利避害的选择。

情感，

是人对社会中人和事物的本能反应，

是发自内心的某种冲动。

当理智和情感趋同时，

表现出的言行会获得积极的社会评价，

同时，也会获得内心的满足。

当理智与感情矛盾时，

表现出来的言行则是它们之间较量的结果。

或者理智战胜感情，获得积极的社会评价，

或者情感战胜理智，收获出苦涩的果实。

所以，

有些时候我们的所言所行，

不过是一个选择的结果，

而非内心的真实体现。

可是，

我不明白，

为什么多数情况下，

男人趋于理性，

而女人则趋于感性。

或许是因为，

男人更善于趋利避害，保护自己，

而女人更倾向于忠于感情，不顾一切吧。

孰是孰非，

孰优孰劣，

恐怕只有当局者心中最明了吧。

心的空间很大，

可以容下整个世界。

心的空间很小，

只能承载一个人的情感……

6月22日

思 念

梅雨的季节，闷热潮湿，心情也变得格外阴郁。

而这两日总是在脑海中回荡的是王菲那首"不变"。

长长的思念，终于断了线……

思念是甜蜜的，

它可以带给人某种期待。

思念也是痛苦的，

它可以消磨人的感情。

当思念变成一个人单方的习惯时，
当思念到力不从心时，
不如索性放手，
让思念随风而去。
可是，有的时候，
思念却由不得人的理智所控制。
常常在夜深人静时，
在伊人独处时，
迎面袭来，
让人猝不及防，难以招架！
思念，的确是一种很玄的东西！

附：不变　王　菲

作词：黄舒骏　　作曲：黄舒骏

长长的思念/终于断了线

多年的缠绵/还是失了约

你走得好遥远/消失在我生命的地平线

今生的喜与悲/不再有滋味

回忆在蔓延/侵蚀我的脸

我走不出昨天/流不出眼泪

你曾是我的天/让我仰着脸就有一切

要我如何面对/没有你的夜

对你情深不变/对你怨恨不变

对你痴心不变/从现在一直到永远

为你牵挂不变/为你心碎不变

为你祝福不变/即使从此我所有心思

你再不会有知觉

6月23日

相遇、相知、相爱、相伴

这是一篇老公给我的命题作文。让我用题目中的四组词写一篇文章。

虽然一向不喜欢命题作文,但恭敬不如从命。何况最近也在常常考虑此类的问题。

相　遇

相遇是一缕清风。
纵然只是擦肩而过,
纵然只是短短的一瞬间,
在这个拥有60多亿人口的地球上,
能够相遇也是一种缘分。
因为,佛说过,十年方能修得同船渡。
所以,
当人们相遇的时候,
请一定不要忘记,
把微笑展示给身旁的人,
即使你们从此不再相见。

相　知

相知是一杯酒。
能够在茫茫人海中获得几个可以称作知己的人
应该是幸福的人。

郁闷烦恼的时候，
可以找到倾诉的对象，
高兴快乐的时候，
可以找到分享的伙伴。
知己如酒，
时间越久，醇香越浓。

相 爱

相爱是一支歌。
如果说知己难寻的话，
那么找到一个相爱的人则是，
难上加难！
因爱人多数情况下只能找异性，
其选择的空间只有知己的二分之一。
所以，
如果遇到相爱的人，
一定不要错过，一定要珍惜彼此。
即使，即使有一天分开了，
相爱的日子里共同拥有过的回忆，
会像一首或忧伤或甜蜜的歌谣，
回荡在以后的日子里。

相 伴

相伴是一杯清茶。
当激情消散，
当生活变得平淡，
相伴的日子如茶，
没有酒的浓烈，

没有花的甜香，

只有波澜不惊却又恬静的清香。

虽然普通，却不可或缺。

所以，

在人的一生中，

能够和你一起经过，

相遇，相知，相爱，相伴的人，

恐怕是少之又少，

人中珍品了吧。

即使在别人的眼里，

她/他只是一个平凡的人，

但是你自己一定要清楚，

那是撑起你生命的唯一的一片天！

6月25日

日式英语

日语中有许多从英语中转化过来的词，但是，由于日语假名中的音节有限，导致许多英语单词的发音变了味，不仅汉字圈的外国人听不懂，连英语国家的人听了，都有些摸不着头脑。

比如，你能猜出发音为"konntoro-ru""doraiba""sutoresu"这些词的英语是什么吗？

告诉你，分别是control、driver和stress！

怎么样，差得够远的吧。

因为日语假名中没有"tr""dr""f""v""zhi""chi""shi""r"这些带

点卷舌的音节，所以，日本人只好把它们分解为 tora、dora、fu、dura 等。（搞得我现在说起中国话来，都舌头发硬，有点不利索了！）

　　这样的话，原来英语单词的发音很多都变成了日式英语，成了日语中的一部分。而且日本人有点像上海的洋泾浜，明明日语中有同义词可以用来表达，他们偏偏喜欢用日式英语表达，所以连很多上了年纪的日本人有时候都搞不明白什么意思。

　　不仅如此，日本人还喜欢把英语省略成简短的语言，更使得日式英语不日不英，成"四不像"了。

　　比如，发音为"serebu"这个词，我是从电视上看到的，字典里查不到，自己比照着英语琢磨了半天也没琢磨出门道来。

　　只好问中村老师了。中村老师告诉我这个词来自英语的"selective"，表示出众的意思。

　　天啊，这，就是日式英语！

　　日式英语的"好处"就是，让日语变得越来越难懂。

　　于是，我对每一个我遇到的日语老师都说，日语现在变得越来越难学了，这是不符合语言发展规律的。因为语言是人们交流的工具，当它起不到交流的作用时，也就失去了存在的意义。所以，如果日语这样发展下去，其结果很可能是变成"四不像"，最终失去自己的特色。

　　可是，也有人颇不服气。

　　比如我的一个学中文的日本学生。

　　他是松下公司的一个白领。他告诉我他工作中许多专业术语都是从英语而来，因此，日式英语占了很大一部分。可是他们在使用专业术语的时候，只是借用其发音，意思跟原来英语中的意思又不同，所以导致许多日本公司的人到美国出差时吃尽了苦头。

　　同一个发音的词，所指对象不同，当然很难受了。

　　"那为什么当初在使用专业术语的时候，不连发音带意思一并借用过来呢？"我问道。

　　"不知道，反正日本公司里的人都知道就好了。"他回答。

"这就是日本人说不好英语的原因。"我说,"从小孩子学说话起就灌输发音不正确和意思有偏差的英语,结果到真正学英语时,说的话外国人都听不懂!"

"没关系,日本人之间都能听懂就行!"他回答。

我晕!既然如此,还学英语干吗?直接说日语不就得了!

6月26日

醉　酒

虽然本人酒精过敏,可是有时候还是愿意冒着生命危险品尝一下酒的醇香。

比如,吃生鱼片的时候。

喜欢边咀嚼着生鱼片,边抿上一口冰凉的啤酒,感觉着生鱼片随着啤酒一起流到胃里的滋味。喜欢醉酒之后躺在榻榻米上的感觉。虽然满脸通红,虽然身上泛着酒精过敏的红斑。

喜欢听着音响里传来的音乐,把烦恼暂时抛在一边,让自己的心情放松一下。

喜欢用朦胧的醉眼,看着老公狼吞虎咽的吃相。

喜欢把发烫的面颊,贴在他浑圆的肚皮上。

喜欢那一刻的温馨,喜欢那一刻的安宁,喜欢那一刻做小女人的感觉。

人,恐怕只有在醉酒的时候,才会变得更真实吧。不愿意醒来,永远不想醒来。

因为清醒的世界好麻烦!

6月27日

"洗桑拿"

6月的日本，非雨即阴，很难碰到晴朗干燥的天气。

于是，上学那单程50分钟的路程，变成了"洗桑拿"。

下山20分钟，坐车10分钟（电车里有空调，还好），上山20分钟。

到达研究室的时候，已是满身大汗。

所以，夏天的时候通常要在上课前1个小时到达学校。

否则，按点上课的话，那满身臭汗的味道岂不要把导师熏个跟头！

还好，日本大学的所有教室和研究室里都有中央空调，比较舒适。

可是，回家时，就不那么舒服了。

虽然黄昏时分，凉风习习。可是，经过那50分钟的长途跋涉，到家后依然是大汗淋漓。

家里是安着空调的，可是，为了省电，最重要的是，为了多出汗减肥，空调是坚决不能开的！

于是，从现在开始，家里开始变成天然桑拿浴室！

呵呵，不用花钱滴！

6月28日

想去环球旅行

最近一段时间,被各种各样的事情困扰着,心情和天气一样阴郁无常。
或许,是把自己囚禁得太久了吧。
于是,老公建议我多出去走走。
走得越远离忧郁越远。他说。
嗯,知道了。我应和道。
不如去做一次环球旅行吧!我突发奇想。
日本每年都有坐船环游世界一周的项目。于是,兴奋地上网查询价格。不看不知道,一看吓一跳!坐船3个月,至少要花费300万日元左右!不如把我卖了吧!
父母闻知我的想法,大力支持。 特地在MSN上留言:支持环球旅行……费用自付!
未等张口,已经把我借钱之路堵死!
等我挣上钱了,咱再去环球旅行。老公安慰我说。
等你挣钱?我愤然说道。还不如去买彩票!明天赶紧给我买彩票去。给我中个大奖回来!

6月30日

意 外

前段时间，偶然登陆世界知识产权组织的网页，试图找些对论文有帮助的资料。

可是，有些资料网页上只列明标题，却看不到文章的内容。苦恼！

还好，网页上有读者留言部分。

于是，冒昧地将自己的要求用英文写在留言栏里。

没想到，不多日，便收到一封电子邮件。告诉我说，我要的资料没有电子版。如果需要的话，将我的身份和地址告诉他们，他们可以给我寄过来。

我受宠若惊，没想到对方如此认真。于是，恭恭敬敬地把自己的英文地址发了过去。可是，一个月过去了，对方却杳无音讯。

恐怕人家的邮件不过是敷衍一下，并未当真吧。我想。毕竟，对方可是世界知识产权组织，人家探讨的可都是国际条约啊！怎么可能顾得上我这样一个区区小民啊，呵呵。如果在国内的话，可能连个邮件都不会给你的。

于是，心中释然，便不再抱有任何希望。

没想到，今天回家的时候，居然发现邮箱里有一个文件袋，收件人的地址和姓名是英文。外面还贴着一张日本邮局的留言条。我先看了看留言条。大意是感觉这个邮件是给你的，但是如果不是你的邮件，请把它投送到附近的邮筒里。

（因为收件人的地址和姓名全部是英文，家里邮箱上的名字写的是我和老公的汉字名字。汉字的日语发音和姓名的拼音是不一样的。估计日本人不太确定是不是我的邮件，又怕送错耽误了真正收件人的事情，所以特意给我留了一个条子。)

哦,原来如此,我又看看收件人姓名,没错,是我名字的英语拼音。

原来正是世界知识产权组织给我邮寄的资料!

着实让人感到了意外的惊喜!

7月1日

清爽的一天

今天是进入梅雨季节以来难得清爽的一天。

虽然一大早就被在阳台上约会的鸽子吵醒,跟它们斗争了半天,终于还是在赶走鸽子后又美美地睡了一个回锅觉。

起床后,首先是给世界知识产权组织回了一封感谢的邮件。然后,开始阅读相关的英文资料。

由于这几年不是说日语就是中文,读起英语来,竟然感觉到舌头发硬、磕磕巴巴的了。

哎,郁闷啊!

当初那个满嘴说着流利英式英语的我,已经永远地随时光流走了,剩下的是一个"四不像"的我,英语不利索,日语不流畅,中文也不怎么样!

7月2日

距 离

　　看到一篇文章里有这样一句话：世界上最远的距离，不是生死相隔，不是情同陌路，而是我站在你的面前，你却不相信我爱你。
　　这是单相思的人和她所爱的人之间的距离。
　　人与人之间心的距离到底怎样计算呢。
　　有时候，纵然远隔万水千山，却时刻牵挂着彼此。
　　有时候，同床共枕，却似远隔天涯。
　　咫尺天涯与天涯咫尺之间，
　　到底哪一个更近，哪一个更远呢。
　　恐怕只能由心来决定了。

7月3日

时 尚

　　不得不承认，我是永远跟不上潮流、永远无法成为时尚女人的。
　　关于这一点，早在N年前和老公相识时，他已经给我下了定论：
　　穿衣打扮总是那么中规中矩，没有一点活力。
　　于是，结婚之初，老公把我原来的衣服基本上都全部淘汰掉了。
　　不要总是把自己打扮得那么老气！他告诫我说。可是，对于从小就满足于温饱的我来说，时尚与名牌实在是个遥不可及的东西。何况身为知识分子的父母从小就教导我:老要张狂少要稳。所以，虽然也羡慕那些时尚女孩，可是轮到自己时，总觉得这也穿不出去那也不合适的。

这阵子，恰逢日本各大商店夏季服装打折，昨天中午上完日语课，便预谋去采购一番。于是，老公下课，一起到一家有名的中华餐馆小吃了一顿。

（先把肚子填满好逛街，呵呵。）

待老公酒足饭饱之后，怯生生地问：可否一起去逛街。还不错，老公居然爽快地答应了，不顾这两日的腰疼。（感动一下！）于是，从横滨车站附近的大楼开始逛起。

然而，只要是我注意到的衣服，老公一律是横加批判。

非灰即黑，你能不能挑点带颜色的！老公开始发飚，不顾周围女孩诧异的目光。

小声点！我一再提醒老公。声音大已经够丢人的了，何况说的是中文，给中国人丢脸啊。

人家都是把自己打扮得年轻点，你可好，总是打扮得那么老气！整天看你总穿那么一两件衣服，为什么不勤换着点！

老公一副恨铁不成钢的架势！

没办法啊，从小没有培养起穿衣的品位，一下子让我时尚起来实在有些勉为其难啊！

终于，老公开始穿梭在女装店里，为我把起关来。

（老公的唯一一点好处就是有耐心陪我逛街，并且帮我挑衣服）。

还好，终于挑出两三件来。

回家后，老公命令我把所有夏装找出来，亲自为我搭配衣服。

以后，每天出门的时候要穿不同的衣服，不要总是穿那么两件！

老公教训道。

好，我点头称是。

新衣服买回来要抓紧时间穿，否则以后就忘了。老公倒是不厌其烦。

好，我一脸谦恭。好歹人家也是为我好，为了让我漂亮啊。

哎，时尚的感觉也不是一天两天就培养得出来的。

多看看日本女孩的穿着，慢慢感觉吧。老公叹气道。

的确，在亚洲时尚之都的东京圈里生活，穿梭在那些时尚女孩中间，没点时尚气息的话，有点说不过去。

从今往后，要在老公的教导下，争取尽早成为一个有穿衣品位的女人！

哎，做女人，也难啊！

7月4日

雾里看花

连日的阴雨，使整个天空都罩上一层朦胧的薄雾。

从山顶一眼望去，只看到傍晚灰蒙蒙的天空下，星星点点的灯火。像是雾里看花，虽然凄美，却难免有些悲凉之感。

人又何尝不是如此呢？

有时候，以为自己很了解的人，却蓦然在某一时刻发现他更像一个陌生人，似雾里看花，没有一点真实可言。

云雾中的花朵是美丽的，云雾中的花朵是诱人的，但离开了现实的土壤，离开了阳光的滋养，再美丽的花朵，不过是过眼云烟。

薄雾中花儿之所以美丽，不过是因为那层雾水蒙蔽了双眼，但是，请一定记住，最美丽的花朵，一定是绽放在阳光下的，而不是在阴郁暧昧的雾里！

7月5日

有点刹不住车了

　　最近，本人和老公心情状况都不太良好。没有缘由地消沉低落，可能是天气的关系吧，亦或是生理周期的原因？

　　为了减轻压力，我们不但在伙食上小有改善，时不时地"外食"一下。而且，连刚来日本时不敢问津的衣服，也源源不断地买回家来。

　　而老公，也趁着夏季所谓的"bazza"疯狂地买回一张张CD。

　　当然，衣服都是换季打折的。不过，即使是打五折，那衣服的价格也让俺们这些穷学生，掂量再三！

　　CD也是比平日便宜的，可是，架不住多啊。呵呵。

　　新衣服就是好，每天出门穿上一件，心情顿时亮丽起来。感觉还真的不错。回得家来，边吃饭边听音乐，情调也是有滴……可是，钱包也迅速变瘪，大有超出预算之势！

　　这可如何了得，本人可是负责财政的啊。

　　于是，紧急通知老公，这阵子花钱有点刹不住车了，下半个月面临没有粮食吃的危险！不得再买CD，当然，本人也不能再买衣服了！

　　哎，过日子，真难啊。

7月6日

花钱买快乐

金钱很重要,重要到影响我们生活中的方方面面。

金钱是最有效的试金石,可以在最后关头测试出爱情、亲情与友情。

有的人,口口声声地把爱挂在嘴边,却舍不得为最爱的人多花一分钱;有的人虽然贫困交加,却会用口袋里的最后一块钱为爱人换上一支玫瑰。

金钱可以帮助人们走向梦想的天堂,金钱也可以让人们坠入罪恶的深渊。

金钱可以换来很多很多……

然而,世间有许多东西是金钱买不来的。

比如,金钱买不来善良的心,金钱买不来错失的机会;金钱,买不来治疗后悔的良药。

所以,当金钱可以换取快乐的时候,一定不要吝啬。因为,多数情况下快乐是买不来的。

老公喜欢音乐,每当买回1000多日元一张的CD时,都会心存歉意,担心我会抱怨他花钱太多。

"没关系,"我总是劝慰他,"如果金钱能够买来快乐的话,你应该感到高兴。"

钱,就是为人服务的!不是吗?

想起姥姥去世前的那个生日,大家都明白那是她最后一个生日了。

她老人家喜欢黄金首饰,项链,戒指,耳环,等等,就是没有金手镯。

妹妹是个有心的人,为了满足她老人家的心愿,将自己当年的奖金花掉,买了一只漂亮的金手镯,以我们姐妹两人的名义送给姥姥。

后来,姥姥在过完生日不久就走了,可是,走的时候她没有任何遗憾。

因为生日的时候，有她至亲至爱的家人守候在身旁，还有她多年前就渴望的金手镯。

为此，我一直对妹妹心存感激。没有她的善解人意，也就没有姥姥的满足。

我感激她的心思细密，也感激她让我对姥姥尽了最后一点孝心。

所以，如果金钱可以让人开心，一定不要犹豫。

因为，有些事情是过时不候的，一旦错过了，花多少钱都买不回来！

而我，最大的悲哀就是，即使花钱，也买不来属于我的快乐！

7月8日

"一见钟情"好贵！

看新闻说，最近国内开始卖日本大米了，好像是新泻县的一种叫"江越"的牌子和宫城县的"一见钟情"。

新闻说，每千克"一见钟情"在中国卖1400日元，合87块人民币。

10千克就是870块！我的天啊！这可真如新闻中所言，是面向"富人"阶层的大米。咱普通老百姓是断然买不起的！

刚好，前几天家里的大米吃完了，老公买回来的正是"一见钟情"。10千克，3500日元，合200多块人民币。我不禁愕然。

为什么日本国内市场的大米价格只是中国的四分之一？

如果将工资收入水平考虑在内的话，（日本人平均月工资是中国人的10倍多）国内卖的日本大米价格就相当于是日本人消费概念的40倍！日本普通老百姓吃的大米，到国内居然被标榜为富人阶层的高消费品了！

算完账，本人不禁窃喜。俺这个穷人居然也可以享受到国内富人阶层的盘中餐！不错，不错，让那些富人们去做冤大头吧。赶明儿本人回国时，一定给老爹老娘背一袋子"一见钟情"回去，让他们也尝尝做富人的滋味！

嘿嘿……

心情转换

大概梅雨马上就要结束了吧，这几日雨水也不那么多了。

刚好今天老公休息，于是决定一起到海边转换一下心情。

上午先到车站附近的商店逛了一圈，然后便坐上开往镰仓的电车。

之前已经去过镰仓好几次了，但不是冬天就是秋天，不知道夏日的镰仓是怎样一番风景呢？

跟前几次一样，我们在北镰仓车站下车。因为从北镰仓到镰仓市沿途有许多有名的寺院，而我又笃信佛教，顺便可以拜拜佛，去除心中的烦恼。

经常去的是一个叫建长寺的寺院。在国内的时候常常去临济寺，据说该寺院是临济禅宗的发源地。没想到，建长寺居然也属临济禅宗，大概是佛缘所致吧，我想。所以每次到镰仓，建长寺是我的必去之地。

夏天的建长寺与冬日不同，可能是周日的缘故吧，平添了几分热闹。而以往去的时候看到的一个个空空的莲花缸，如今也长满了翠绿的莲叶，有的还开着或红或白的花朵，令原本肃穆的寺院，也多了几分娇媚。

拜过大佛，便向海边走去。

夏日的沙滩上布满了热闹的人群，穿比基尼的年轻女孩儿在海水里嬉戏，孩子们在沙滩上堆砌出一座座小小的城堡，离岸边稍远的地方，还可以看到五颜六色的帆船和冲浪的人们。再远的地方，还可以看到美国横须贺海军基地的军舰在巡游。

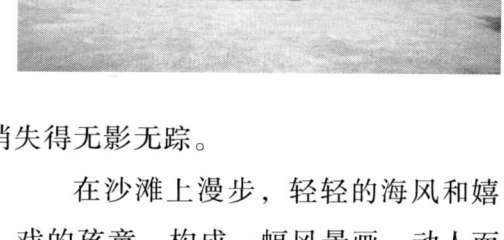

于是，脱掉鞋，将裤腿挽高，向大海冲去。

听着波浪欢快的叫声，感受着浪花涌向脚面的冰凉，之前的不快顿时消失得无影无踪。

在沙滩上漫步，轻轻的海风和嬉戏的孩童，构成一幅风景画，动人而又真实。

而我，也仿佛变成了孩童，在浪花中尖叫、蹦跳着。

真希望，所有的烦恼可以随着浪潮一起奔向大海，永远不要再回到我的记忆中！

7月10日

地三鲜

记得在东北师范大学培训的时候，最喜欢吃的一道菜就是：地三鲜。

茄子、土豆炸好后和青椒一起炒，风味独特，营养丰富。

刚好，家里有这三种原料，于是决定自己试着做了一做。

没成想，炸茄子的时候，油溅到了手上，来了个"出师未捷身先死"！

然，为了口腹之欲，忍着剧痛，坚持把地三鲜做了出来。

居然，老公说味道还不错！可我却怎么也吃不出当年的味道。

看来，稍不学习，就要退步啊。

最近老公总在家做饭，搞得我偶尔做一次饭便笨手笨脚的。长此以往，如何实现作家庭主妇的梦想啊！

看来今后，要努力精进厨艺了，为了自己，也为了家人！

补作业

昨天睡觉前，总觉得有点事情没有做，原来是忘了写日志。

果然，早晨一打开电脑，就看到某位同学给我的MSN留言，含蓄地批评了我的懒惰。只好赶紧把作业补上，希望不会太晚。

昨天一大早，便起床到学校报名9月份去京都的见学（旅行）。坐飞机往返加住宿和吃饭以及景点门票，一共是2万日元！怎么样，够便宜吧。

学校的留学生中心每年都会组织三次见学旅行。去年冬天本来要去报名滑雪的，不过因为父母过来，只好放弃。

今年夏天是到京都，11月份到上野县泡温泉，2月份到群马滑雪（这次一定不能错过，否则就没机会了）。

因为每次见学旅行的费用都很低（学校有补助），所以，报名的时候需要一大早就赶到学校排队。

还好，这次可能是名额比较多的缘故吧，居然没有看到长长的队伍，便顺利报上了名。然后，匆匆赶到县民中心上中村老师的日语课。

跟往常一样，先读了一段作"上品"女人的文章，之后是朝日新闻上的一篇关于鸦片战争等近代史方面的文章。

"上品"女人中有一段写道：做一个高雅的女人，要懂得从别人那里学习，并且对其心怀感激。国家也是如此。一个国家的品质当中，也应当包含这一项。比如，日本与中国。日本从中国学到很多东西，虽然现在日本在某些方面比中国先进，但日本依然应当感激当初中国对日本的帮助。

读完此段，中村老师感慨地说："日本人一直把中国当作自己的先生，虽然第二次世界大战时军国主义思想统治了大众，对中国进行了侵略，但现在日本人中有许多人都不会忘记中国是日本的先生，日本受惠于中国。"

"是啊，"我接言道，"在这一点上，日本要比韩国做得好。虽然中国现在落后了，但日本至少能够承认它曾经从中国学到许多东西，并且对中国的一些历史文化是尊重的（第二次世界大战历史除外），而韩国则不然，从中国那里受惠很多，却总想据为己有，让中国人寒心！所以，我讨厌那些将中国传统文化据为己有的韩国人！"

"呵呵，"中村老师不好直接反驳我，只好安慰我说，"韩国人的自尊心很强，所以可能才那么做的！"

"自尊心强也不能把别人的东西据为己有啊。"我气愤地说，"自尊心过强，反而是一种自卑的表现，小国国民的自卑！"

中村老师点头称是，然后话题一转："日本自明治维新之后，国家的政治经济渐渐富强起来，为什么中国的戊戌变法就失败了呢"

"哦，"我拼命在大脑里搜索学过的历史知识，"主要是两方面原因：一方面，以光绪为首的改革派没有掌握国家实权，其改革遭到握有实权的慈禧为首的保守派的反对；另一方面，改革派以知识分子为主，没有发动大众，没有群众基础的改革必然要失败的。"

"哦，原来如此，当初日本的明治维新得到了所有人的支持，所以才顺利进行，并使得日本今天强大起来。"中村老师说。

"是啊，"我答道："如果当初的变法成功的话，可能中国早就强大起来了。"

……

没想到，当初的历史知识居然派上了用场！呵呵。

7月11日

酸奶色拉

晚餐的时候，尝试着做了一道酸奶色拉，感觉不错，连平日里不爱吃色拉的老公也连声称好。介绍给大家，希望你们能够喜欢。

将一根黄瓜切片，生菜撕成可以进入口腔的大小装盘。

然后，蟹棒2个撕成细条，并将少许玉米粒撒在青菜上。

最后，将酸奶200毫升左右，倒入盘中，拌匀。

色泽红绿黄白，味道酸甜清爽。营养均衡，适于减肥。

怎么样，下次试试吧？

7月12日

大扫除

好长时间没有大扫除了，今天要清理排水管道和换煤气表，施工的人要来家里进行操作。所以，早晨起床后便开始清扫厨房。

最头疼的是灶台。中国人做饭最大的特点是经常炒菜，所以灶台周围布满了油腻，排风扇也沾上了厚厚一层油。先用卫生纸将表面的油擦掉，然后用洗衣粉水清洗，哎，平日里做饭光图好吃了，却没想到经常用油会带来这么大的麻烦！看来以后要多吃色拉和煮菜，少吃炒菜了。对减肥也有利，呵呵！

灶台清洗干净后，便是微波炉。里里外外擦个干净，平时加热东西时偶尔爆溅到炉壁上的污渍，一并消灭光。

然后是浴室，将下水道的头发什么的清理出来。把浴漕周边擦洗干净。最后，用吸尘器将整个房间的地面吸一遍。

扫除完毕。历时2个小时。

可是，看起来也没觉得干净多少！

看来，想做家庭主妇，我差得还很远！（自我检讨一下！）

7月14日

台风来了

台风来了。

每次台风来，天气预报都要详细预报台风的走向、强弱等，并且警告大家尽量不要出门，防止被台风刮掉的东西砸伤。

记得上次台风来的时候预报说台风的威力很大，搞得大家人心惶惶，为此中村老师还把当天的日语课给取消了。结果，第二天风平浪静，连个雨滴都没下。原来台风沿着海岸刮走了，根本就没有登陆横滨和东京。

这次，台风又来了。

据说九州那里风雨很强，还有人员受伤。于是，原本老公定好的打工也被临时取消了。

哎，真是屋漏偏逢下雨天啊。这个月本来就超支了，希望能从下个月的收入里补回来，看来，没戏了。

从明天开始，暂停改善计划！恐怕，实行起来有点困难，呵呵。

7月15日

计划与变化

人的计划似乎永远赶不上变化。

比如,安排好的打工因为台风取消了,预定的花火大会,也因为台风取消了。

想起去年的这个时候,也是焰火大会的时候,本来跟老公约好一起去港口看的,可是临时被一个日本朋友邀去吃墨西哥料理,只得作罢。

(临了,那个日本朋友居然建议我到便利店买几个焰火,回家和老公一起放!晕!)

前年的焰火大会则正好赶上老公来日本那一天,旅途劳累,也没有看成。

结果,虽然来日本3年了,居然一次焰火大会都没有看过。

这,也许是天意吧。

所以,不管人怎么计划,如果老天爷不想让你那么做,也是白搭。

看来,人,还是顺其自然,听从天意为好啊。

7月16日

地 震!

台风昨天刚过去(据说是50年来日本最强的台风),今天地震就来了。

上午10点多在家看书的时候,觉得有点晃来晃去的,时间还不短,晃得我像晕车一样。心里还挺纳闷，此次地震不同以往啊。打开新闻一看原来是新泻发生了6级强的地震,而且下午的余震也有6级。据说死亡7人，伤800多人，还有许多房屋倒塌。

还好，我们离新泻比较远，只是感觉到有点晃动。

地震，对于我们这些生长在北方的中国人来说，似乎还是比较罕见的事情，除了30多年前的唐山大地震。可是到了日本，才知道地震已经成为大家习以为常的自然现象。

记得刚到日本时是10月份，第一次地震发生在来日本第二天的晚上。当时正跟一个中国留学生前辈聊天，突然房间开始晃动，四周发出咣当咣当的响声。着实吓了一跳，差点夺门而出。

那个前辈比较有经验，告诉我等一会儿再出门，并且预测说震级大约四级左右。

过了半分钟之后，晃动停止。

我长舒了一口气。幸亏有人在，如果是我一个人，岂不要吓哭了！

想跟家人汇报一下，可是没有电话卡，只好作罢。

第二天碰到一个研究科的另一个前辈，还当新鲜事跟人家说，昨天地震了，感觉到了吗？

人家不以为然地说，都习惯了。

敢情我是大惊小怪！

没过几天，就发生了新泻地震。

一天之内三起6级以上的地震，我们这里也有4级以上，搞得我地震的时候在宿舍门口观望了半天，看什么时机跑出去比较好。

后来看新闻伤亡人数还不小，于是赶紧给家里打电话报平安。

一听到老妈的声音，眼泪便忍不住哗哗地往下流（丢人啊，呵呵）。后来老妈跟亲戚说我是吓哭的。（我哪里有那么胆小呢！哼！）她哪里体会得到初到异乡孤身一人的我听到家人声音时的感觉呢？

后来，经常在半夜睡觉的时候感觉到地震的晃动，慢慢地，也像其他前辈一样习惯了。即使因为地震醒来，也翻个身很快熟睡过去，不像初来时，半夜地震过后便不再睡觉，穿好衣服准备随时往外冲！

地震，已经变成了一种习惯性的自然现象。

不过，地震的伤害还是不容小觑的。比如日本虽然在自然灾害预防方面是很领先的，每次大的地震都免不了有人员伤亡。所以，日本要求建筑物的抗震度要超过6级以上，平日里发生4、5级地震的时候，一般是不用惊慌的。

日本电视台也经常教人如何做好防震准备，比如要把装有衣物、水、药品的救急袋放在门口的位置，以备地震之需，等等。

不过，我一般很少准备那些东西，即使偶尔心血来潮准备上一瓶水，放的时间长了用不着就不得不倒掉，（还是用不着比较好！）

所以，就抱着一副听天由命的架势，顺其自然！呵呵。

老天自有安排！

7月17日

一见钟情的滋味

今天，终于尝到了传说中"一见钟情"大米的滋味。

还不错，比以前的大米好。起码，很出数。按照以前蒸米饭的量下米，没想到蒸出了满满一饭锅。

老公连声称赞，一口气吃了两大碗。

日本的大米是好吃，日本的水果也好吃。日本的猪肉，日本的海鲜……日本的东西好像都要比中国的好吃。

太崇洋媚外了吧。自己都觉得有点说不过去了。

可是想到国内的毒大米，添加了激素的猪肉，鸡蛋……不得不承认，日本的食品还是让人放心的。

"看来，在国外待时间长了，回国还要好好适应一段时间呢。"老公感慨地说。

是啊，不适应也不行啊。毕竟那是生于斯长于斯的祖国啊，即使有许多不尽人意的地方，还是要去适应，去改变。

只是心里还是微微地有些遗憾，为什么我们的国家就不能比他们的好呢？

7月18日

糗大了

昨儿晚，老爸老妈那里刚接上网线，要跟我试MSN的音频聊天。冷不丁发出个音频邀请来，我只好接受。然后，自己一个劲地"喂，喂，喂"地喊，却听不到对方的声音。

于是，对方在对话框里问能否听见他的声音。

我回答，听不见。挂断，重新连接。然后对方提示我"说话"，又是"喂，喂，喂"一通，不见回音。

脑袋里突然灵光一现，冲着话筒喊："地瓜，地瓜！我是土豆，我是土豆！请回答！请回答！"还是无声。接着喊："长江，长江！我是黄河，我是黄河！请回答！请回答！"

好像这是电影"南征北战"里电台发报员联络时候的对白。前者是国民党部队的，后者是共产党部队的（国民党部队都是地瓜和土豆，共产党的是长江和黄河，呵呵），结果，对方还是没有半点生息，只是在对话框里给我发了一个字："晕！"

不好，对方不是老爸老妈！因为老爸老妈肯定不会用晕这个词。这才想起来问对方是谁。答曰：不说。再问，答曰：学校修电脑的。

啊？！我还一直纳闷怎么老爸的打字速度见快了呢，原来如此！

懊恼半天，悔不该不问清对方是谁就随便耍活宝，实在是有损我的窈窕淑女形象啊！

这边老公都被我逗乐了，那边的同志岂不要笑喷了！
郁闷！郁闷！

7月19日

有点像六方会谈

今天，因为一个美国朋友要回国，另一个韩国朋友刚到日本，便将给美国朋友的饯行宴和给韩国朋友的接风宴合二为一，在家里招待了他们一番。

一大早起床后，我负责准备饺子馅儿（许多外国朋友来我家吃饭就是冲饺子而来），老公负责搞卫生。

边准备饺子馅边跟老公说："我怎么感觉今天的聚会有点像六方会谈前的碰头会?!"

一个美国人，加上他的日本朋友，一个韩国人，还有我们两个中国人，就差朝鲜和俄罗斯了。

老公应和道："是啊，真有那么点意思呢！"

下午，朋友到齐，开吃。

当然，老公的炒菜先上。赞声一片。

然后是我的饺子，只听得几句客套的好吃之后，两大盘迅速见底了。

然后，美国朋友弹着冲绳的三弦助兴，老公则和韩国人互相斗酒叙旧。

然后，老公不甘心美国人独领风骚，把吉他搬了出来，开始用笸箩嗓子狂吼。

美国人也随之应和。大有你方唱罢我方登场之势。

虽然嘴里一个劲地喊"うるさい！（太吵了！）"心里还是羡慕人家关键时刻可以活跃气氛的本事。

韩国人也叹息道："看来我也要学吉他了，没准可以早点把'彼女'弄到手！"

我心想，想当初，本人也是被吉他所骗啊。

如今，后悔晚矣！

7月22日

修　养

最近，虽然口口声声地说要做一个"上品"女人，但是发现自己还差得很远。

比如，不应该说脏话，不应该讽刺挖苦人，不应该追求享乐。

今后，一定要老老实实做人，踏踏实实做事，做一个善解人意，温柔体贴的知识女性！

（听起来有些假惺惺的，呵呵。不过争取做到！）

7月23日

西瓜放题

在日本，经常可以看到饭店或者居酒屋的看板上写着"食べ放题""飲み放题"等字样。意思是，交一定数额的钱就可以随便吃个够、喝个够。

这几日，我和老公在家里来了个"西瓜放题"。

眼下正是西瓜收获的季节，也是最便宜的时候。

日本的西瓜大多是沙地西瓜，所以很甜也很沙。

于是，上周老公便跑到一个有名的蔬菜市场，不远"万里"给我背了一个西瓜回来。

将西瓜切开放到冰箱里，每天回家时吃上几块，顿时浑身凉爽，热意全无！味道好极了！而且我自己在家时可以靠吃西瓜减肥。

今天，出去买菜的时候，又搬回一个来。

"趁现在便宜，多买几个存着。"老公说。

西瓜经放，想起小时候家里经常买上一小拉车放到床底下，热了渴了的时候就搬出一个吃，多爽啊！

可是，从市场到车站需要10分钟，从车站下车到家需要20分钟，这30分钟路程需要老公一个人扛着。要知道，一个西瓜就12千克！其辛苦程度可想而知！

回家后，看着老公汗流浃背的悲惨形象，我假惺惺地说："咱还是别买西瓜了，背回来太费劲了！"

"没事，想想吃的时候的舒服劲儿，就没什么了。"老公一副大义凛然的样子。

"也是，"我随即应合道，"背西瓜是痛苦一时，可一个西瓜要吃好几天，可以幸福多次，划算！"嘿嘿。

"嗯，"老公居然没有听出我的揶揄，"下次从那里过的时候再背一个回来！"

看来，今年夏天真的可以来个"西瓜放题"了。

不错不错！西瓜可是我的最爱！辛苦了，老公！

7月31日

赶海喽

上周五中文课的时候，班上的一个同学告诉我这周二中午是最好的赶海时间，可以捡到很多贝壳。

于是，早晨跟老公吃罢早饭，便匆匆向八景岛奔去。

一出车站，微风迎面扑来，夹杂着浓浓的海腥味。因为不是周末，沙滩上的游人不是很多。放暑假的中学生成群地在沙滩上嬉闹着，小孩子们套着游泳圈飘来飘去，一些老年人则拿着挖贝壳的工具和网兜在海里捡贝壳。

看着人们手里拎得一兜兜贝壳，我不禁兴奋起来，向海边快步跑去。

退潮后的岸边残留着大片大片绿色的海草，走过海草，虽然看着人们在浅水区捡着贝壳，但海水混浊，根本看不到水面下哪里有贝壳。无奈，只好问一个看似有经验的老者，老人告诉我，不用看，把手伸到沙子下面感觉就可以了。

试着把手往沙子下面一探，果然，可以感觉到硬硬的贝壳。反手将手里的沙子在海水里冲净，便剩下几颗晶莹的贝壳。

"啊，真的有贝壳！真好玩！"我大叫。搞得老人忍不住笑我的无知。

老公也不甘示弱，干脆用两只手伸到沙子下面，捧出一把贝壳。可惜，他虽然手大，拿到的贝壳大小不一，还要将小个的贝壳挑出来，颇费时间。不似我，虽然是一只手，可是在冲沙子的时候，顺便将小个的贝壳冲走，反而节省不少时间。两个人不到一个小时时间，便收获了2袋子贝壳。

真地为大自然给与的馈赠而感激。生活在海边，真好！

可是，因为捡贝壳需要一直弯腰，一会儿工夫，双腿便开始酸疼起来，只好上岸歇息片刻。

撑起太阳伞，躺在沙滩上，感受着午后炙热的阳光，尽情享受着名副其实的日光浴。而塑料袋子里的贝壳离开了海水，挤在一起，发着吱吱的声音。

哼，别着急，我心里想，看我回去怎么处理你们。是做贝壳酱汤呢，还是炒着吃？我犹豫着。

这好办，老公说，小个的贝壳做酱汤，大个的炒着当菜吃。

嗯，不错。我说。

我回去后要把它们放在水里养起来，现吃现捞，这样每次都可以吃到新鲜的贝壳了！

呵呵，从今天开始，又多了一项任务，养贝壳！！

8月1日

鲜贝酱汤

早晨一起床，便琢磨着怎么吃贝壳。

捡的时候只顾着高兴了，不管能不能吃完，只管往家拿，反正也不要钱！可是回家后才为怎么吃发起愁来。

老公不在家，少了一个吃饭的主力军，处理贝壳也成了一项艰巨的任务。

为了减肥，最后决定还是做鲜贝酱汤。

先挑出一些比较小的贝壳，泡在水里进一步沥清沙子，然后，拿出豆腐切块备用。

因为没有主食，洗一个土豆切丁（自创的。真正的酱汤里没有土豆）。

将水烧开后，加入土豆丁和豆腐、酱及姜丝。待土豆快软的时候，加入贝壳。

待贝壳全部打开之后，放入裙带，关火。然后，将豆腐、土豆、贝壳和裙带菜盛到碗里，就是一顿午餐。

营养均衡，又可以减肥。

还不错吧。呵呵。

8月7日

警察来了！

上周六，跟同学约好一起出去吃饭。刚要出门的时候，突然听见敲门声。打开门一看，吓了一跳！居然是一个全副武装的警察！

要知道，日本一般执勤的警察也是手枪和警棍等随时带在身上的，所以，一看那架势，让人不禁心里发毛。

迟疑间，那警察拿出一张卡片，说是需要填写我们的个人信息，大概需要5分钟时间。

我下意识地看看表，公共汽车还有3分钟就要来了。

那警察注意到我看时间，便问："是否有急事？"

"我要赶3分钟后的公共汽车。"我如实回答。

那警察一看自己的表，赶紧说："那你先走吧，下次我再来。"

好，我一般平日都在家。

我匆匆交待一声，便向车站跑去。

老公回家，听说警察来过，还嘀咕说："是不是我们上次半夜吵架，被邻居投诉了？"

"不会吧，"我心虚地说，"咱们吵架声音没那么大吧。"

要是被投诉了，那可丢人丢大发了！

今日，又听见敲门声，原来是那警察！

还是那张卡片，原来是为了防止地震时对辖区外国人进行管理登记！

虚惊一场！

老老实实把自家的电话等信息告诉人家。

临走，警察一个劲地为上次耽误我时间抱歉，并留下其派出所的电话，嘱咐说如果遇到麻烦或紧急的事情可以随时联系。

我连声道谢，没想到日本的警察看起来威武，对人还蛮亲切的。

8月9日

Summer Night

It is summer night that tortures my sleep.

The long summer night.

Hot, boring summer night.

It is summer night that revokes my memories.

The long summer night

Bitter, hard summer night.

夏の夜

つまらない夜！！

苦しい夜！！

引 用

"分手以后,不会做朋友,因为,发生过的一切,无法以'朋友'两个字去包容。

分手以后,不会做敌人,因为,发生过的一切,情和爱,都无法去恨对方,都无法成为敌人!

不是朋友,不是敌人,不是陌路,曾经最最亲密的两个人,一下子在各自的世界消失不见,如同一方已经死去。

两个人成了最最熟悉的陌生人!而这一切的回忆,也会随风而去!随水飘流!"

8月10日

岁月回首

十九岁之前,
生活是一首首诗歌。
没有金钱的浸染,
没有情感的摧残。
似一朵含苞欲放的睡莲,
在清晨的凉爽中,
反反复复地浅酌低吟着,
那些为赋新词强说的愁。

十九岁之后，
生活是一支支舞曲，
感受着金钱带来的快感，
体验着初恋的爱与忧愁，
青春在激情中怒放，
情感，在无知中挥霍。
没有年少时的纯真，
没有成年时的沉稳。
只有，
从书本中解放出来的自由。
结婚之后，
生活是一篇篇散文。
经历过情感的挫折，
经历过生活的磨砺，
望尽千帆之后，
才知道，
其实，最美，
不过是平平淡淡，波澜不惊。
对金钱的欲望不再强烈，
对感情的追求不再执著。
不再有激昂飞扬的文字，
不再怀有愤世嫉俗的胸怀。
闻世间万物，
却只道，
天凉好个秋！

8月17日

真实的自己

记得中专毕业的留言册上，
在人生格言一栏里，
我写下的是：做一个真实的自己。
多年来，我坚守着自己的做人原则。
可是，
在如今这个物欲横流的社会里，
在充斥着谎言与虚伪的世界里，
我开始怀疑，自己所坚守的真实，
会不会在别人的眼里是一种愚笨。
混杂的世界让我越来越看不清自己，
也越来越看不清身边的人。
我以为只要自己，
怀有一颗善良之心真诚待人，
就可以换来真实。
然而，
我依然得不到真实的答案。
我不知道，
还有几个人可以值得信任，
我也不知道，
我是否还应该坚持下去，
自己的真实。
一个朋友问我，

身边是否有可以诉说一切的朋友,
因为她发现虽然平时朋友很多,
但真正可以说心里话的朋友却数不出几个。
我答曰,
我没有那样的好朋友。
当遇到不可以跟老公诉说的问题时,
我的选择是,
独自承受。
只是,这种承受,不知道能够坚持多久!

叶山的海

虽然按照农历已是立秋时节,可日本的天气却越发酷热起来。

连日的高温把人烤得无可奈何,没有心情做事。索性,来一个心情转换,到海边去散散心。

中村老师提议到叶山,因为那里有天皇的别墅,风景不同别处。

为了避开高温时段,我们选择了下午出发,到达叶山时,已经是下午四点多了。还好,云层很厚,把太阳遮盖住了,感觉不到阳光炙热的烘烤。

下车后,沿着皇家别墅的围墙一路走到海边。叶山的海岸线虽然不长,但既有平坦的沙滩,也有礁石,所以别有一番风景。

大概是工作日的缘故吧，海岸上游人很少。除了碰到在皇家别墅周围执勤的两个警察之外，其他的，似乎都是附近的居民。

我们选择了一块长满青草的礁石坐下来，铺上郊游的垫子，摆出小吃。中村老师则预备好了冰镇的啤酒和饭团子，于是，享受着海风的吹拂，边喝边聊。

没有了都市的烦躁，没有了酷暑的折磨，宁静的海岸旁，极目远眺，是一片无尽的汪洋。

"太平洋的那一端是美国。"中村老师说，"从这里一直走过去，就会到美国。"

是吗？我疑惑着，望着前方一望无际的海面。

淡蓝色的天空和海面似乎就在不远的前方交合，环顾四周，海天一线，人，好像被禁锢在一个海天组成的大蛋壳中，如此渺小，又如此卑微。

饮罢，中村老师提议去看漂灯笼——一种为了表示夏季结束的祭祀活动。

祭祀活动在森户海岸举行，海岸旁，人们或在露天酒吧里畅饮，或在岸边欣赏晚霞。另一些人则排队买灯笼，将自己的名字写在纸灯笼上，然后放入海中，把所有的祈祷与祝福放逐到海的那一边。

听着和尚们诵读经文，我心中也默念着佛号。希望佛祖能够保佑来年一切顺利，平安。

灯笼随着海水漂浮着，承载着人们的心愿与祝福。

也许，这是在日本的最后一个夏天了。

望着漂浮的灯笼,我的思绪似乎也漂到了海的那一边,很远的那一边——中国。

不知道将来,是否还能如此享受夏日的海风和夏日海边的晚霞。心中,竟突然冒出一丝不舍,久久不肯离去。

8月23日

老公,生日快乐

今天是老公的生日,尽管这个月预算已经超支,为了表示一下,还是要出去大吃一通(老公可是一家之主,不得马虎)!

于是,又一次选择了烤肉。

因为夏天炎热,已经好久没有闻到腥味了,看着服务员端过来的满满两盘肉,不禁垂涎欲滴。老公也迫不

及待地开始烧烤起来。

本人因为最近患上抑郁症,没有食欲,因此两碗米饭全部归了老公。我只管吃肉!呵呵,还有蔬菜色拉。

酒足饭饱之后,回家。

望着每日得见的熟悉面庞,徒然升起一股悲哀来。

当初在我最为痛苦艰难的时候初遇老公,那时,他还是一个青春焕发的阳光大男孩。如今,岁月还没有历经

太久，我们的面庞上却烙下了沧桑的痕迹。而老公，也被时光磨平了棱角。

感慨之间，打开当年的结婚照片，看了又看，不觉之间泪流满面。
感谢老公，当初收留伤痕累累的我，给予我爱，给予我家庭，
感谢老公，为了陪伴独在异乡的我，放弃国内的一切，来到异国。
感谢你，感谢你对我所有的包容与宽容，感谢你为我所吃的所有的苦。
虽然岁月改变了我们的容颜，但彼此珍惜的心永远都不会改变！

8月25日

Sometimes we have to forget something

Maybe during the course of our life, there are lots of things living in our heart.
Some things may be happy, some things may be sad.
But usually we tend to remember some sad scenes that ever happened in our life.
For instance, when we are abandoned by somebody we have ever loved, we tend to remember moreheart-broken scenes than the scenes we were enjoying the hap-

piness of love. The memory will make you more painful.

Therefore, if you cannot remember the happy memorries, at least you should forget sad episodes.

Because the life itself is bitter, we need to put some sugar in our daily life.

There is no thing or no person deserves you to give up the happiness of daily life.

If there do have such thing or such person, that only means that the thing or the person do not worth your concern!

So sometimes we have to forget something eventhough we do not want to.

It is a way to protect yourself!

ダイエット感想

過去の一週間、暑くて何もやらなかった。鬱病になっちゃった。

鬱病といえば、全て悪いことだけでなく、一つの長所は――――――ダイエットだよ。

気分が悪くて、毎日食欲がないので、五日間の間に2キロ痩せた！

今後も続けて頑張らなきゃ！

このようないい成績ができたのは、誰のお陰だなあ……

でも、鬱病ってやはり苦しいね！

（译文：过去的一周，天气异常闷热，以至于得了抑郁症。虽说是抑郁症，也未必都是坏事儿，一个好处就是——可以减肥。心情不好，每天没有食欲，5日内竟然减掉了2千克。今后还要继续努力。这样好的减肥效果，是拜谁所赐呢…… 不过，抑郁症还是挺难受滴！）

9月10日

再游京都——飞机上

9月5日早晨5点半起床，吃罢早饭，开始往羽田机场奔去，参加学校组织的假期见学旅行。飞机9点半才起飞，在机场等待了将近2个小时之后，终于开始登机。

为了观赏飞机外的风景，特地跟朋友耍赖，硬是换了他的机票，挤进了窗口旁的座位。

还好，9号台风还没有到东京，窗外是晴空万里。

升到万米高空之后，隔窗远眺，才发现平日里我们经常抬头看到的白云离地平线其实很近，以至于有点分不清楚飞机下面是大海，还是云海。

穿梭在云层里，感受着周围形状各异的朵朵云团和蔚蓝如碧的天空，仿佛自己也变成了一只鸟儿，翱翔在高空中。

遐想中，突然看到空中闪出一道五彩的霞光，以为是海市蜃楼，细看之下原来是一道弯弯的彩虹。

平日在地面上时，看到彩虹似乎并不稀奇，可是在如此高的天空之上，能够欣赏到如此靓丽的彩虹，还是头一遭。

我急忙招呼旁边的朋友一起来看，大家都发出惊叹声。

天上既然有如此美景，何必要降落到人间呢，我心里也感叹着。

可惜，我不是飞机，也不是飞鸟，只能沦落人间做一只丑小鸭了。呵呵。

叹息之间，飞机的广播里传来了即将着陆的通知，好快啊，原来东京到京都不过1个小时的机程。

还没有尽情享受到天上的美景，就要再度落入"凡间"了，好遗憾啊！

只好，带着几分不舍，走出大阪的伊丹机场，坐上了开往京都的大巴。

9月11日

再游京都之第一天

走出伊丹机场，我们便被安排坐上大巴向京都驶去。

第一个目的地，当然是——饭店！不填饱肚子，如何开始一天的行程呢！

世界真得很小！没想到，去饭店的路上居然从我们2月份住过的那家宾馆门前路过。而且还在我们曾经吃方便面那个便利店前停留了数分钟！

这可不得了，老公居然回忆起我们一行五口人坐在便利店窗口前边欣赏街景边吞食方便面的情形，于是，忍不住跟旁边的朋友忆苦思甜起来。

"啊？你们居然让你父母吃方便面？"朋友惊诧而又夸张地问。

"不过是上车前饿了，临时凑合点而已。"我觉得面子有点挂不住，心虚地补充道。（没办法，没钱就是气短啊。就吃了一次方便面，还被老公给泄露了出去，丢人啊！）

终于，到达了吃饭的地方。还不错，是传统的京都火锅。不过不是涮锅，而是把面条和豆腐蔬菜什么的放在已经炖好的鸡汤里煮着吃。

填饱肚子之后，出发，到南禅寺。

京都以寺院和神社而闻名。这里的寺院很大，建筑也很宏伟。颇似中国古代建筑的风格。

南禅寺也不例外。依山而建，郁树葱葱。还有一条小溪从山上顺流而下，让人在炎热的夏季里感受到了一丝清凉。

出得南禅寺，延哲学道而上，便来到了银阁寺。

夏日的银阁寺似乎不似冬日那般沉静，往来的游人和当空的烈日，让人难以静下心来慢慢赏玩。只好匆匆走过一遍，便出门边喝茶边等着集合了。

银阁寺之后是清水寺。

清水寺依然如往日一样，像一个悠然的老者，坐落在山颠。照例是拍照留影。（劲头已经不像第一次那么兴趣盎然了。）

只是，这次在清水寺最大的收获是——刨冰！

出了清水寺，来到门前的商店街，口干舌燥之时，突然发现店旁摆着各种各样的刨冰！还没吃到嘴里，便已经想象到那种顺着喉咙流入胃里的惬意了。尽管价格不菲（350日元，20多块人民币吧），还是和老公买了一大碗！

恐怕，吃刨冰是第一天最爽的时刻了。

晚上，回宾馆之后，吃和式料理，然后，散步，泡澡，睡觉。

第一天行程结束！

9月12日

再游京都之第二天

早晨起床后,来到餐厅吃早餐——和式自助餐。

因为中午饭要自理,所以大家都尽量多吃点,好吧午餐节约下来。

我也不顾多日来的减肥成果,盛了一盘子蔬菜、炖菜之类的,还有香肠和两个小烧麦。

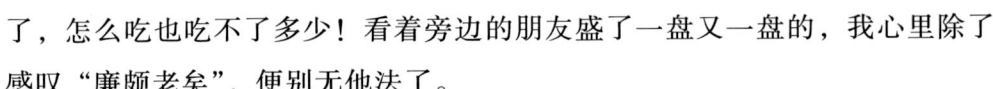

怎奈,由于减肥已经把胃口缩小了,怎么吃也吃不了多少!看着旁边的朋友盛了一盘又一盘的,我心里除了感叹"廉颇老矣",便别无他法了。

上午的行程是:保津川漂流。

坐船延京都的一个名为保津川的河流而下,两岸是郁郁葱葱的灌木和山壁。

顺流而下,一面欣赏着船工用最古老的划桨和长蒿的方式划船,一面搜寻着两岸是否有别样的风景。

果不其然,船刚驶出码头不久,便看到前方一块石头上悠然闲立着一只白鹭。那白鹭或用长长的嘴巴梳理羽毛,或低头从水中衔起一只小鱼儿,仿佛一个深居重楼的大家闺秀,优雅而又娴静。

偶尔，也看到绿色的乌龟趴在石头上面东张西望，闻得我们发出的惊呼，又胆怯地将脑袋缩回了盖子里。

还有，猴子！年少的猴子在灌木丛中蹦跳嬉戏着，而大一点的猴子似乎耐不住酷暑，居然跑道河里戏起水来！

可惜现在不是秋天。

如果是到了11月，两岸山上的枫叶会变成一片火红。那时，将是游人最多的时节。

不过，还好，正是因为没有到旅游旺季，河流才显得如此宁静，那些小动物们也才能如此坦然自在地嬉戏。如果到了秋季，不知道这山谷中的会是怎样的一番熙熙攘攘呢！

终于，一个半小时之后到达终点——著名的岚山。

因为只有1个多小时的自由活动时间，所以来不及爬山，只好到附近的寺院里转了转。

还不错，古色古香，至少那些泥土和瓦片做成的古墙给我们提供了照相的好背景。呵呵，虽然技术不佳，人也不漂亮，但墙好就行！

岚山之后是金阁寺。

因为上次去过，所以也是匆匆一游而过。

然后是幕府将军曾经的住所——二条城。城内建筑宏伟，房间也很大。不过晦暗且不通风，实在没有感觉出有多少的豪华。不过周围的庭院倒是有山有水，还有大树，静谧肃穆，感觉还不错。

然后，一天行程结束，开往饭店。

我们下榻的饭店居然是——5星级的皇家酒店！看来旅游淡季来京都还

是有一个好处的：可以住高级酒店！

两人一间，待遇不错。

稍作休息，便是晚餐。吃的是著名的京都自助涮牛肉，没想到，涮牛肉的小料居然是麻酱的，这在日本可不多见。

于是，大家四人一桌落座之后。匆匆开吃。不一会儿，面前便只剩下摞起的空盘子。

"再来几盘牛肉和蔬菜！"跟服务生要菜的声音此起彼伏。可怜那服务生小姑娘跑来跑去，累得嘴都耷拉了下来。而我们则是——忘我地狼吞虎咽！

等把肚子打发到六成饱的时候，才想起来：怎么没有豆腐呢？是啊，是火锅时没有豆腐似乎说不过去。

叫来服务生一问，原来不光有牛肉和蔬菜，还可以点豆腐、粉条、面条等。

真傻！于是又点上豆腐粉条！

最后，冰淇淋甜点也被消灭光之后，起身，散步！

哎，我这多日来的减肥成果是彻底泡汤了。

晚上8点，在京都大学的一个朋友的带领下，开始了自助市内观光。

首先来到祗园附近一个叫"花见小路"的地方。据说，这里就是传说中舞妓出现比较多的地方。

舞妓是京都特有的风物。据说都是年龄20岁以下，身高150~160厘米的小女孩。一般游人来京都时很难看到舞妓，因为她们多在晚上活动，而且一般不在户外停留。

如果想请舞妓陪酒的话，那口袋里没有足够的银子是不行的。

很幸运，我们居然还真地看到了两个舞妓。

刚走到一家小酒店门口时，就听见一男子打电话好像是叫两个舞妓过去。

没想到，往前没走几分钟，便见到两个舞妓从对面匆匆赶来。

同行的朋友急忙准备好相机拍照。那两个舞妓看到有人拍照，便羞怯地低下头来。还好，没有对我们怒目而视已经不错了。

回来的路上，专门在鸭川的河边坐了一会儿。这里以晚上成对的情侣而闻名。据说人多的时候，每隔五米就坐着一对情人，有点像上海的外滩。

不过虽然我们也坐下了，可是怎么坐也坐不出什么感觉，

只好，起身，回饭店。睡觉！

9月13日

再游京都之最终篇

到达京都第三天，也是此次旅游的最后一天。

前一天晚上终于躺在床上（注意！是床，不是榻榻米！）美美地睡了一觉。感觉还不错，毕竟是星级酒店。早餐还是自助，吃了不少水果和牛奶，然后是柠檬红茶。

因为是最后一天，所以行程安排得比较松散。

第一站是太秦映画村，也就是拍古装剧的摄影城。映画村里有不少古时候的建筑，但大都匆匆看过，没什么印象了。比较有意思的是在摄影棚里看他们表演现场拍摄的情景。闪电、雷鸣、下雨、黄昏等居然在灯光照明和音响的配合下模拟地那么惟妙惟肖。还有就是3个演员表演武打的场面，让人忍俊不禁。（以至于我回家后还模仿着其中一个甩飞刀的架势，

搞得老公不知所以然。）从映画村出来便去吃饭。传统的うどんと天ぷらご饭。然后到一家点心厂参观。当然，免不了试食一番。然后，买上几盒作为回来给朋友的お土産。最后，当然是开往机场了。

还好，在京都的这两天9号台风到达东京，我们回去的那天，台风已经顺利北上了，空中气流平稳。因此，回程居然比去的时候还快。刚刚喝完空姐送来的饮料，广播里就预报要降落了！

哎，可惜我还没有享受够天上的美景。恋恋不舍地跟朋友说，把脸贴到窗口看窗外的风景，感觉真的是很好啊。朋友干脆的回应我两个字：废话！

知音难觅啊！只好，悻悻地走下飞机。拖着疲惫的身体，回家！

此行结束！

9月14日

水至清则无鱼

　　记得青春期的时候，父母经常因为我放学后没有按时回家而生气，而我也因为被管束得没有人身自由苦恼。那时，青春叛逆的我常常令父母头疼不已，每次生气之后他们都赌气地说："给你自由，以后再也不管你了！"可是，每当我回家晚的时候，他们还是忍不住唠叨两句。

　　我纳闷：不是说过不管我了吗？为什么说话不算话呢？

　　长大之后，懂得了如何去爱一个人，如何去关心一个人之后，才明白，当初父母的食言，其实还是因为不舍。因为孩子永远都被父母放在心上，所以才会被父母关心着，才会被父母尽可能地控制在他们的视线之内。虽然有时候这种爱，这种关心有时候让孩子觉得窒息，但父母永远不会对孩子放开自己的手。

　　婚姻和爱情中又何尝不是如此呢？因为爱一个人，所以希望对方完美，希望他的所作所为都符合自己的要求。

　　因为爱一个人，所以不能容忍他的错误，哪怕是和异性之间的暧昧，或者是精神上的游离。

　　因为爱一个人，往往会把感情憧憬得很纯洁，容不得半点杂质掺杂其中。

　　因为爱一个人，便希望了解他的所有，希望占有他心里的所有空间。

　　然而，现实又往往很残酷，因为，人无完人。

　　当发现你执着地追求真相，发现你所爱的人并非你所想象时，最终，受到伤害的，还是你自己。后来，终于明白了："水至清则无鱼"这句话的真谛。世界原本就是混沌的，又何必奢求你身边的人那么纯洁呢？难得糊涂，当是我们对待至亲至爱的人的最佳途径吧。

可惜，因为爱在心里，因为不舍，所以，更渴望了解，更渴望占有，渴望对方的空间里如自己一般充满了自己，渴望瞪大眼睛看清楚身边发生的一切。

结果令对方窒息，令自己疲惫。

所以，还是糊涂一些，如果对对方不甚了解，那就认识一个表面的他吧。有时候，糊涂比清楚更好过，假相比真相更让人舒服。活得过于清楚，就会伤自己更深。

哎，人，最难过的还是自己这道坎儿！

9月16日

近朱者赤近墨者黑

夫妻在一起时间长了，在外人看来，无论从外表还是言行上都十分相像。这就是所谓的夫妻相吧。

结交朋友也是如此，物以类聚，人以群分，已经是祖先总结出来的亘古不变的真理。

人之初，性本善也罢，性本恶也罢。总之，我们的本性中都怀有善与恶两方面。人都是具有两面性的。当和善良的人在一起时，我们往往会表现出自己善的一面。而面对邪恶的人时，我们内心恶的一面可能更容易被激发出来。与天使在一起久了，自己也会变成天使。与恶魔相处长了，自己会变得邪恶。所以，人是会改变的。

当你遇到多年不见的朋友时，如果你发现他变得善良了，至少可以推断出他身边的朋友是善良的；如果你发现他变得粗俗恶毒了，就可以推断出他周围围绕着什么样的人。也许有时候我们会常常抱怨心目中思念的那个人，再次相遇时已不似从前；也许我们会疑惑，为何当初将情感付出给如今看来如此不堪的人。但是，永远不要悔不当初。因为，时间和环境可以把邪恶的人变成善良的人，同样，也可以把善良的人变成邪恶之人。所以，平日里，对于身边的人，一定要宽容，怀有一颗慈悲善良之心。因为，你对别人的态度影响着别人对你的态度。最终，善良付出的得益者，其实就是自己。

听说过这样一个传说。苏东坡与佛印一起到金山寺禅坐，东坡问佛印："我打坐像什么？"佛印说："像一尊佛菩萨。"佛印问东坡："我打坐像什么？"东坡心想这次我一定要讨回一点便宜才可以，说："像一坨牛屎。"打完禅坐回家，苏小妹看到哥哥今天特别高兴，因此问明原委，苏小妹点醒东坡："人家心中有佛，才说你像一尊佛菩萨；而你头壳装屎，才会说人家像牛屎。"

所以，心中有善，看待别人时才能有善。心中有善，回报给自己的才会是善。因此，生活中不要总是抱怨别人对自己做过什么不愉快的事情，应该更多地去反省自己对别人做了什么，自己的言行对别人产生了什么影响。

近朱者赤，近墨者黑。我们不仅要靠近善良博学的人，而且也要尽量去做一个让别人可以靠近的"朱"。只有学会反省，学会与人为善，我们的生活才会更美好，更幸福。

如是说，自勉之。

9月17日

解　脱

终于可以解脱了，可是感觉不到一点轻松。

"一花一世界，一叶一菩提"很喜欢这句禅语。

以后有时间的话，要多读一些佛教方面的书。修身养性，排除杂念，享受生活。

9月19日

愛なくして何の人生か

　　愛なくして何の人生か（没有爱的人生会是怎样的人生呢?）
　　この文は文法の本を読むとき見たのである。（这句话是在一本语法书中看到的。）
　　すごくきれいな文だなあ……中村先生が嘆いた。（中村老师感叹道："多美是诗句啊!"）
　　そうだね私も相槌を打った。（我也附和道："是啊。"）
　　愛なくして何の人生か（没有爱的人生是怎样的人生呢?）
　　心なくして何の愛か（没有心的爱又是怎样的爱呢?）
　　人間にはわからないところいっぱいあるね。（我们所不明白的人世间的事情太多了!）

预备审查报告

　　10月份就要进行论文的预备审查了，这个周五是交审查报告的最后期限。
　　周一晚上匆匆把报告发给导师，以便次日上课请她指正。没想到第二天，她一上来就跟我说11页的报告太长，其他老师可能没时间看。
　　我想：那好说，改长了不容易，缩短了还是很简单的。不就是在电脑上多摁几个删除键嘛。我心想。
　　可是，下了课，刚到家。打开电脑，第一件事是检查电子邮箱和看新闻

（幸好，没有立即修改），导师的电话随后就打了进来："刚刚开会时问了一下其他教授，说是预备审查的报告需要比前两次中间报告详细些。你不用修改报告了，就按原来的好了。"导师不好意思地说。

"好！"我心里一喜，只修改基础语法上的错误就可以了，报告的结构不用大改了。正庆幸着（还好，我还没开始改动），导师的电话又来了。

"我刚才又问了一下办公室负责的人员，他们说预备审查报告要把论文每个章节的概要都罗列出来，大概需要数十张纸的程度。"

天啊，一下子让我从11页改到数十页。跨度够大的。倒吸一口凉气！

只好，重新来过，把论文的每一章节概括总结，但愿周五能顺利交活儿。（努力中……）

哎，做博士也不容易啊。

9月21日

失乐园

昨晚，等导师给我回信的工夫，看了一部日本电影《失乐园》。

在国内的时候就看过有关这部电影的介绍，据说是1997年度日本最佳影片，描写了一对中年人的婚外恋情。最终，两人的感情为社会所不容，选择了共饮一杯毒酒，相拥而逝。

看罢，感慨万千。爱之极致，莫过于用生命去祭奠；爱之永恒，莫过于以死亡来成全了吧。和相爱的人能够生活在一起的人是幸福的。那么，如果和不爱的人生活在一起，人生将作何选择呢？

生存或者死亡，是个问题！

10月20日

春华秋实

记得不久前,走在回家的路上,还似观赏婴儿一般,驻足观察路边庭院里探出头的如花生米大小般的柿子树上结出的小小的青色的果子,没想到,转眼之间已经是硕果累累的秋季了。

一路走来,路边有红色的石榴、黄色的橘子、和橙色的柿子,挂在枝头,让人忍不住想去摘下几个来。可惜,长在别人家的院子里,本着私有财产神圣不可侵犯的原则,只好忍住人类最原始的欲望。止步于观赏……

时光如梭啊,看着两边果树从开花到结果成熟,仿佛只是几日之间。人生又何尝不是如此呢。混混沌沌之间,已经走过了最美的春夏。在秋季里将要收获的是甘甜的果实,还是飘零的落叶呢。一切都不得而知。遥想当年青春勃发的时候,曾经写下的诗句:一滴秋雨,便是一份心情……

而如今,却已经无暇整理自己的心情,忙碌于每日的繁琐之中。今年的秋天似乎更是非同一般。所有的事情都赶在了一起,甚至连感冒发烧也来凑热闹。因此,懒得动笔,懒得描述自己的心情。只有咬紧牙关,告诉自己,一定要挺住,在最后的冲刺关头。明天将会如何,已不在我考虑的范围之内,把它交给命运去安排吧。重要的是,过好每一个今天!

10月23日

无 题

想起了李商隐的那首无题诗，也想起了曾经痴迷过的那本名为《跨出诗的边疆》的宋词赏析书。

很怀念当初如清水一般宁静而宛若处子般的心态。想起当初每天清晨站在学校三楼的平台上，在朝阳的辉映下，独自一人低吟唐诗宋词的情景。恍如隔世。那种淡然与从容，已经随着岁月匆匆流逝。只有在回忆的时候，才能带来些许的感动。回忆是甜美的，回忆也是苦涩的。但往往苦涩的回忆更加让人刻骨铭心。伤心的往事更让人难以忘怀。

或许，我是真的老了，老到总是触摸过去，老到重拾唐诗宋词。

11月26日

匆 匆

匆匆之间，又一个月过去了。日志，不知何时开始变成了"月志"。还好，终于可以稍作喘息，写点东西了。然，室内冰冷，寒冬已至。欷歔着，不知如何下笔。

因为忙碌，看到了久违的朝日；因为忙碌，体验到了生活的艰辛；因为忙碌，可以每天走出室外，感受着冷冷寒风，观察着树叶由绿变黄、变红。四季的交叠更替，仿佛在一瞬间发生。

不知不觉，已经走过了春夏秋。今年的冬天似乎格外严峻，除了冰冷的气温，还有不容乐观的心情。一切都在变幻之中，让人难以把握。

所以，不愿意回答来自朋友的任何关于未来的疑问。因为明天对我而言，是一个暂时的未知数。就这样，每天数着日历，一步一步的往前走，走向即将到来的明天。

11月28日

我家的灵异事件

搬到这个团地两年多了。小区里风景不错，一年四季楼前楼后都开着鲜花。如今，秋菊在寒风中傲然怒放着，金黄色的银杏叶和火红的枫叶交叠着，仿佛在奏响冬天的开幕曲。每天回到阴冷的家里，最温暖的时候便是洗上一个热水澡，然后蜷缩在被窝里看书或是看电视。

可是，今天打开热水器的时候，却发现水龙头里出来的水只是微温，甚至洗衣服都觉得温度不够，更何况洗澡！

不对啊，昨晚洗澡时还是很热的呢。难道是煤气管道阻塞？

我急忙叫来老公让其看看究竟。老公趴到地上看煤气的火苗燃烧着，应该没有什么问题啊，你今天别洗澡了！老公居然敷衍了事！不顾我这边已经准备就绪。不甘心，再次探个究竟，发现原来是热水器下面调节温度的阀门被人从"大"调到了"小"！（冬天时调到"大"的位置，水温高；夏天调到"小"的位置，水温不太高。）

奇怪，我和老公都没有动过！而且阀门的位置隐蔽，不会轻易被碰到！难道是有人来过？

"不可能。"老公否认道。我们下午出门，晚上到家，应该不会有人专门来动那个阀门吧？我不禁想起了去年发生过的三次奇怪事件。

难道是那个小东西，又在恶作剧吗？去年夏天的某日傍晚，我和老公在客厅吃罢晚饭，正在休息，突然听到里屋卧室的电视啪地一响，竟然自己开了。我愕然！急忙让老公到阳台上看是否有人，结果是空无一人。当时吓出一身冷汗，不知所以然。

　　后来，某日白天我独自一人在家，又是一声响之后，电视自己开了。当时刚好正冲着电视，确实是没有任何征兆地自己打开的。好在有了前一次的经验，我不再感到害怕，更多的是充满了疑惑。

　　难道我们家里有一个看不到的东西存在着？于是，每次看完电视之后把电源拔掉，防止类似事件发生。可是，冬天的时候，某日深夜，突然感觉燥热，醒来后发现空调不知何时被打开了。要知道，我们每天睡觉前都是关空调的。我开玩笑地跟老公说，没准那个小东西又在跟我们调皮了。然后，关掉空调重新入睡。

　　没想到，在安静了将近1年之后，又出现了奇怪的事件。是偶然？巧合？还是真的有一个我们看不到的朋友和我们在一起？答案不得而知！

12月4日

深秋的镰仓

　　虽然现在国内已经是冬天了，但日本似乎还处于深秋的阶段。因为眼下正是观赏红叶的季节，今天早晨起床后，发现窗外阳光一片，于是决定启程到镰仓看红叶。来日本已经三年多了，快要回去了，才想起来还没有专门去看过红叶。因为往年秋冬之际，小区里到处是黄色

的银杏叶和红色的枫叶，也想不起来专门到什么地方看红叶。据说高尾山的

红叶很好看，于是跟朋友约好了这个周日去看。担心时间太晚，红叶会落完了，就提前到近些的地方看看风景，以防万一。

由于今年冬天来的比较晚，加之天气忽冷忽热，据说红叶也不如往年好看。到了镰仓，发现枫树上大都是红绿相间的叶子，红透的枫树还不多。看来还是有点儿早了。不过，倒也放下心来，周日到高尾山的时候不会没有红叶看了。按照惯例，还是先去建长寺，然后爬到山顶看富士山。可惜，富士山被一片云雾掩盖，看不到。于是，下定决心尝试了一下"天园远足"项目。就是沿着建长寺的山顶一直走到一个叫觉园寺的地方。历时1个小时。这便苦了我的双脚。穿着高跟长靴走在崎岖的山路上，险象环生。还好，终于活着到达了觉园寺。果然

不虚此行，那里风景幽静，红叶也正当时。拍过几张证明在此一游的照片之后，寺里出来，才发现迷路了。只好顺路而下。

几番周折之后，来到了比较熟悉的"八幡宫"——日本的一个神社。因为我和老公对日本的神社不是很感兴趣，只是在外围观赏红叶，并来到夏天的荷花池旁。当然，荷花已经全部凋谢，留下一片碧波的湖面。不过，这湖面并不寂寞。一群鸥鸟在快乐地嬉戏着。白色的海鸥，灰色的鸽子，还有鸭子、鹅等，或飞来飞去，或在

水中觅食。一个孩子，调皮地拿着面包片，一边把那些鸟儿引诱过来，又突然一脚向它们踹去，吓得鸟儿们四处逃窜，而孩子则手舞足蹈地欢笑着。孩子、鸟儿、湖水，构成了一幅生动和谐的图画，让人久久不肯离去……

镰仓，这座古老的城市，每一个季节都给人带来不同的感受。只是不知道，以后还能再来几回呢?!

12月8日

挥一挥手，不带走一片云彩

冬天真的来了。踩着脚下黄色的银杏树叶，心里忍不住抱怨秋风的残忍，为什么一定要把那美丽的秋日风景，无情地抹煞呢？

可是，转念一想，其实，秋风还是很潇洒的，呼啸而过，却不带走一片落叶。其潇洒如当年的徐志摩，在康桥上，轻轻地告别，挥一挥手，却不带走一片云彩。人生又何尝不是如此呢，经历过的一切所谓的幸与不幸，就像一片片的云彩，过去就过去了。我们唯一能做到的就是挥一挥手，然后，大步向前，去迎接另一个灿烂的明天。

12月10日

高尾山之行

周日，阳光明媚。早就和朋友约好去高尾山看红叶，没想到还是晚了。虽然气温不低，可是红叶却已经干枯了，萧条地挂在树上。偶尔比较潮湿的地方，还散落着挂满红色或黄色叶子的枫树。

就当爬山吧。500多米的海拔，居然也爬了1个小时，终于气喘吁吁地到达山顶，才发现到处都坐满了人。原来日本人也很爱凑热闹，趁着好天气，倾巢而出。有的带着盒饭全家席地而坐，有的干脆架起小煤气炉开伙了。因为爬山出了一身汗的我们，则买来了冰淇淋凉爽下，没成想，越吃越冷，最后竟然缩成了一团。毕竟，已经是冬天了。

下山时，坐着缆车。说是缆车，就是一把吊在电缆上的双人椅，前面连一个挡手都没有。真恐怖！还好，缆车比较稳当，倒也有惊无险。下山后，大家一起吃了一顿久违的烤肉，然后到六本木看彩灯。是夜，冷风袭袭。不过运气不错，赶上了星巴克搞活动，免费品

尝了一小杯卡布奇诺咖啡,并欣赏了一场露天音乐会。然后是在流光溢彩的彩灯前留影。一天结束。

12月13日

累死了

　　看来我是真的老了，300多页的论文要复印6份。虽然是复印机自己工作，但是需要我把复印好的部分码齐，然后装订成册。加之双面复印很费时间，前后居然花了4个多小时。弄得腰酸背疼。

　　2000多张啊。总算完成了。

　　可以稍微喘口气，歇歇了。不过，总觉得黎明前的这段黑暗，怎么这么难熬啊。

12月24日

彩票梦

　　前些日子，老公在上班途中向我汇报：又被乌鸦屎击中了脑袋。我急忙回复：赶紧去买彩票！说不定你能交上鸟屎运！虽说日本的乌鸦多是不争的事实，可2年之内被乌鸦3次偷袭成功的例子恐怕是少之又少了吧。刚好眼下正发行年末彩票，最高奖金是3亿日元。没准，托老公的福……嘿嘿。（我是没希望了，从来就没有不劳而获的命！）

　　晚上，老公归来，"买彩票了吗？"我问。"没有！"老公恨恨地说，"气死我了！那乌鸦把屎拉在我头上，居然还在电线上嘎嘎直乐！"

　　我叹了一口气，同情地说："人善被人欺啊！你太善良了，连小小的乌鸦也敢欺负你！赶紧买张彩票回来，咱中个大奖气死那只可恶的乌鸦！"

然而，老公却迟迟不执行命令。无奈，趁某日上完中文课，还没把拿到的讲课费暖热乎，我就匆匆买了3张彩票塞进钱包里。就当买个希望吧。等开奖那一天再看着希望变成肥皂泡！

某日，与老公出行。买车票时，老公钱包里的零钱不够，我便随手把自己的钱包递过去，谁知，老公拿着我的钱包端详半天没有还的意思。原来是在研究我那3张彩票！不好！一时疏忽，忘了转移了！于是，嬉皮笑脸地对老公说："看你最近很忙，所以就替你买了彩票。""得了吧！"老公早已看透我的心思，"是不是偷偷地买彩票，如果中了的话，就把钱偷偷地藏着?！赶明儿我也偷偷买几张去！""好吧，你可以再买2张，不许多买！"1张300日元呢！我有点做贼心虚，只好应允。后来，迟迟不见老公有所行动。直到彩票发行截止的那一天，也没听他说买彩票。

上完课回家时，看着彩票发售站的广告上最后一天的字样，忍不住又买了2张，就当给老公买的！自我安慰道。晚上老公回家，

"今天是彩票最后一天，知道吗？"我问。

"知道啊。"老公回答。

"你买了吗？"接着问。

"没有！"老公干脆地回答。

"看着我！"我厉声吼道。

老公转过脸来，掩饰不住撒谎后不安的笑容。没长着会撒谎的脸，就别想骗人！

"说！买了几张?！"

"嘿嘿，2张！等会儿就给你。"

老公倒是坦白从宽。我想这还差不多。

晚上，看完《士兵突击》后，躺在床上，用河南话问老公："嫩（你）咋的想起卖（买）彩票了？"

"上车前看到是最后一天了，就在车站前买了。"

"中，中，俄（我）也替嫩（你）买了2张。哈哈哈……"

12月28日

回　首

　　偶然翻出了初来日本时写的日记。虽然只坚持写了一个星期。当时孤身一人被丢在了举目无亲、语言不通的异国他乡，周围没有一个朋友，没有一个熟人，也没有电脑和网络可以和家人联络。所以，唯一的方式就是通过写日记来宣泄和表达自己的处境和心情。把日记递给老公，让他了解一些当初我的状态。他可能永远都不可能体验到我当时的感受了（他来日本时，至少有我为他打点一切。）可是，老公嫌我的字小且密，看着费劲。索性，我便自己主动给老公读了起来，顺便练习一下朗读。没成想，一篇日记还没读完，我已经是泪眼婆娑，语不成调了。

　　没有把老公感动，却让自己再一次回味了一下当初的情景。别是一番滋味在心头啊！老公急忙喊停，他不明白我怎么越来越脆弱了。看电视时，电视里的人哭我也跟着掉泪，现在居然读自己的日记也会感动！哎，全然没有了当初认识我的时候那副大义凛然、无所畏惧的风范！没办法，我也搞不清楚，怎么越活越没出息了呢。整个变成了一个居家小女人。当初的理想和抱负都跑到哪里去了呢?!

12月30日

购物，购物！

新年马上就要到了，日本的商场和商店里到处都是打折的商品。

新年，于我而言，似乎没有特别的意义，不过是12个月又要重新开始轮回了。

可是，看着周围日本人准备过年的红火样子，心里还是有些痒痒。于是决定，以新年为契机，疯狂购物！老公自然是双手赞成。临近年末，他老人家借口唱片便宜为名，几乎每天都要买回几张CD来。每当两个人吵嘴的时候，还时不时地威胁我："你再欺负我的话，我就花钱！"好像家里的钱是我一个人的！今天起床后，早饭都没吃（想吃也不可能了，起床时已经12点了），洗漱之后直接奔横滨车站而去。吃了一顿还算丰盛的中华料理之后，便开始疯狂购物。不一会儿，钱包就迅速瘪了下去。到后来，只能拼命用眼睛欣赏了。没办法，心有余而钱不足啊。真是钱到用时方恨少！今天只是一个开始，元旦以后还有很多购物计划。

哎，人活一世，着实不易啊。挣钱的时候那么辛苦，可花钱的时候却那么不经花！

2008年1月2日

福　　袋

日本新年最热闹的莫过于抢购福袋了。

一般是新年第二天，也就是1月2日开始，几乎每家商店都准备好各种各样的福袋等待消费者前去购买。

福袋都是严密封死的，根本看不到里面都有什么东西，但是绝对物超所值。福袋的里所装东西的价值要远远低于平时的价钱。

因此，许多人都为了碰运气，早早地去抢福袋。（听朋友说新宿车站前昨天晚上就有人开始排队了。）

昨天出门购物的时候，看到之前曾经买过套装的一家专门提供白领阶层服装的商店的橱窗里打着广告，说是平日里总计6~7万日元（合人民币4500元左右）的衣服，今天卖1万零500日元（合人民币680元左右）。

于是，经老公批准后，我决定买一个福袋回来。

今天早晨，早早起床，离开店半个小时前就赶到了。

没成想，商店门前早已排起了长队。

看来这家店的东西确实不错啊。

好不容易等到店门打开，人们匆匆走进店里抢福袋。不管是男士的还是女士的服装，好像只要抢到就好。

原本我只拿了一个女士的福袋（老公再三叮嘱我不要给他买。他的身材特殊，很难买到合适尺寸的衣服）。可是看到有的男人居然拿了两个福袋，意志开始动摇，忍不住挑了一个大号的男士福袋（老公穿不了就给老爸穿，反正是有人穿）。

付款之后，匆匆往家赶，急不可待地想知道里面装了哪些东西。

虽然两个福袋非常重，可是阻挡不住我的归心似箭。

回家后，先打开男士的福袋，里面有：真皮上衣1件，中长风衣外套1件，纯棉衬衣3件，休闲毛料西服上衣1件，休闲套头衫1件，领带1条，围巾1条，意大利皮带1条。

女士福袋里有：防水风衣1件，羊毛和羊绒混纺中长外套1件，纯棉衬衣4件，化纤衬衣1件，皮带2条，羊毛围巾1条。

虽然样式不是很新潮，但是1万日元能买这么多东西也是非常合适的。要知道平时一件衬衣就要3000多日元呢！

今天可真是收获颇丰啊！

1月12日

普通的日子

一年365天中，总有几个日子是让人难以忘记的，或者值得纪念的。

而我的1月里，难以忘怀的日子却似乎格外多。

比如元旦、12日、24日、26日等。

每一个记住的日子里，或许代表着一段美丽的相逢，也或许代表着伤心的离别，或者可能是火热的激情与无情的欺骗。

日子，每一天都看似普通，但是每一天对于特别的人来说，可能就是铭刻在心中的一个印记。

期待26日的来临，感谢上苍让我在这一天获得了重生。

笔者注：1月26日是我和老公认识的日子。

2月5日

春节快乐

明天就是年三十了，想必国内现在一定是过年的气氛很浓郁吧。可是，身在国外，却感受不到那种对节日的期盼，以及对合家团聚的喜悦，不得不说是一种遗憾。还好，在经历了一个多月提心吊胆的轻松之后，终于可以在春节来临之前，放心地休息了，也算是对在异乡的我的一种安慰吧。

接下来干什么呢？似乎需要静下心来好好规划一下未来了。但愿鼠年能够给我带来好运。

笔者注：2008年1月份提交完论文后，发现怀上了宝宝。因为有先兆性流产迹象，一个多月来一直在吃中药保胎。感谢上天，横滨居然有一个专门治疗不孕不育、祖传6代的老中医。中华文化在哪里都可以生根发芽啊！

2月10日

棒子面粥

记得第一年来日本的时候，恰巧入学考试是在春节后，所以回家的行程只好定在了大年初十。

大年初一的时候，虽然跟家人拜了年，可是，一个人孤零零地在宿舍里，满脑子里想的是回家后怎么把春节没吃上的好东西补上。

因此，回家前就跟老公说，我要吃北京烤鸭、水煮鱼，红烧肘子等。结果，回日本后，脸整整大了一圈，我导师看我的眼神都怪怪的。可是，不知道是适应了日本的饮食，还是什么其他的原因，今年过年虽然也会顺口问问家人都准备什么好吃的了，也想吃父亲煮好的猪肉和肘子，但欲望似乎没那么强烈了。特别想吃的反而是在国内很容易吃到又很便宜的——凉皮和棒子面粥！

这不，昨天老公刚从中国商城买回了棒子面，晚上就熬粥喝了。

光喝粥还不够，夜里做梦居然梦到到食堂买了一个窝头，就着一条清蒸鱼吃！搞得过春节成了忆苦思甜！不，是忆甜思苦！

想起小时候天天吃窝头喝棒子面粥那会儿，心里期盼着哪天能天天吃上白面馒头和牛奶面包；而现在天天可以吃牛奶面包了，却格外留恋起馒头窝头来了。于是，跟父母聊天时请求道，你们来日本的时候，能不能带些馒头和棒子面来？！

哎，可怜的孩子啊，混到这份上了，让父母多伤心啊。不应该，不应该！

检讨中……

第二编
回国之初的岁月
——初为人母

  2008年3月底，参加完毕业典礼，拿到向往已久的法学博士学位后，我如期回国。在提交完毕业论文1个月之后，就发现已经怀上了宝宝。宝宝来得正是时候，如果是在读博期间怀孕的话，我的博士学位恐怕就不会这么快拿到了。因为日本的文科博士学位非常难拿，法学博士一般要5~7年方能拿到，其中还有很多人读到一半就放弃了。我很幸运，几乎以最快的速度拿到了学位，没有耽误回国时间，也终于可以考虑迎接宝宝的到来了。在此要感谢我的指导老师岸本织江女士，她的仁慈使我得以顺利毕业。

2008年5月9日

回国后

忙忙碌碌之间,已经3个月过去了。

经历了提交毕业论文,答辩,毕业仪式,回国报到,办理各种各样繁杂的手续等,终于可以安静下来了。

可是,总觉得有些地方不对劲。

是什么呢?自然环境自不必言,当然需要慢慢适应国内污浊混沌的空气,嘈杂的人群。只是,身在国内,人似乎也变得焦躁起来。

仿佛日本的三年多是南柯一梦,梦醒之后,一切又回到了从前。重新面对工作中的种种烦恼,重新面对生活中的细小琐事。

虽然从心底里已经说服自己接受现状,却总有一种感觉难以名状。

明天,到底会怎么样?

还是顺其自然,走一步算一步吧。

5月16日

文化休克

文化休克,是指刚到国外的人因为不适应国外的文化,而产生的一种心理上的不适应。

没想到,初到日本时,我没有遭遇"文化休克",却在回国之际感受到了

"文化休克"。

在日本的三年多里,已经习惯了丢了东西,到原处寻找,一般都能找得到。

如果是电车月票丢了,通常路人也会捡到后交到车站工作人员那里,所以,只要是到车站工作人员那里报上自己的姓名,一般也都能找回。

原以为"路不拾遗"只是我国古代时的一种社会现象,却没想到,大多数日本人也通常是"路不拾遗"的,这可能跟国家的富裕程度和国民素质有关吧。

回国的时候,在日本机场的免税店里买了两条烟,原想带给国内的朋友和亲戚尝个鲜,没想到,在登机时,匆忙之间,却将装烟的袋子落到了候机大厅的座椅上。当时周围都是说着各种方言的中国人,起身时,旁边没有一个人提醒我忘了东西。

等终于在飞机上坐定,才发现,两条烟不见了,于是赶紧让老公去候机大厅的座椅上找,自然,回来时是两手空空。

"可能是飞机上的客人拿走了。"空姐对老公说。

老公一面懊悔自己的不小心,一面不解地说,为什么咱们离开时旁边那个中国人什么都不说?而且排队等着登机时,队伍离座椅很近,也没有人把咱们掉的东西送过来?

我虽然暗自埋怨老公的不小心,却不得不安慰道:"都是免税店里买的东西,人家拿了也不可能给你的。反正吸烟也不是什么好事情!回国后要注意,自己多小心就是了,毕竟国内和日本还是不同的。"

没想到,回国没几天,又遭遇了一次"文化休克"。

和老公一起坐公共汽车,到终点下车时,老公因为拿的东西比较多,将乘车卡掉在了车上,等第二天出门时才发现找不到了。

我天真地跟老公说:"到楼下的汽车终点站问一问,咱们是最后一个下车,又是晚上,估计司机会收拾车的时候会捡到交给他们的办公室"。

怀着一线希望,老公跑了下去,回来之后却是垂头丧气:没有。

等一个星期之后老公重新办理乘车卡时,才知道丢失的卡可以挂失。

可是，挂失的结果却是：原本有50多块余额的卡里，只剩下了6毛钱。

我只好无奈地笑笑：怪只怪自己不小心。

而妈妈更是说得一针见血："别人偷都想偷呢，捡到了怎么可能还你！"

罢了，罢了，以后还是根据国情，慢慢适应吧。

谁让自己那么不小心呢！

5月28日

关于三毛

初中的时候，就开始喜欢三毛。

上了中专以后，没有了升学压力，更是贪婪地读完了三毛的所有游记和散文。

喜欢她飘洒飞扬的激情，喜欢她轻松诙谐的文字，喜欢她桀骜不驯的个性。也曾幻想着将来能够像三毛一样周游世界到处流浪，然后写下一篇篇快乐的文章。

然而，未等我的梦想实现，三毛却在1991年1月4日凌晨自杀身亡。

所有的人都为此而震惊，没有人能够相信如此开朗洒脱的人会选择一个这样的结局，但我却好像很理解三毛的选择，虽然当时不到20岁。

也有哀伤，也有心痛，但更多的心情化作了诗歌，去祭奠她逝去身影。

今天，重读自己当初的旧作，仍旧不禁唏嘘。

人生，到底是为什么呢。

祭三毛（一）

一瓣残香

空留瑟瑟秋霜里

高朋满座

谈笑取自八方艳

却谁知心中

泪流无声

睹物思人皆辛酸

念去去

亦辞亦趋终无悔

挥洒长发

魂向天边客

风流也随落花

飘零于天涯

平添许多恨

此生何为？

谁晓我心？

再祭三毛（二）

泪

流在了心底任其成河成川

我痛我恨

所有的事实

还是冰冷地摆在面前

沉默

仿佛一尊尊雕像

无奈

不是我的性格

却在今朝将我击倒

世界依然木讷地

领首而立

是冬日里一棵冷漠的枯树
没有你
苍空依旧
风也依旧
是的，依旧，依旧
依旧捧来一本本你写的书
细细读着，然而
不知何时，泪涌眼底
这书，已是遗作
依旧要在柔和的台灯下
仔细端详你
并不美丽的面庞
可快乐的你呵
何时 已成过去
噢
你不再流浪
流浪的心
昏昏睡去
不再有什么凄凄无所依的心情
不再有什么高处不胜寒的感觉
你
又回到了梦中
梦中的你
在
你的梦中
依旧
神采飞扬
再祭三毛

他们说

你已离去

踏着一团迷雾悄悄地离去

凄冷的夜

没能阻止你的行程

你顾自 不回首

孤零零地走了

你没有留下一句告别的话

把所有的寂寞与忧愁

抛给了凄惘的尘世

轻轻地

乘着柔和的月色去做再一次流浪

你悄悄地溜走

没有留下足迹

把所有人世间的希望

托于这久远久远的流浪

只有远山在夜幕中为你

默默垂首——送行

萨哈拉的大漠上不见你

欢快的身影

五彩的石头期待着你

狂热的亲吻

你呵

亲爱的你呵

是不是此刻

正流连在

爱人温柔的暖怀里

久久地

不肯抬起头来

一瓣残香

宿 命

有很多时候,当我们回首从前时,才会发现,一路走来,仿佛是冥冥之中的定数。

也许多年以前我们无意中写下的、说过的一句话,会在将来变成现实。

就好像我中专时曾经演讲过的一篇文章,在多年之后我的生活轨迹居然印证了文章末尾所说的:

"当我们终于走向成功,走向胜利的时候,甚至还想为磨难授一枚特殊的勋章。"

当时演讲的时候,只是一个十七八岁的少年,对生活中的种种磨难完全没有体会。

可是居然喜欢了那篇文章,喜欢上了那最后的一句话。

在多年之后,走过了许多迂回曲折的道路之后,我才真正体会到磨难带给人精神和物质上的财富。

感情似乎也是如此。

当我还不懂得什么是爱情的时候,每天沉溺于唐诗宋词和现代朦胧诗之中。十六七岁时便开始"为赋新词强说愁"。

当今天翻起当时写下的那一本本尘封的诗句时,才发现当时的诗句居然完全可以描述我后来在感情上所经历的种种体会。虽然,当时并没有任何感情经历。

于是,我不得不相信宿命,也不得不接受命运的每一次安排。同时,也尽力做好现在的每一天。

因为,也许,今天的一切言行将成为明天的预言!

附当年诗一首以凭吊那逝去的青春。

日　记

心
被一页一页地翻起
翻起的
是少年时失落的梦幻
曾经试图忘却的名字
读起时
依然将双眸灼痛
曾经试图抹煞的往昔
在日记本里
依旧静静地眨着眼睛
那埋藏在最深最暗处的情感
也被发掘出土
回首的时候
才猛然发觉
岁月
早已将你的名字
雕成了塑像
屹立于心堤之上
弹奏着
一曲曲青春

5月30日

地　震

最近一段时间，人们最关注的话题就是地震了。

由于四川地区余震不断，加之各种反常的自然现象，搞得全国各地的人都人心惶惶，担心自己所在的城市会发生地震。

母亲也是担心者之一。

今天上午，刚准备做中午饭，母亲便打过电话来，让我们到她那里去住。

因为我们现在住的楼房是楼板房，不如他们的浇筑防震的房子好。

我笑答：不必了，一切都听天由命吧。在日本那个地震频发的国家都没有被砸，现在又何必惶恐不安呢。

日本的房子抗震好。母亲答曰。

可是，为了万一来临的地震，整日待在父母家里也不是回事啊。

加之夏季来临，两代人生活在一起也有诸多不便。我拒绝了母亲的邀请。

后来，跟老公转达了母亲的意思。

老公让我自己去父母家住，也方便他们照顾我。

下周老公就要开始上班了，把我一个人放在家里也不太放心。

"那怎么能行呢？"我对老公说，

"这不成了大难临头各自飞的林中鸟了嘛。"

即使是灾难来临，也应该两个人共同面对，共同承受啊。

虽然嘴上说得大义凛然，无所畏惧的样子，

可是心里还是有点怕怕的，万一他上班我一个人在家时，发生地震怎么办呢……

6月2日

感受"他"

当我不安时，可以感受到"他"的不安。
当我读英语时，可以感受到"他"的回应。
当我听音乐时，可以感受到"他"的安然。
当我寂寞无聊时，"他"以无声来陪伴我。
每天都在感受着"他"，
感受着"他"越来越真实的存在。
这种感觉，
恐怕今生只此一回！

关于自己

关于自己，每个人又能了解多少呢？
即使了解，又能把握几分呢？
最苦恼的是，有的时候明知道自己应该如何去做，
却又常常身不由己，无所适从。
可能是空闲太多的缘故吧。
期待着10月份，
不知道那时的我，
是不是会和现在有所不同。

6月3日

回归平静

悬了两个多月的心终于放下了。
心,突然间平静下来。
不再如往日般焦躁,
也不再整日惴惴不安。
突然间明白,
抓住眼前的幸福是如此的美好。
不再有荒唐的想法,
也不再有荒谬的举止。
从今天开始,
要做一个有责任感的人,
为了家人,
好好活着。
放下过去所有的不快,
轻装上阵,
去面对即将到来的新的生活。

6月5日

关于过去

　　对于过去的往事
　　还是让岁月
　　尘封起来
　　不去触摸的为好
　　如果
　　执意要去回首的话
　　只怕
　　会迷了双眼
　　混沌了整个世界

6月20日

理智与情感

　　有时候理智上明知道该如何去做，
　　可是情感上却往往身不由己，难以控制。
　　人，就是如此矛盾的动物，
　　为自己设定了许多规则，
　　却又时时想去打破它。

到底行动应该听从情感的指挥

还是顺应理智的安排呢？

这是个问题。

6月22日

偶读张爱玲

"见了他，她变得很低很低，低到尘埃里，但她心里是欢喜的，从尘埃里开出花来。"

这是张爱玲遇到胡兰成时写下的文字。

一个出身名门，才华横溢，孤傲不羁的女子，心甘情愿地为她所爱的人烦恼着、倾心着、委屈着、坚持着，从心底卑微地爱着，宁愿失去了自我，失去了尊严。

可是，最终却换来那个人无情的背叛与离弃。最终被一个乡下女佣夺去了最爱。

不禁感慨，女人的痴情与无奈。

再聪明、再高贵的女子，在爱情面前也变成了痴痴的傻瓜，无私地、毫无保留地爱着、付出着。

如张爱玲，清高着、孤傲着，却终究被一场爱情摧残得体无完肤，流走异国他乡，抑郁而终。

男人，终究是一种无情的动物，

而女人，总是被这种无情伤害着、痛苦着。

6月23日

咸鸭蛋里的爱

早晨起床后,老公将一个咸鸭蛋一分为二,然后将蛋黄多的一半递给我。

我慢慢吞吞地用筷子夹着里面的蛋青——通常总是先把不好吃的吃完。

老公看出我的不情愿,一把把鸭蛋拿过去,挑出了里面的蛋青,只剩下流油的蛋黄递给我。

"我不是很爱吃蛋黄。"老公淡淡地说。

傻子都知道咸鸭蛋的蛋黄比蛋青好吃多了,可是,他居然说不爱吃!

随后,他又把自己的那一半蛋黄夹出来放到了我的面前。

我不禁不好意思起来。

平日里木讷不善言辞的老公,总是在不经意间给人一种无名的感动。虽然吝啬于爱的表达,却总是在行动中体现着对自己爱人的关心。我还能苛求什么呢?

即使他偶尔会发发脾气,即使他不会用甜言蜜语哄人,可是,比起那些把爱口口声声挂在嘴边,却连对方生日都不记得的人来,这种平淡中的爱,越发显得珍贵起来。

虽然不知不觉之间,生活和岁月已经将当初那个年少轻狂的大男孩。雕塑成了成熟稳重的大男人。虽然不再有当初的浪漫,虽然不再有鲜花美酒,然而,日常生活中的点点滴滴,却凝聚着真心的付出。

唯愿,执子之手,与子偕老。

6月26日

毒 药

张爱玲说，一个男人的生命中通常有两个女人：一个是红玫瑰，一个是白玫瑰。

而一个女人的生命中也会有两个男人：一个是女人的毒，一个是解毒的药。

只是，毒有许多种，有的可以找到解药，有的却无可救药。

不知道，找不到解药的中毒女人，该如何选择。

6月30日

难得糊涂

"难得糊涂"这句话广为人知。
可是，真正能够做到的人却少之又少。
比如女人，
太聪明，太敏感了，
往往会追究真相，
最终伤害最深的是自己。
其实，
生活中很多事情是没有绝对的对与错的，

不妨偶尔糊涂一下，

放过别人，也放过自己。

因为，

太真实的东西，往往是丑陋的，

而谎言，

通常会披着一层光鲜华丽的外衣。

如果丑陋令你痛苦，

不如尝试着去接受谎言，

至少它的外表会让你的感官多少舒服些。

7月3日

老公钱包里的照片

前几天，老公和老同学小聚回来之后，随意说了一句："我同学居然说你的眼睛不小，这可是我第一次听人夸你眼睛大！"

我纳闷：他们怎么知道我长什么样子？

我让他们看你的照片了。老公回答。

什么照片？我一时想不起来老公那里有什么样的照片。

就是我钱包里那张。老公有点不耐烦了。

哦，我的脑子里马上想起了照片中自己的模样。

那还是我和老公认识不久后一次出游时拍的照片，说来也有些年头了。

记得当时的我还没有从一段伤心的感情中走出来，由于内分泌失调，满脸青春痘，身材纤细。而老公为了排解我的烦恼，想尽办法带我出去玩，并且，偷偷地将我们出游时的照片打印出来，放进了他的钱包里。这一放，从恋爱前，一直放到了恋爱、结婚，放到日本。

尽管他的钱包换了好几个，可是，那张照片却一直静静地躺在他的钱包里。每当有人问起我长什么样时，他都会从随身的钱包里拿出照片给人家看。

而我，是个粗心的人，从来没有想过把他的照片放到自己的钱包里。除了一些必要的钱和银行卡、会员卡之类的东西之外，我的钱包似乎显得很单薄。

如今，老公钱包里的照片已经磨出了皱痕，可他依然舍不得扔掉。因为，那张照片见证了我们一路走过来的风风雨雨，酸甜苦辣。

我想，一个愿意把老婆的照片放在钱包里随身带的男人，应该是一个值得珍惜的男人吧。我庆幸，在茫茫人海之中遇到了这样的男人。

7月5日

野百合也有春天

开始喜欢罗大佑，是因为老公的缘故。

原本没有一点音乐细胞的我，在老公吉他弹唱的熏陶中，渐渐熟悉了罗大佑的一首首歌，《恋曲80》《恋曲90》《穿过你的黑发的我的手》《野百合也有春天》等。

那时，总是蜷缩在沙发上，听老公一遍一遍的弹唱着罗大佑的歌曲，仿佛是在倾听老公对我的诉说。

后来，终于听到了罗大佑的原声唱片，很快被他那充满沧桑和略带嘶哑的嗓音吸引。而他的歌词，仿佛是一首首诗歌，总能引起你人生某个阶段的共鸣。

于是，我对老公说，我爱上罗大佑了。附上罗大佑的歌词一首共赏。

野百合也有春天 歌词

我爱你想你念你怨你深情永不变

难道你不曾回头想想昨日的誓言

就算你留恋开放在水中娇艳的水仙

别忘了寂寞的山谷的角落里野百合也有春天

仿佛如同一场梦

我们如此短暂的相逢

你像一阵春风轻轻柔柔吹入我心中

而今何处是你往日的笑容

记忆中那样熟悉的笑容

从来未曾拥有的总难陷入哀伤和欢愉

从来未曾属于真情的是空幻的物语

而今当你说你将会离去

忽然间我开始失去我自己

你可知道我爱你想你念你怨你深情永不变

难道你不曾回头想想昨日的誓言

就算你留恋开放在水中娇艳的水仙

别忘了寂寞的山谷的角落里野百合也有春天

啦……

7月9日

不如放手

有时候,
对事情太在意了,往往会失去自我,也失去所在意的。
比如,人。
父母太在意子女的时候,
往往是望子成龙,不惜一切手段想让孩子按照自己的意愿发展,
其结果可能是适得其反,
让子女对父母怀有深深的不满;
妻子太在意丈夫的时候,
往往希望把他时时刻刻掌握在手中,
因为投入了太多的感情与精力,
一旦遭遇欺骗或背叛,
妻子痛不欲生,
而丈夫则急欲摆脱妻子的控制。
对事情也是如此,
如果太在意了,就希望做得完美无瑕。
结果是耗神耗力,
却难以达到自己满意的效果。
所以,
不管是对人还是对事,
还是不要太执着,太在意的好。
当自己已经无法控制局面的时候,

不如及时放手，

至少这样，

可以把对自己的伤害减到最低。

7月10日

原来如此

一直对日语中外来语的发音感到奇怪。

明明是从英语中借过来的词汇，可是发音却和英语的读音规则有很大差别，以至于连英美国家的人都不知道日语中的外来语究竟是什么意思。

最近接触西班牙语，才发现原来日语中虽然大量导入了英语词汇作为日语的组成部分，可是其读音规则却是按照西班牙语来发音的。怪不得日本人说的英语都是怪怪的，整个成了"四不象"！

看来，这也是许多日本人喜欢学西班牙语的原因之一吧。

7月14日

赌　博

其实，婚姻就像是一场赌博。

无论恋爱的时间多长，也无法真正了解一个人。

何况，随着时间和环境的变化，每个人的感情和性质也发生着改变。

所以，作为一场赌博，

我们以自己的人生和幸福作赌注。

幸运的时候，可能收获到了幸福，

而运气不佳的时候，可能会搭上自己的一辈子。

所以，

没有人能够预知这场赌局的结果，

除非，

走入婚姻，亲身经历之后。

即使婚前千百次权衡利弊，

千百次选择、斟酌，

也无法判定今后的生活能否按照自己的意愿发展。

索性，

不如跟着自己的感觉走，

也许，

只有真正相爱的人，

除却了一切物质利益杂质的人，

才有可能赢得这场赌局！

7月15日

珍惜那个给你婚姻的人

"人生在世，总会有些感情因失去而美丽；总会有些往事，因回不去而珍贵；总会有些人曾被当成烂石丢在路边，却在岁月的阻隔里，被疼痛包裹成一颗记忆的珍珠。"

记得倪萍在《日子》里说过：男人对女人最大的承诺就是婚姻。

所以，不管曾经经历过怎样刻骨铭心的爱，不管曾经有过怎样的海誓山盟，没有婚姻的承诺，所有的一切，不过是空中楼阁，过眼烟云。没有必要，也不值得，去留恋，去回味。

只有那个给你婚姻的人，那个每天为你做饭，陪你散步，与你共度平凡日子的人，才是最值得珍惜的人。

7月30日

赤 壁

前几天，突然间想去看电影。

大概是看到电视里介绍吴宇森导演的《赤壁》正在热映的缘故吧。

没想到老公一听我的建议，马上响应。

想想上次看电影，还是多年前《英雄》上映的时候了。

是该重温一下在电影院里看电影的感觉了。呵呵。

赤壁的演员阵容可谓强大，梁朝伟、金成武、张震、赵薇、林志玲等大牌明星荟萃，场面也非常宏大气派。

只是，原本以为赤壁的重点应该是描绘火烧战船的情景，前边的八卦阵等场面只不过是一个铺垫而已。所以，我和老公对于那些打打杀杀的场面并为多加留意，边看边讨论着后面将是怎样的情节。

没想到，刚要到火烧战船的阶段时，影片戛然而止，影院里的灯光也亮了起来。

"是不是还有下半场？"左右的观众纷纷问道。

这时，影院的工作人员进来喊道："散场了！"

原来，这就完了？！

我和老公相视一笑，怎么有种上当的感觉？

8月4日

学会放大别人的优点

生活中,特别是夫妻之间,往往看到的更多的是对方的缺点,却对对方的优点视而不见,或者把优点当作是理所当然。

因此,就会引发许多矛盾。

尤其是作为女人的妻子,往往追求完美,希望自己的丈夫能够按照自己的意愿行事。

如若不从,就会觉得丈夫一无是处,日子难以为继。

我想,女人,或者说解放了的中国女人,都多多少少有些强迫症吧(自己也反省一下)。

这种强迫症让男人觉得中国女人解放过了头,吃消不起。

其实,不管是女人还是男人,妻子还是丈夫,如果想经营好婚姻,自己的心态是非常重要的。

每个人都有或多或少的优点和缺点,有的人倾向于放大对方的优点,缩小对方的缺点,这样一来,不仅自己的满足感增强,而且让对方也会感到愉悦;而有的人倾向于缩小对方的优点,放大对方的缺点,当对方的缺点一旦显现时,便觉得对方一无是处,没有办法与对方继续生活下去,换来的是无休止的争吵,和双方身心的疲惫。

因此,在婚姻中学会发现并且放大对方的优点,无论对自己还是对爱人都是十分重要的。

同时,还要怀有一颗感恩的心情,感谢对方为自己所做的一切,哪怕是十分细小不值一提的事情。

比如，这些日子以来，炎热让人懒得动弹，可是，每次吃饭时看到老公摆上来的饭菜时，我都会说一句："辛苦了，谢谢"。

虽然，我可以以自己行动不便为由，把他对我的照顾看作理所当然，但是，就是这看似不经意的一句感激，可以让对方心情愉悦，心甘情愿地为你付出更多。这不是两全其美的事情嘛。

我经常在饭桌上对老公说："能够遇到你，和你生活在一起真得很幸运。"

"没什么可幸运的，我就是一个普通的人"。老公总是很谦虚地说。

"可是你有绅士风度，比如和女人吃饭时从来不让女人掏钱，从来不会骂人，更不会骂女人。你会做饭，能够照顾家。而且具有浪漫气质，能够让我欣赏你自弹自唱的风采。我觉得跟你生活在一起既感觉踏实，又不缺乏浪漫气息……"我一口气说出老公的许多优点来，却对他的缺点只字不提。

"我脾气不好，而且也没什么本事，不会挣大钱。"老公居然自我检讨起来。

"每个人都有脾气，只要学会控制就好。而且我也不需要挣大钱的老公，我只要你有家庭责任感，和我一起过着平淡的生活就够了。"我由衷地说。

类似这样的谈话还很多，这使我们对彼此都有了一个更加客观的认识，关系也更加亲密。

所以，不要吝啬自己的赞美，不要以为妻子或丈夫是自己最亲密的人就可以横加指责，而吝啬自己的赞美。

因为，每个人都是需要赞美，需要鼓励的。婚姻中更是如此。

努力地去发现你的妻子或丈夫的优点，然后，去赞美他们吧！

8月15日

相见不如怀念

看了新浪上的一篇文章,结尾是这样写的,颇有感触。

有一种爱,相见不如怀念。看过著名作家屈默先生的博客,屈默先生在《男女那点破事》和《屈默论婚姻》里曾说:"初恋是青涩的,但却是最美好的。青葱岁月,纯真年代,很多人的初恋都没有修成正果。或许正因为如此,初恋才让人回味一生,美好一生,也遗憾一生。人世间很多事情,完美的都容易遗忘,而留有遗憾的,却终生难忘,比如初恋情人,埋藏在心里的才是永恒的。初恋是拿来怀念的,不是占有,因怀念而美好,因得不到而加倍怀念。因为婚姻生活时常让我们疲惫不堪,所以才更加怀念那些太美好却失之交臂的初恋情人。"

是的,相见不如怀念。相见有如白水,清澈见底却毫无意境。而思念却有如陈年佳酿,越久越甘甜醇厚。很早就听过一首《相见不如怀念》,与其相见后的落差让人失望,不如不见,不如怀念,不如深藏,不如永远停留在美好的虚幻里。如果你还想保留当初的那份美好感觉和回忆,就千万别与初恋情人再见,因为多年以后,你已经不是你,他(她)也不再是他(她)。正如屈默先生所说:"与初恋情人保持当初的那份距离,才是我们记忆深处最柔软的期待。或许那份距离产生的美好回忆将永存在彼此心间,从来不需要想起,永远也不会忘记,却能温暖彼此一生。"

对于红尘中的我们来说,怀念别人是痛着的美丽,被人怀念是感动的负担。可是又有多少红尘男女,多少网络情人能真正懂得"相见不如怀念"的深刻?

我们总是不能忘记一个人，有时候明知道是错误，却宁愿守住一个人、一件事不舍得放手。对于人来说，最遗憾的，莫过于，忽视了本不该忽视了的，冷淡了本不该冷淡的，却固执地坚持了不该坚持的……

9月30日

齐秦演唱会

28日晚，和老公一起到体育场听了"齐秦2008爱情宣言"世界巡回演唱会。

这是第一次和老公一起听演唱会，而且是少年时曾经痴迷喜欢过的齐秦，所以充满了期盼。

原以为280元一张的门票至少能够对舞台上的人一览无遗，入场时看到我们的看台紧靠贵宾席，心里着实欢喜了一下。

没想到，坐定之后才发现我们的座位距离舞台至少有300多米的直线距离。看舞台后面的大屏幕还是没有问题的，看舞台上的表演者，确实很是吃力。

最让人难以忍受的是虽然刚刚是九月，场内确实寒风袭人，所以3个小时的演唱会看了不到一个半小时就匆匆打道回府了。

正如老公所言，感受一下现场的气氛就可以了，没必要忍受3个小时的寒冷。

是啊，尽管票价昂贵，可是在露天会场里欣赏演唱怎么能像在家里舒舒服服、暖暖和和欣赏歌曲自在呢？

不过，虽然天公不作美，心里还是感动了一把。

遥想20年前齐秦刚出道时那一首首凄美动人的情歌曾经让当初年少轻狂的我们多么痴迷、多么崇拜啊。

特别是电视里反复播放的他和王祖贤的MTV，那王子、公主般的爱情故事，仿佛一缕缕清新的微风，让我们向往，期盼着自己将来也会有一个美丽的邂逅、一段美丽的爱情故事。

如今，当年令人羡慕的王子与公主已经分道扬镳，而我们，也走过了青葱岁月，经历了种种岁月的沧桑，不再拥有当年的美好期盼与渴望。留下的，只有记忆里哪一首首让人感动的老歌，在提醒着我们曾经拥有的那一段纯真年代。

特别是当齐秦清唱着那首《玻璃心》的时候，泪水竟然悄悄划过我的面庞，那熟悉的旋律，轻轻地撩拨着心弦，让人唏嘘，让人感叹。

让我再一次握你的手
让我再一次亲吻你的脸
顺着我脸庞滑下的是我的泪
在我胸口跳动的是我的心
让我再一次握你的手
让我再一次亲吻你的脸
顺着我脸庞滑下的是我的泪
在我胸口刺痛的是我的心
爱人的心是玻璃做的
既已破碎了就难以再愈合
就像那支破碎的吉他
再也听不到那原来的音色

是啊，20年后的齐秦已经不再年轻帅气，20年后的我们也不再纯真浪漫。我们听不到的，又何止是那原来的音色，难以愈合的又何止是破碎的心。我们失去的是当年的纯真，当年的向往。

在历经种种沧桑之后，我们收获的是一颗破碎的玻璃心，不再晶莹，不再完美。即使有了所谓的爱情宣言，我们的情感也不再透明，不再执着。因为岁月和人世间的一切，已经把当初玻璃一般剔透的心，蒙上了世俗尘灰。

所以如今，我们只能在一首首老歌里凭吊着自己，曾经拥有的过去。

10月8日

初为人母

经历了8个多月的紧张与期盼，经历了产前的忐忑与惶恐，终于走上了手术台。（宝宝是9月份出生的，但由于连日来一直忙于照顾宝宝，所以今天才把日志补上。）

虽然之前听朋友说剖宫产手术不过是一个很小的手术，可是轮到自己的时还是难免有些恐惧。

手术室内，一边听着主刀大夫和护士们轻松地谈论着时下的房价，一边听着他们操纵刀剪的声音，我佯装着镇定，静静地躺着那里。

几分钟后，当听到婴儿洪亮的啼哭声时，躺在手术台上的我还是禁不住热泪盈眶，甚至有些难以置信，自己真地生下了一个小生命吗？

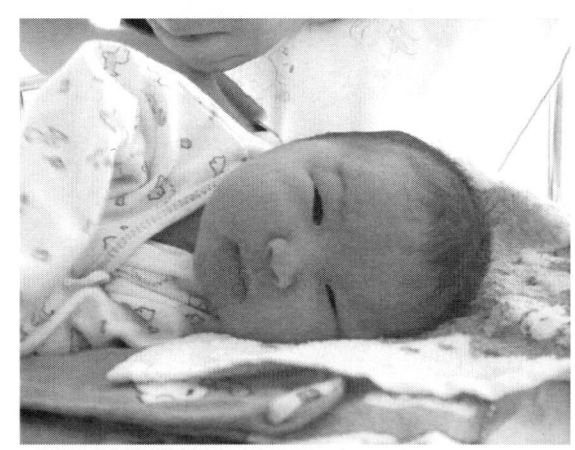

"这孩子的声音好亮，将来可以当歌唱家！"接生的护士调侃着把满身红通通的小家伙抱到了我的面前。

"她身上那些白色的东西是什么？"我望着那个陌生的小家伙问道。

"是胎脂。"护士回答道，然后将包裹好的孩子送出了手术室。

我则继续躺在手术室，等医生为我缝好伤口。

听到孩子的啼哭，手术室外的宝宝爸和姥姥、姥爷都一阵激动。特别是看到护士将宝宝送出来后，大家都一起跟着宝宝到了病房，争相目睹着宝宝的样子，早已忘了还在手术室里的宝宝妈。以至于几分钟后护士将宝宝妈推出产房时，室外竟然没有一个家属！搞得护士满楼道喊："狐狸的家属在哪里？"

哎，没办法，有了宝宝，宝宝妈的地位急速下降，居然到了无人问津的程度！

当终于被推进病房的时候，端详着躺在小床上宝宝陌生的面庞，"好丑啊！"心里有些失望。

"不丑！"姥姥赶紧帮小家伙辩解道，"比你出生的时候好看多了，你看孩子的脸色粉白粉白的，而且五官饱满，多好啊！"

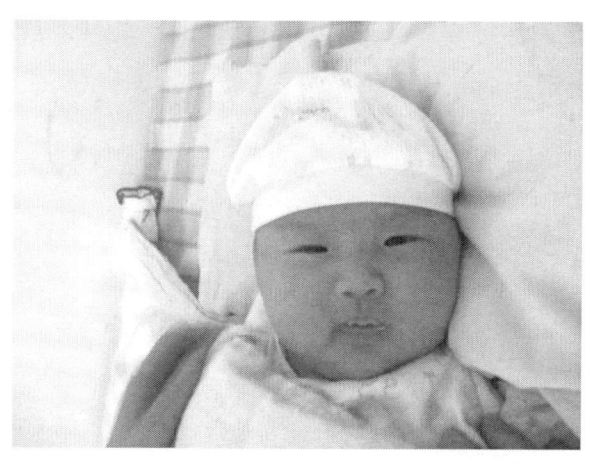

也是，新生儿有几个漂亮的呢？还是等长大了再看吧。

接下来是难熬的术后6个小时不能挪动的时间。

刚开始还可以，由于麻药的作用，身上没有什么不适的感觉。可是等麻药失效后，浑身酸痛，腰像要断了一样疼，却不敢动一下。

看着身边大家围着宝宝的新奇样子，让我好生嫉妒！

不过，6个小时只是一个开始，接下来刀口的疼痛居然让平时易如反掌的翻身、咳嗽等动作变得异常痛苦。稍一动作，便会牵动刀口，引起钻心的疼痛。

这时候不禁佩服起王菲来，为了自己的爱人，竟然能忍受第二次剖宫产手术的痛苦。即使名人再有钱，怀孕和生育的痛苦却是任何人所代替不了的。若非真的爱一个人，恐怕没有人有那么大的勇气去重复品尝这种痛苦吧。

正如有些人说的那样，一个女人如果真正爱一个男人，最大的渴望就是为他生一个孩子！

虽然生孩子对于女人来说是再稀松平常不过的事情，可是自己却真正感受到了创造生命的那一份感动。

之前所有关于要不要孩子的犹豫都变得那么不堪。还有什么比做母亲更让人感到幸福的事情呢？尽管比同龄人晚了好几年，可是还是庆幸自己做出了明智的决定。"只有生了孩子的女人才是完整的女人。"看来这句话不假。

做了母亲之后，之前所有的爱恨情仇都变得那么微不足道，所有的是是非非都已经灰飞湮灭，拥有的，是一份感激，感激上苍给予我可爱的孩子，感激孩子带给我的全新感受。

同时也感激父母，感激他们将我带到人世，品尝到了作为女人的幸福！

孩子的生日就是母亲的受难日，在拥有一个新的生命的同时，我从心底里深深地感激母亲，感激她为我所承受的一切苦难！

10月9日

起　名

宝宝还在妈妈肚子里的时候，宝宝妈就给他起了一个男孩的名字，叫"子曰"，可是宝宝爸嫌名字过于陈腐，不太满意。

姥姥则给宝宝起名叫"一博"或"亦博"，意思是又一个博士。宝宝爸觉得这样将来会给宝宝增加压力，所以也放弃了。

至于女孩儿的名字的任务，则交给宝宝姨妈了。姨妈的语文功底比较深，因此希望姨妈能给宝宝起一个不俗的名字。

然而，姨妈整天忙于工作，一直没有时间仔细考虑宝宝的名字，这样一拖就拖到了宝宝出生。

宝宝出生时，胖胖的小脸粉嘟嘟的，就像日本伊豆二月份的樱花一样，姥姥于是自作主张给宝宝起名叫"伊豆早樱"，小名"豆豆"。

姥爷则给宝宝起名叫"胡亦博"，而爸爸则一直想不出一个好名字。

好在宝宝出生当天姨妈打电话来要去了宝宝的生辰八字，说是她婆婆要委托一个大师给宝宝起名字。

于是，宝宝妈和宝宝爸也不再费尽心思起名字了，对大师寄予了厚望，期待着一个对宝宝有利而又不俗的名字。

没想到，宝宝出生第五天姨妈从北京回来时，一进病房，冲着宝宝直呼"玉娥"，宝宝妈和宝宝爸听罢大吃一惊。不会吧，难道"玉娥"就是大师给宝宝起的名字？

果不其然，那位九十岁有余的大师居然给宝宝起了一个20世纪四五十年代的名字。宝宝爸毫不犹豫地将这个名字"pass"掉了。

看来，自己的事情还得靠自己啊！

接下来的日子宝宝妈和宝宝爸冥思苦想，每想出一个名字，都要从电脑的姓名预测里查一下名字分数的高低，对宝宝将来的命运有什么影响。

如此下来，在取了不下十多个名字之后，终于将宝宝定名为"笑樱"。樱，是为了纪念宝宝在日本孕育，同时也是因为宝宝的脸色像樱花一样粉红可爱。笑，是因为宝宝生下来就爱笑，三四天的时候居然在睡梦里咯咯地笑出了声。而且宝宝妈和宝宝爸也希望宝宝以后成长的日子里能够快快乐乐，笑口常开。

从此，宝宝将在父母和家人的祝福中像微笑的樱花一样健康快乐地成长。

10月10日

家有宝宝

自从有了宝宝之后,宝宝妈深深地体会到了做母亲的牺牲与艰辛。

首先从外表上,宝宝妈那原本还算窈窕的身材,随着怀孕月份的增加像充气的气球一样膨胀起来。

尽管比起其他孕妇来,宝宝妈似乎并不显得太臃肿,可是8个月的时间里体重还是增长了将近15千克。原指望生下宝宝之后体重会大幅下降,可是没想到生完宝宝之后宝宝妈的体重只是减轻了5千克,外形上还像怀着4个月的孕妇。

以至于宝宝的姥姥都讽刺宝宝妈说:"原来挺精神的一个人,现在简直成了老大妈了!"

更气人的是宝宝爸,原想从宝宝爸那里找点安慰,可是宝宝爸居然说宝宝妈像一个家庭主妇,身材也没见什么变化。

"是还不够累吧!"宝宝爸轻描淡写地说。

这个站着说话不腰疼的家伙!宝宝妈整天没日没夜照顾宝宝,居然换来如此评价。

哎,命苦啊,整天熬夜辛苦也没有减下肥来!

其次是生活内容发生了明显的变化。

宝宝妈再也不能想睡就睡,想去哪里就去哪里,作息时间完全跟着宝宝转。每天关注的事情只有两件事:宝宝的嘴巴和屁股。随时准备为宝宝宽衣解带送上粮食,随时观察宝宝下面是否有情况,以便及时更换尿布。睡觉时也是衣不解带,随时备战。即使偶尔出门,也要限定在2个小时以内,前提是出门前要把宝宝先喂饱。(没办法,谁让宝宝妈带着宝宝的粮食呢!)

总而言之，一切以宝宝为中心，宝宝妈的世界变成了尿布和奶瓶的世界，活动范围也仅限于家里的3个房间，每个房间都摆放着尿布，随时为宝宝服务。

宝宝睡觉时，宝宝妈还要抓紧叠尿布，抓紧睡觉。

宝宝妈已经从一个所谓的堂堂博士，彻底沦落成了专职奶妈。

不过，虽然牺牲了很多自由，可是宝宝妈无怨无悔，因为宝宝带给大家的快乐却是任何事情都换不来的。

家有宝宝，其乐无穷！

10月11日

家有宝宝之二

宝宝出生前，大姑和姥姥就给宝宝准备了许多婴儿用品。特别是大姑，买的都是名牌的婴儿奶瓶和尿布。宝宝妈看大姑买的白色纱布一样的尿布不错，吸水性好，透气性强，美中不足的是只有一包，里面装着八块，远远不能满足宝宝出生后的需要。

于是，宝宝妈命令宝宝爸按照同样的牌子再去买两包。没想到，买回来一看价钱，把宝宝妈心疼得要命，一包尿布居然要50块钱，一块就要6块钱，比平时的棉布还要贵！没办法，现在最好赚的钱恐怕就是婴儿用品了吧。还是宝宝姥姥比较注重实惠，把家里所有的不穿的旧秋衣秋裤和纯棉旧衣服剪成尿布，高温消毒后备用，既经济又实惠。

宝宝妈和宝宝爸原本也有一些旧纯棉秋衣秋裤，可惜从日本回来之前，为了减轻行李的负担，全部扔掉了。哎，没办法，没有前瞻性啊，否则可以节省一笔不小的尿布费用。

宝宝出生后，最高兴和忙碌的恐怕要数宝宝的姥姥和姥爷了。

从住院第一天起，姥爷就每天往医院跑好几次，又是送手术后通气的萝卜水，又是送下奶的鲫鱼汤，除此之外，还要准备一日三餐。姥姥则负责照顾宝宝和宝宝妈。

出院后，姥姥听说晚上只有宝宝妈一个人照顾宝宝时（宝宝妈心疼宝宝爸白天上班要早起，所以晚上把宝宝爸赶到另外的房间睡觉了），心疼宝宝妈伤口未愈合就如此辛劳。所以不顾感冒刚好就匆匆跑来值夜班，为宝宝妈分担一些劳累。

后来，由于宝宝家周围环境太乱，干脆提前"挪骚窝"，直接回到姥姥家坐月子去了。

这下可好，宝宝和宝宝妈的吃喝全部成了姥姥、姥爷的任务。

姥爷负责后勤工作，除了采购和做饭之外，还要在空余的时间给宝宝洗尿布（姥爷堂堂一个大教授为了宝宝居然屈尊干起这些杂活来了）！

姥姥则负责哄孩子，每当宝宝哭闹时，姥姥便把宝宝抱到姥姥的房间，以便让宝宝妈好好休息。

姥姥、姥爷毫不讳言对宝宝的喜爱，对宝宝妈说："我们亲豆豆比亲你们还亲！"

姥姥更是痛诉革命家史，说当年怀宝宝妈和生宝宝妈时，远在外地的宝宝姥爷不仅不能照顾姥姥，而且居然连一分钱也没有往家里邮寄过，姥姥怀孕时啥也吃不上，搞得宝宝妈出生时严重营养不良，以至于满月后才5斤半，还不如宝宝刚出生的体重！（恐怕宝宝妈百天时的体重才和宝宝出生时差不多。）

因此，姥姥命令姥爷把当年亏欠宝宝妈的补偿在宝宝身上，重新补一次带宝宝的课！

宝宝姥爷的认罪态度倒是不错，每天回家第一件事就是到宝宝的房间里看宝宝，逗宝宝！

然而，好景不长，姥爷就开始有点"怨言"了，每天所有的花销都由姥爷负责，光卫生纸每天就要用去好几卷，别说其他的东西了。

于是，姥爷开始给宝宝妈算账了，"我们把你们养大不算，还要负责给你们带孩子。这人力、物力、财力都搭进去了，连出去锻炼的时间都没有了！"

宝宝妈赶忙说："那我们每月给你们1000元钱作为我们的生活费如何？"

"1000元钱还不够你们自己的开销呢，我和你妈的工费怎么算啊！"姥爷居然不依不饶起来。

"你为什么只看到你们损失的一面，不说我们给你们带来的有利的一面啊？"宝宝妈面对姥爷的"刁难"据理力争，"我们家宝宝的到来，一是治好了我妈的失眠，二是治好了我妈的胃疼（姥姥忙得连胃疼也顾不上了），三是给你们排解寂寞，四是给你们带来快乐，五是让你们无暇吵架，齐心协力照顾宝宝，增强了夫妻感情。这里面最大的受益者是谁，我就不明说了吧。"（姥姥姥爷刚刚退休在家，所以闲暇是姥爷稍有不慎就会被姥姥批评一顿。现在姥姥也顾不上姥爷了，姥爷自然舒服、自由了许多。）宝宝妈一副能赖就赖的样子。

"冲你这么说，我们还得给你钱啊？"姥爷被说得无言以对。

"给钱就不必了，只是不要总跟我们要钱了！"宝宝妈倒是很"宽容"。

"哎，跟你妈妈这样的赖皮没法讲理！"姥爷只好跟宝宝诉苦了。

虽然这个回合以宝宝妈的胜利结束了，可是宝宝妈的心里还是很感激姥姥、姥爷的无私奉献。没有姥姥和姥爷的帮忙，宝宝妈还真不知道如何度日呢。

一份付出，一份收获，将来，宝宝可要好好孝顺姥姥和姥爷啊！

10月14日

我家有个夜哭郎

宝宝刚出生的几天里，除饿了和拉尿的时候哭闹之外，其他时间基本上都是睡大觉。即使偶尔醒来也是自己躺在床上用朦胧的双眼看着周围，不哭不闹。

姥姥和表姨一个劲儿地夸我家的宝宝真好带。

可是话音没落几天,情况发生了巨大的变化。

某夜,宝宝一直到2点多都不肯睡觉,睁着炯炯有神的眼睛没有丝毫睡意。更糟糕的是,她不仅不睡,而且不肯好好躺着,只要一往床上放,就大哭不已。

宝宝妈不知所措,只好抱着她在房间里踱来踱去。

看着宝宝烦躁地在怀里扭来扭去,宝宝妈担心宝宝出了什么问题,赶紧叫醒另一个房间里酣然大睡的宝宝爸,看是不是需要送往医院。

好在宝宝爸抱着宝宝哄了一会儿之后,宝宝总算入睡了。宝宝妈这才松了一口气。心想,大概是因为宝宝的眼睛开始能够看到东西了,对周围的环境感到陌生和不安的结果吧。

没想到,这不过是个开始。随后的日子里,宝宝每天都是白天呼呼大睡,晚上精神百倍地睁着亮晶晶的眼睛不肯睡觉。

特别是到姥姥家以后,不仅醒着的时候要人抱着,而且还要边抱着边来回走着,嘴里还要嘟嘟囔囔地念着小词儿。否则的话,就会半夜里嚎啕大哭,搞得四邻不安。厉害的时候居然一直闹到早晨六点多。

于是,宝宝姥姥和姥爷便在哄孩子的过程里即兴创作出了一首首"豆豆之歌"。

姥姥经常念叨和吟唱的是:"金豆豆,银豆豆,姥姥、姥爷的宝豆豆,不哭不闹一觉睡到大天亮……"

姥爷则念叨的是:"豆豆是个乖豆豆,你是姥爷的金豆豆,你是姥姥的银豆豆,你是爸爸的小红豆,你是妈妈的小绿豆……"云云。

总之,每天晚上睡觉前姥姥和姥爷都要抱着宝宝一遍遍地吟唱着不同的"豆豆之歌"。

当然,宝宝妈也不例外,只是因为宝宝妈五音不全,宝宝爸禁止宝宝妈对宝宝唱歌,说是怕从小把宝宝带得走了调儿,所以宝宝妈只好发挥自身优势,给宝宝念念唐诗和宋词,培养宝宝的韵律感。

虽然开始时宝宝妈把宝宝睡颠倒觉当作减肥的最佳手段，并不以为然（何况宝宝妈以前有上夜班的经历，因此也还挺得住），按照医生说的，希望宝宝过一段时间自然调整过来。

可是，连日的熬夜让宝宝妈和姥姥都疲惫不堪。特别是姥姥，累的又黑又瘦（姥姥怕宝宝妈熬夜影响下奶和身体恢复，常常是宝宝哭闹时让宝宝妈先睡觉，姥姥负责在另一个房间里哄，待宝宝睡着时才把宝宝放到宝宝妈的房间里，因此格外辛苦）。宝宝妈不得不想办法把宝宝的睡眠时间纠正过来。

最好的办法当然是白天让宝宝玩，晚上让她睡觉了。

然而，宝宝因为晚上闹了一晚，白天睡觉时无论怎么弄都弄不醒。宝宝妈甚至用头发不停地拨弄宝宝的鼻孔。可这样的结果除了换来宝宝几声抗议性的大哭之外，照样不起什么作用。

无奈，宝宝妈只好上网查询解决宝宝颠倒觉的办法。

网络真是个好东西，一查之下，办法可真不少。

办法一：在纸上写上"天灵灵，地灵灵，我家有个夜哭郎，过路君子看三遍，一觉睡到大天亮"，然后贴到路边的电线杆子上。据说可以治愈。这个办法看起来很荒唐，而且操作起来也有点难度（关键是不好意思，而且也影响市容啊）。所以宝宝妈不予采纳。

办法二：给宝宝买个游泳池，睡觉前让她游泳消耗体力，自然晚上睡得踏实。这个办法有道理，但是姥姥担心用游泳池稍不留意会淹到宝宝，加之每天需要消耗大量水资源，所以也不予采纳。

办法三：晚上睡觉前一个小时给宝宝洗澡。这个办法还可行，卫生又实惠。于是宝宝妈决定一试。

第一天，宝宝在洗完澡3个小时后终于入睡。

看来这招还怎不错，宝宝妈暗喜，心想以后终于可以不再整夜地熬了。

可是第二天便赶上寒流来临，气温骤降。姥姥担心洗澡会使宝宝感冒，拒绝天天给宝宝洗澡。

没办法，只好另辟途径。

除了白天尽量让宝宝延长清醒的时间外，晚上把灯光调得很暗，而且，为了给宝宝安全感，把宝宝包裹得紧紧的。

如此一来，还真有效果，宝宝晚上睡觉的时间慢慢长起来了。

这下宝宝妈和姥姥终于可以稍微轻松一下了，"豆豆之歌"也改到白天唱了。

10月15日

给宝宝减肥

宝宝出生时距预产期还有3周多，宝宝妈担心宝宝体重不足会造成体质过差。生产前在网上拼命查询宝宝体重的计算方法，估计宝宝的体重。

根据宝宝妈当时的宫高和腹围，宝宝妈算出宝宝大概有7斤左右。可是宝宝妈心里还是有些疑惑，宝宝能有那么重吗？！

没想到，宝宝出生时真的是7斤，小脸胖嘟嘟的，非常结实。宝宝妈这才放下心来。姥姥看着宝宝粉红的脸蛋说："将来豆豆肯定长得白，比爸爸和妈妈都白。"

可是没过几天，宝宝的脸色开始发黄，据说是生理性黄疸，新生儿都是这样，一周左右就会消失。因此宝宝妈和宝宝爸也没在意。

然而，这种黄一直持续了将近一个月也没有消退。宝宝姥姥开始着急了。

到医院一查，原来是母乳性黄疸，医生叮嘱要经常给宝宝喝一些葡萄糖水来减轻症状。

于是，宝宝妈和姥姥姥爷每次喂奶前都要先给宝宝灌上几十毫升葡萄糖水。

果然，宝宝的脸色有所缓解，不像原来那样又黑又黄了。同时宝宝的脸也明显大了起来，连每天见面的姥姥都感觉出宝宝越来越胖了。

无论是到社区服务站打预防针还是到保健站体检，宝宝在一堆孩子里面都是最胖的。

"小孩胖点说明我们健康。"姥姥说。

宝宝爸因为感冒一个星期没来看宝宝。等宝宝爸过来看过宝宝后，大吃一惊，宝宝居然胖得变成两个下巴了。

特别是给宝宝换尿布时，看到宝宝的大腿粗得有好几道摺时，宝宝爸忧心重重地说："怎么看她的腿胖得像相扑运动员？她还能瘦下来吗？"

不说不要紧，宝宝妈和姥姥闻言也开始担心起来。是啊，这姑娘家如果长成小胖子可如何是好啊。

如果现在不及时控制体重，将来宝宝长大了瘦不下来抱怨怎么办啊。

于是，宝宝妈和姥姥开始寻找造成宝宝发胖的原因。

难道是宝宝妈的奶水太好了？可是以前也是同样的奶水啊。

"是不是喝葡萄糖水惹得祸？"宝宝姥姥问道。

有可能！宝宝妈赶紧上网查询葡萄糖的作用。

果不其然，葡萄糖可以促进人体吸收，容易转化成脂肪！

原来如此！宝宝妈和姥姥直后悔当初给宝宝加的葡萄糖粉太多了。

于是，宝宝妈果断地决定停用葡萄糖水，宝宝现在的黑黄是暂时的，一旦胖了瘦不下来可是大事啊。

除了停用葡萄糖水，每餐吃饭前还给宝宝加服一些白开水，一方面可以防止宝宝上火，另一方面可以让宝宝少吃点奶，达到减肥效果。

可是，没想到宝宝小小年纪居然味觉灵敏，喝惯了甜水，死活不肯喝白开水。

哎，她是不知道肥胖的痛苦啊。

宝宝妈只好放弃减肥计划，让宝宝把奶水吃个够了。

10月16日

男孩，女孩

我想每个妈妈在怀孕初期都会问宝宝爸一个同样的问题："你喜欢男孩儿还是女孩儿？"

尽管人人都知道生男生女是不以人的意志为转移的，可是大家还是忍不住要去思考一下。

记得当初宝宝妈问宝宝爸的时候，宝宝爸回答："都喜欢。"

"只能选一个呢？"宝宝妈穷追不舍。

"那就要女孩儿吧。"宝宝爸说："女孩儿是妈妈的贴心小棉袄，长大了和家里亲。男孩儿一结婚就顾不上家里了，而且将来长大了我们还要给他买房子。"

"那倒没什么关系，"宝宝妈调侃道，"让儿子将来学你，找一个有房子的女孩儿结婚不就行了吗？"

"那你想要男孩儿还是女孩儿？"宝宝爸问宝宝妈。

"如果从孩子自身的角度看，我希望他是个男孩儿，因为男孩儿长大后在感情和身体上不容易受到伤害。而且中国毕竟是个男权社会，男孩儿无论在就业还是发展上都要比女孩儿占优势。而女孩儿因为生理上的原因，长大后很容易受到感情和身体上的伤害。所以，我更想要一个男孩儿。

"如果站在父母的立场上看，我觉得女孩儿好些。女孩儿顾家，不管走多远心里都会牵挂着父母，而男孩儿却很难做到这一点。咱俩不就是明显的例子吗？"宝宝妈不忘揶揄一下宝宝爸。

的确，虽然宝宝爸的父母家离宝宝家不过10分钟的时间，可是结婚后，宝宝爸却很少回家。

而宝宝妈即使是人在国外，也不忘经常给家里打电话，还让父母到国外旅游了一番。

"嗯，这么说还是女孩儿好。"宝宝爸点头称是，"如果是男孩儿的话，将来岂不成了第二个我了！"

"不管是男孩儿还是女孩儿，反正都是自己的孩子，看上天给我们什么样的宝宝吧。"宝宝妈一副顺其自然的样子。

如今，宝宝出生了，是一个"小棉袄"。

虽然和宝宝妈的希望有些出入，但是宝宝妈还是感谢上天的赐予。宝宝妈会在以后的日子里精心照顾宝宝，并且祈祷宝宝将来能够躲过一切伤害。

10月17日

不许说我的坏话！

婴儿在不会说话之前，最惯用的就是用哭来表达自己的情绪。

比如，拉尿之后屁股底下不舒服了要哭，饿了要哭。身上不舒服了要哭，想睡觉了也要哭。这都是众所周知的。

可是，听到有人说自己的坏话时，用哭来表示抗议的婴儿恐怕不多见吧。我家宝宝就是一例。

国庆节放假期间，因为突然降温，连续几天姥姥和姥爷都不敢给宝宝洗澡，怕她冻着，结果宝宝的小脑袋上居然有了酸酸的味道。

某日，姨妈和姨夫坐在睡着的宝宝旁边，姨夫一边闻着宝宝身上的味道，一边小声说："臭豆豆，酸豆豆！"

没想到，正在熟睡的宝宝居然顿时哭了起来表示抗议，仿佛在说：不许说我坏话！

姨夫赶忙赔礼道:"我错了,我错了,你是金豆豆,你是银豆豆。"

宝宝这才停止哭声转而入睡。

搞得姨妈和姨夫窃笑不已。这么小的孩子居然也能听出好赖话!

又一日,晚上姥姥哄宝宝入睡时,问宝宝:"你是姥姥的金豆豆,对不对?"

躺在床上的宝宝居然张着嘴回答:"啊!"

姥姥大喜,宝宝居然能听懂她的话,于是姥姥高兴地对宝宝妈说:"宝宝的嗓子通气了,可以回应大人的话了!"

另一个房间里已经躺下准备入睡的姥爷闻言也兴冲冲地跑到宝宝的房间里,对宝宝一阵"嗯,啊"地叫。

宝宝倒也配合,也"嗯,啊"着。

于是姥姥,姥爷和宝宝祖孙三个开始了他们"嗯嗯啊啊"的特殊交流……

10月20日

感　冒

入秋之后,感冒肆虐横行,搞得宝宝妈也被传染上了。所以,宝宝也开始出现闭塞、打喷嚏的症状。

姥姥看宝宝难受的样子却不能吃药,很是着急。最后索性把宝宝搬到了自己的房间,禁止宝宝妈抱宝宝并和宝宝住在一起。

当然,宝宝妈喂奶的时间除外。

于是,宝宝妈只有在宝宝吃饭的时间才能接近宝宝,而且还要戴上一个大口罩。

好在宝宝现在还不认生,跟姥姥倒也睡得还算安稳(她可能早把姥姥当成妈了)。宝宝妈也"因祸得福",不必费心哄宝宝入睡和整夜担心给宝宝换尿布了。只是,宝宝妈有些不安:不知道感冒好了之后,宝宝还认得这个不戴口罩的妈不?

10月22日

"第三者"

宝宝妈和宝宝爸多年来习惯了自由自在的二人世界,突然间多了一个宝宝,感觉颇为不便。

首先,宝宝妈现在是有家不能回。

为了方便姥姥、姥爷一起和宝宝妈照顾宝宝,宝宝妈只好住在姥姥家。

这下,宝宝妈可不敢像在自己家那样自在了。不能想上网就上网,想聊天就聊天,只能在姥姥不用电脑的空间抓紧写写日志,查查邮件,小心翼翼的,像个受气的小媳妇儿。

其次,宝宝妈和宝宝爸不得不两地分居。因为宝宝爸不愿意给姥姥和姥爷增加更多的麻烦(其实是为了自己上班方便和躲清闲)。除了每天例行公事一样打个电话问问宝宝的情况怎么样和不忙的时候来看看宝宝外,宝宝爸基本没有机会"享受"带宝宝的滋味儿。

发工资的时候宝宝爸是一定要来的(当然是在宝宝妈的威逼之下)。所以,宝宝爸上交工资的时候无奈地说:"宝宝,现在你妈妈眼里只剩下钱了。她只有在发工资的时候才想起爸爸。以后发了钱我就来,我不来,说明没有发钱!"

另外,电话费也猛增起来,宝宝妈每天不得不和宝宝爸保持热线联系,一来为汇报宝宝的表现,二来为了让宝宝爸知道带孩子的不易(捎带查查岗,呵呵)。结果宝宝妈的手机余额很快就用完了。

都说孩子是父母的黏合剂，有了宝宝才发现，宝宝像一个小小的第三者，剥夺了父母单独相处的机会，即使见面，聊的也是有关宝宝的话题。甚至一起看电影，在短期内也成了奢望。

哎，不知道这样的日子什么时候才能结束啊！

10月23日

做瑜伽

今天，和表姐一起到健身房锻炼。1年多没锻炼过了，筋骨都舒展不开了。刚骑了10分钟左右的自行车，身上就开始冒汗了。于是，去上瑜伽课。

以前，一直以为瑜伽是有钱人的健身活动，没想到，瑜伽教室里人还很多。看来，现在国人有钱和有时间的人还真不少！跟着教练的口令舒展着四肢，同时调节着自己的呼吸，全神贯注于一个平和温暖的世界，整个人也变得愉悦起来。连日来带宝宝的辛劳似乎也消失得无影无踪。只是，一节课下来，腰身还是感到微微的酸痛。看来以后要经常健身了，以免变成真正的老大妈。

10月27日

苗条依旧?!

今天早晨，早早地伺候宝宝吃了饭，然后到学校办事。因为是周一，到院里的时候大家都在院长的办公室开会。还好，办公室门开着。于是从办公室主任那里得到一张150元的购物卡。（可怜啊，中秋节，教师节和国庆节各50元！）没想到，还有一个惊喜，工会居然可以给宝宝报销300块钱的奶粉钱！宝宝只吃母乳就够了，300块白赚了，呵呵。

本来不想惊动院长大人，没想到院长还是听到响动出来了。院长大人上下打量着我，用疑惑的口气问我："你不是生孩子了吗？""对啊。"我惶恐答道。"那怎么一点都没变，还是那么苗条啊？"心中狂喜！

10月29日

十　月

转眼之间，10月份匆匆而过。冬天马上就要来临了，心情也变得抑郁起来。已经有4年时间没有在国内度过严冬了，不知道今年的冬天会是怎样的天气。不过还好，有暖气，不出门就好。反正也是赋闲在家。

10月30日

村姑与村妇

这几日，气温骤降，房间里也变得凉爽起来。于是，姥姥给宝宝换上了小花棉袄。

因为黄疸变得又黑又胖的宝宝穿上小棉袄之后，俨然一个小村姑。

宝宝妈也为了喂奶方便，翻出压箱底的当年姥姥结婚时的桃红色的棉袄穿上。结果,晚上宝宝爸过来时,宝宝妈对宝宝爸说:"瞧瞧咱家的小村姑!"

宝宝爸一边看看宝宝妈、一边看看宝宝说:"应该是两个村姑!"

"非也!"宝宝妈答道,"是一个小村姑和一个村妇!"

11月1日

来自日本的礼物

宝宝出生后,宝宝妈把这个消息告诉了在日本的一些朋友,并详细说明了宝宝名字的意义。

一些日本朋友听到宝宝的名字里含有"樱"字,都非常高兴,邀请我们等宝宝长大了一定要带宝宝到日本看真正的樱花。特别是我们过去的房东宫田,更是高兴地要送给宝宝一个带有樱花的礼物。

宝宝妈盛情难却,给宫田发去了中国的地址。

半个月后,宫田的礼物邮寄到了,用一个细长的盒子装着。

打开一看,里面是一幅长180厘米,宽100厘米的布质壁挂,上面的图案当然是樱花了。

那壁挂打开挂在门上,像个门帘。

宝宝爸晚上过来时,一眼看到了那副壁挂,问道:"那是啥?"

"宫田送的门帘!"宝宝妈答道。

"是啊,宫田真有意思,怎么给送个门帘过来啊。我看挂到咱们的厕所门上正合适!"

这家伙也太实在了,居然信了宝宝妈的话!

宝宝妈哈哈大笑,"拜托,人家那是壁挂,往墙上挂的。合人民币300多元呢。挂厕所门上,太奢侈了吧!"宝宝爸尴尬地傻笑起来。

11月3日

小厨娘

　　宝宝真是一天一个样。记得刚满月的时候，给她摄像，因为宝宝平时哭起来歇斯底里，脸色都涨成了紫色，宝宝妈为了让宝宝将来看看自己小时候的混账样子，特地准备好摄像机。恰好那天宝宝的一个阿姨来看宝宝。宝宝好像知道客人来了一样，睡醒了居然乖乖地躺在那里不哭。宝宝妈和姥姥故意不理她，看她作何反应。没想到宝宝只是象征性地哭两声，便没有了下文，全然没有平日里声嘶力竭的状态。搞得宝宝妈把摄像机来回开关了好几次，也没有拍出理想的镜头。结果宝宝的阿姨直夸宝宝乖。看来，宝宝还挺会装的，呵呵。

　　昨天，姥姥去超市买东西，看到婴儿的小帽子很可爱，便买了一顶回来，好遮住宝宝又长又秃的脑袋。回来给宝宝一戴，宝宝妈乐得哈哈大笑："整个一个小厨娘！"姥姥一听不高兴了，"怎么是小厨娘啊，是小公主！"厨娘也罢，公主也罢，宝宝戴上帽子后确实增色不少。看来宝宝很有"帽相"啊。

　　今天早晨起来，天气不错，宝宝妈趁机给宝宝抓拍了不少照片。出来之后，效果还真不错。特别是宝宝居然会在镜头前摆姿势了。一看到妈妈举着相机对准她，居然不哭不闹，还咧嘴直笑！宝宝长出息了！姥姥一看宝宝戴着帽子的照片比原来的好多了，赶紧又跑到超市买了两顶回来。没办法，我们要靠帽子遮丑呢！

11月4日

别累着宝宝！（一）

宝宝的姥姥和姥爷对宝宝的喜爱程度简直让妈妈都嫉妒了。

比如，姥姥和姥爷打球回来，听到宝宝的哭声，姥姥赶紧从宝宝妈手里把宝宝接过去，看到宝宝哭得抽搐的样子，姥姥心疼地说："妈妈把咱们都气成这样了啊！"全然不顾抱了一个多小时宝宝的宝宝妈累得腰酸背疼的痛苦，还雪上加霜地冤枉宝宝妈！哎，宝宝妈是有理说不清啊！

另外，这几日给宝宝照了不少好照片。宝宝爸建议把宝宝的照片当作电脑的屏幕。于是宝宝妈给姥姥转达了这个建议。

姥姥说："那多累啊！"

"不累，"宝宝妈赶紧说，"就是把电脑屏幕换一下，好操作得很！"

"不是说你们换屏幕累！"姥姥答道，"宝宝整天在电脑屏幕上待着多累啊！"

啊？宝宝妈晕倒！

绝招（二）

宝宝越来越懂事了，最近几天居然开始认人了。

晚上姥姥和姥爷出去打球的时候，宝宝妈本想让宝宝爸帮忙抱抱孩子，但可能是因为宝宝爸过来的比较少，宝宝对爸爸已经陌生了。只要爸爸一抱宝宝，宝宝就哭个不停。一开始，宝宝妈以为是爸爸的姿势不对，于是告诉宝宝爸说，现在宝宝的脖子硬了，喜欢被竖着抱，这样视野宽。于是宝宝爸按照宝宝妈的指导，一只手托着宝宝的臀部，一只手托着脖子竖着抱。可是宝宝依旧哭个不停。宝宝妈不忍心看宝宝哭，只好自己抱过来。结果，宝宝在妈妈的怀里居然就不哭了。

这下可好，只能辛苦妈妈一个人了。哎，宝宝现在越来越重，不一会儿，宝宝妈的手腕和腰背就开始酸疼起来。可是宝宝不体谅妈妈的苦处，只要一到爸爸怀里就号啕大哭。特别是闹觉的时候，连妈妈也哄不住。看着宝宝哭得满头大汗，嗓子都哑了。宝宝妈急得也直想哭。于是，宝宝妈带着哭腔求宝宝说："宝宝别哭了！"没想到这一招还真灵，宝宝立刻就不哭了。以后每当宝宝哭闹不停的时候，宝宝妈就随着宝宝假哭。宝宝也就顾不上自己哭了，呆呆地听着妈妈的哭声……

11月5日

挂　彩

昨日，宝宝妈因急事要到学校，匆忙之间找不到自己的袜子了。原来，宝宝的小袜子被她自己尿湿了，姥姥便把妈妈的袜子套在了宝宝脚上。

因为出门要穿深色的袜子，无奈急匆匆地从宝宝的脚上褪下袜子穿上就要出门。

没想到，袜子的脚后跟居然还沾着黄色的宝宝屁屁——这是每次宝宝拉屎后换尿布的时候总是乱蹬的结果。

宝宝妈在姥姥家只有两双袜子。无奈，只好穿上脏袜子出门了。好在袜子穿在鞋子里面，别人看不到，嘿嘿。

坐上公车后宝宝妈跟宝宝爸打电话诉苦："现在可怜到了穿沾着宝宝屁屁的袜子出门的地步了，呜呜……"

"这算什么。"宝宝爸非但不同情和安慰宝宝妈，反而不以为然，"我今天还穿着沾着宝宝屁屁的裤子上班了呢！"

"啊?"宝宝妈不解。

"昨晚宝宝拉屎的时候我正竖着抱着她,结果屄屄就掉到了我的裤子上,咱们光顾给她换尿布了,没注意自己身上也被污染了!"

"那你什么时候发现的?"

"我没发现,上班的时候同事问我牛仔裤上怎么有黄色的东西,我还说是磨的呢!人家问怎么好几块儿,我仔细一看原来是宝宝拉的屄屄!"

哈哈哈!宝宝妈总算找到一点心理平衡了,"那你今天换裤子吗?"

"不换!"宝宝爸干脆地说,"就这么穿着呗。"

宝宝妈愕然!

这岂不成了"屎染的风采"?

11月6日

飒酷啦蔷

因为宝宝的名字里含有"樱"字,宝宝妈在哄宝宝的时候就按照日本的叫法,叫她"飒酷啦蔷"。"飒酷啦"是"樱花"回语的发音,"蔷"是对关系亲密的人或者小孩的昵称回语的发音。

姥姥听宝宝妈念叨宝宝的名字,赶忙问是什么意思。宝宝妈于是教给姥姥和姥爷"樱花"的读音。

于是,姥姥和姥爷以后就又多了一个对宝宝的称呼,免得整天叫宝宝"豆豆"她会烦。

宝宝现在开始识哄了,所以姥姥抱着她的时候要不断地跟她说话。于是姥姥整天跟她说:"飒酷啦蔷,咱们是从日本来的,咱们坐过飞机,坐过火车……"云云。最后,干脆成了:"飒酷啦蔷是个小日本儿!"宝宝妈抗议道:"我们可不是日本人,我们是地地道道的中国人!""她是吃日本的萝卜和白菜长大的，也算小日本儿！"姥姥反驳道。反正我们就是中国人，随便怎么说吧。宝宝妈对姥姥向来是无可奈何的。

姥爷更是有意思，也想跟姥姥一样叫宝宝名字的日语发音。无奈，年纪大了记性不太好。一进家门，看到宝宝就高兴地喊："飒咕噜蔷！飒咕噜蔷！！"姥姥也干脆叫着叫着就从"飒酷啦蔷，飒酷啦蔷"简化成了"酷啦蔷，酷啦蔷……"哎，宝宝妈纠正了几遍之后，除了长叹，也别无它法了！爱怎么叫就怎么叫吧！

11月7日

陕北农民

今天一大早，宝宝的姨妈便给宝宝妈发来短信，内容如下："宝宝的姨夫早晨刚到家（去黄山公干兼旅游归来），刚才看了孩子的照片发表了如下评论：（请做好受打击的心理准备）说孩子像富裕起来的淳朴的陕北农民，还是小康水平。哈哈！"

宝宝妈看罢，心中大怒，哼哼，我们自己谦虚一点说像小村姑还可以，她姨夫怎么能实话实说呢？太不给面子了！

于是，宝宝妈回信道："他像个正在脱贫中的陕北农民！"

这回信是姨夫自己看的，看完还美滋滋地对宝宝姨妈念了一遍然后说："宝宝妈说宝宝像正在脱贫的农民，哈哈哈！"

"笨蛋！"宝宝姨妈回复她老公说，"人家在说你呢！"

"哈哈哈！"这边宝宝妈听到他们的对话，开心大笑，对宝宝姨妈说，"你家老公的理解力怎么这么差呀，说他自己他还那么美，哼哼哼！"

宝宝姨夫那边尴尬地笑道："一下子没反应过来……"

哼！别以为我们宝宝不会说话就想怎么说人家就怎么说，她妈妈可不是好惹的！嘿嘿嘿……

11月8日

普通话测试

前几日，收到教秘的短信，说是普通话测试报名，没考的都要参加。于是，匆匆忙忙赶到学校，到教务处语言文字办公室报名。问报名的老师，有没有复习的资料。结果对方答道："不用复习，估计你能过。"

回到家里，还是有些不放心，问老公如何应付考试。老公也是一副不以为然的态度，"不用准备，就是念念文章，再回答一些问题。我都能考个二级甲等，你比我强，怎么也来个一级乙等吧。"看来，大家对我都满有信心的，我也就泰然处之，只等周六带着准考证考试去了。

因为是下午考试，中午吃完饭便让宝宝吃了个够（这一出去少说也要4个小时，希望宝宝能坚持住）。到学校后，看到考场外等候考试的人还真不少。有的人紧张地踱来踱去，有的人则轻松地说说笑笑。一起去的同事紧张地对我说"我们方言里h和f、z和zhi都不分，不知道能不能过。"透过教室门的窗户往考场内看去，正在考试的人也神情肃穆，搞得我心里也有些七上八下的。终于轮到自己了，先是读了一些单个的字，然后是词，还有一篇文章，最后是口头作文。前后大概10分钟左右。考完之后，怯怯地问考官："我能得多少分啊？"

"一乙（一级乙等）。"考官答道。

"能当英语老师吗？（据说，普通教师只需过二级乙等即可，语言类的教师要达到一级乙等）"

"没问题，当汉语老师都可以！"考官干脆地说。心里美滋滋的，起身告退。看来最了解我的还是老公啊！

11月9日

点击率

上周,本人日志的点击次数居然达到了300多次,最多一天有150多次,比过去一个星期的都多!这大概是上传宝宝照片的缘故吧。看来,宝宝的人气比妈妈的旺多了。以后要继续加油,多给宝宝拍些照片。妈妈要靠宝宝来提高人气呢!

11月11日

宝宝挨训了(一)

昨晚,宝宝迟迟不肯睡觉。姥姥抱着宝宝哄半天好不容易睡着了,可是一往床上放,敏感的宝宝就醒,然后就是哭闹。无奈,姥姥只好重新哄。如此反复几次,宝宝还是不肯躺在床上好好睡觉。搞得姥姥筋疲力尽,很是不耐烦。最后,宝宝妈只好亲自出场,使出杀手锏——喂奶。宝宝一旦躺在妈妈的怀里吃上饭,立刻变得特别安静,全然没有了先前的歇斯底里。吃饱后,宝宝妈终于把在怀里睡着的宝宝放到床上去了。这时,已经是12点多了。

可能是因为哭闹太累的缘故吧,宝宝居然一觉睡到5点半才想起吃奶。早晨,宝宝醒后姥姥来看她,对其大加训斥:"昨晚你的表现太差劲了!该睡觉不睡觉，还哭闹，让大家都不能休息。以后你要是再这样，姥姥就不抱你了，姥姥也不喜欢你了……"宝宝则躺在床上，瞪着眼看着姥姥，不知道是听懂了不敢说话，还是刚起床心情不错，居然不哭不闹，还冲姥姥嬉皮笑脸。

上午，姥姥和姥爷出门办事。宝宝妈趁机又给宝宝上了一课，"你瞧，你都把姥姥惹烦了。这样的话就没人喜欢你了。姥姥如果不抱你的话，只剩下妈妈一个人抱你了，那样妈妈多累啊！你得心疼心疼妈妈……"宝宝好像非常理解妈妈的心情，躺在床上跟妈妈咿呀咿呀地应和着。妈妈一时兴起，给宝宝唱起了"南泥湾"等民歌（当然，调子是民歌的调，歌词全部被宝宝妈改编成了"飒酷啦蔷，飒酷啦蔷，飒酷啦蔷是小豆豆，小豆豆是飒酷啦蔷……"）宝宝似乎对民歌很感兴趣，听着妈妈夸张的歌声，也张着小嘴"啊，啊"地努力发声。看来，我家宝宝还有点音乐细胞呢。呵呵。

中午，姥姥和姥爷回来后，看到宝宝不哭不闹表现良好，十分高兴。姥姥夸奖道："看来我们豆豆脸皮儿挺薄，一批评就改正。嗯，不错，不错，以后你还是姥姥的宝贝豆豆！"宝宝受到夸奖和鼓励，一整天都没怎么哭闹（当然除了饿了和拉尿之外）。

宝宝妈心里嘀咕：难道这么小的孩子真的什么都懂呀？谁知道她能坚持到啥时候呢？

给宝宝美容（二）

由于天气渐冷，加之宝宝整日啼哭，虽然足不出户，可是宝宝的小脸儿还是被眼泪和凉气儿搞得皴了。

宝宝妈抚摩着宝宝的小脸发愁："这个怎么办啊，这么小的婴儿又不适合用护肤霜，难道就让她娇嫩的小脸儿这么皴下去吗？"

还是宝宝姥姥有经验，说："这还不简单，喂奶的时候顺便往宝宝脸上喷点奶液，比护肤霜好多了！"

对呀！宝宝妈恍然大悟。

平时大家都用牛奶洗脸或者做面膜美容，这人奶比牛奶的营养多多了，而且不含添加剂（也不用担心三聚氰胺，呵呵），其效果当然应该比牛奶好多了！我真是太愚笨了！（自责一下！）

于是每次宝宝妈喂奶的时候，都趁机往宝宝脸上滴上几滴奶液，然后在宝宝的脸上划开。

宝宝好像知道妈妈是为了给她美容一样，居然很配合地不哭不闹，而且还善解人意地冲妈妈咧嘴笑笑。

看来，这么小的小孩儿也懂臭美呀！

11月12日

遗传的力量

在宝宝出生之前，宝宝妈和宝宝爸经常在一起想象宝宝的样子。

"最好宝宝的模样能吸收咱俩的优点，眼睛像你那么大，但不要像你的大而无神，眼神要像我。鼻子也要随你的高鼻梁，别随我的塌塌鼻子，至于嘴和耳朵嘛，随谁都可以。"宝宝妈美美地憧憬着。

"长得怎么样无所谓，关键是脑子要随妈妈，聪明些，别像我这么笨就好。"宝宝爸谦虚地说。

"最好是一个聪明、健康，漂亮的宝宝。"宝宝妈心存幻想。

"别想得那么好，通常好的地方不容易传，坏的地方可容易遗传了。"宝宝爸打击着宝宝妈，以免期望越大，失望越大。

于是，在整个孕期，宝宝妈和宝宝爸都充满期待和好奇，不知道会创造出一个什么样的宝宝。可是，等宝宝生下来一看，宝宝妈大失所望，宝宝的长相跟宝宝妈设想的整个南辕北辙！宝宝的五官完全随了妈妈的小眼睛和塌鼻梁。这也就罢了，可脑袋偏偏随了爸爸的长和秃。而且，腿也不像妈妈，却弯弯在随了爸爸。这还不算，宝宝的臭脾气也完完全全照搬了爸爸和妈妈的脾气，一根筋。一哭起来就歇斯底里，不哄决不罢休。哪怕嗓子哭哑了，脸蛋憋紫了都在所不惜。

搞得姥姥不断地给宝宝妈敲警钟，"你们可要制定出一个育儿计划，这孩子具有双重叛逆的性格脾气，比你们两个都厉害！"

宝宝妈气愤地质问宝宝爸："你怎么那么自私，好的地方没有遗传给宝宝，却把不好的地儿都遗传给了她？"

"你是怎么怀的啊？我还没说你呢！"宝宝爸强词夺理道。也是，宝宝妈也不禁暗暗自责，谁知道咱的遗传力量这么大呀！还是姥姥的总结比较精辟，"没办法啊，小眼儿传万代！"

总之，宝宝完全吸收了爸爸、妈妈的缺点，给爸爸、妈妈来了一个彻彻底底的意外。看来，缺点的遗传力量真的很可怕啊！

不过，女大十八变，希望宝宝以后会慢慢变漂亮起来，脾气也修养地温顺一些吧。宝宝妈除了自我安慰也别无他法了！

11月14日

以其人之道……

宝宝妈虽然发现每当宝宝哭闹时,可以以假哭来制止她。可是,无奈宝宝妈年纪大了,嗓子不太好,没哭几分钟就觉得喉咙发干,受不了了。而宝宝则不然,哭上10分钟、20分钟都不在话下,宝宝妈根本不是她的对手。而且,宝宝在床上躺着哭闹的时候,宝宝妈的假哭也是无济于事的。所以,宝宝妈只好另辟途径了。

有什么办法既可以制止宝宝哭闹,又可以不破坏宝宝妈的嗓子呢?今天,宝宝上午睡醒后跟妈妈玩了一会儿便开始不耐烦了。宝宝妈把她抱起来之后,她还是哭个不停。哎,宝宝妈烦不胜烦,索性把她放到了床上。横竖也是哭,放到床上还可以省些力气。可是,宝宝却越哭越上瘾,声嘶力竭,好像受了天大的委屈一样。看着宝宝痛哭的惨状,宝宝妈实在是于心不忍,然,它别无它法。突然,宝宝妈灵机一动,拿来手机,将宝宝的歇斯底里录了一段音。然后,把手机放在宝宝耳边。正沉浸在痛哭之中的宝宝猛然闻听耳边也有宝宝的哭闹声,一时间没反应过来,哭声戛然而止。

宝宝一边抽泣着,一边竖着耳朵听着旁边的哭声,好像在想:"谁这么大胆?居然敢跟我对着干!"这边宝宝妈看到宝宝诧异的模样暗暗窃笑,"嘿嘿,这叫以其人之道还治其人之身啊!你也尝尝听你讨厌的哭声的痛苦滋味吧。"

宝宝妈把录音反复播放几遍之后,宝宝居然停止了抽泣,安静下来了。于是,顺势把宝宝抱起来安抚一阵之后,宝宝安然入睡了。这招还真不错。以后宝宝妈还要把宝宝的哭声录到MP4(手机的录音时间比较短)里去,这样可以完整地播放宝宝"撒泼"的全过程了!

11月15日

把 尿

宝宝的大姑看到宝宝的照片后,发现宝宝下身没有穿裤子,只穿着一件姥姥自制的"筒裙(姥姥用小棉褥子包起来做的筒)",便打电话问宝宝妈为什么不给宝宝穿裤子。因为宝宝穿裤子后可以随意地蹬腿,而穿"筒裙"会限制宝宝的双腿。宝宝妈如实相告:"宝宝的肚子大,裤子的松紧带勒得宝宝肚子不舒服,总是哭。"

于是,宝宝大姑买来两条背带棉裤让宝宝爸给送了过来。宝宝穿上背带裤之后,面貌一新,用她姨夫的话说就是:从陕北农民进步到香港郊区的农民了。(这个吝啬的家伙,我们明明看起来像一个大洋娃娃,他偏说是香港郊区的。香港有郊区吗?)看来,"人靠衣装"这句话果然不假啊。姥姥把宝宝穿衣前后的变化比作巩俐饰演的"秋菊"和明星巩俐,呵呵,还挺恰当的嘛。

可是,穿棉裤虽然好看,问题也来了——换尿布很困难。先前的"筒裙"是用尼龙扣包起来的,换尿布时解开扣即可。可是棉裤的开裆比较小,换起尿布就困难多了。姥姥只好决定锻炼着给宝宝把尿。

某日,宝宝吃晚饭之后,姥姥准备趁机把把她。由于家里没有痰盂(即使有也没用,痰盂的开口比较小,不适合婴儿把尿),姥姥便挑了姥爷的洗脸盆当尿盆(姥爷出门了)。没想到,姥姥刚把宝宝放到怀里摆好把尿的姿势,宝宝就很给面子适时地拉了出来,规模还不小。"啊?这么厉害啊,第一次把尿就拉了一大泡!宝宝真棒!"姥姥一边清理战场,一边不忘夸奖宝宝,显得颇有成就感。宝宝也似乎很受用,报姥姥以咧嘴一笑。

正当宝宝妈和姥姥沉浸在享受第一次把尿的成就里时,姥爷回来了。不好！宝宝妈小声跟姥姥说"还没来得及销赃灭迹呢！"这边姥爷已经喊着"小豆豆！飒酷啦薔！"地进得屋来。宝宝妈和姥姥急忙报喜："豆豆可棒了，第一次把尿就拉了一大泡。这孩子真乖！"姥爷也是一阵夸奖。可是，低头一看，"啊？我的洗脸盆居然成了豆豆的屎盆子？"

11月16日

这媳妇儿不赖！

连日来忙于照顾宝宝，已经很长时间没有吃饺子了。所以姥爷今天早早地起床去市场上买来了茴香，准备包茴香素馅儿和白菜肉馅儿饺子。于是，宝宝妈忙里偷闲调好了饺子馅儿。刚好宝宝爸上午参加完考试早早地过来了。宝宝妈便把宝宝交给姥姥，然后和宝宝爸精诚合作，作出了饺子"大餐"。姥姥和姥爷一吃，连连夸奖饺子好吃。素馅儿的清新爽口，肉馅儿的香儿不腻。

宝宝妈得意地说："你们多幸福啊，有人给做这么好吃的饺子！"姥姥点头称是。唯一遗憾的是远在北京的宝宝姨妈吃不到。

饭罢，宝宝妈和宝宝爸趁宝宝睡觉的机会终于有机会交流交流了。

宝宝妈一边端详着镜子里发胖的身材一边对宝宝爸说："哎，为了孩子，我的牺牲可大了。"

宝宝爸不以为然："女人不都这样吗？"

宝宝妈气愤："哼哼，有的人没有奶水，每个月光给宝宝买奶粉都要花一千多块钱呢！你瞧我表姐和表弟媳生孩子之后奶水都不够吃呢。我给你省了多少钱啊。"

"也是，"宝宝爸倒是很识时务，"不光给我省钱，还能给我挣钱。这媳妇儿还真不赖!"

宝宝妈释然,那还用说吗!嘿嘿嘿……

后记:很遗憾,后来由于忙于工作和学习,日志没能坚持写下来。也没有记录宝宝成长的每一个时期。时光飞逝,现在宝宝马上就要6岁了。宝宝出生后的6年期间,我又进入博士后工作站进行了3年的研究工作,同时也调到北京工作。其间,也经历了宝宝的姥爷从生病到去世的整个过程,可谓身心疲惫。今后,有时间的话,还要继续记录下宝宝的成长经历,记录下生活中的精彩瞬间。

第三编

回首青春
——如诗年华、如歌岁月

青春的每一首诗歌都仿佛是未来的预言

回首走过来的40年人生历程,最单纯美好的是中专的4年学习、生活,最艰难、劳累的是在工厂里担任跟班技术员的4年,最悠闲惬意的是在日本的留学生活。我的人生阶段,似乎都是以4年为期。原本,我的父母都是大学教师,我也算出身于书香门第,按理说也应该会按照人们想象的轨迹:上高中、考大学,然后当个老师之类。

可惜,由于年少时的叛逆,我在初中毕业时执拗地选择了上中专,妄图早日摆脱父母严厉的管教。犹记当初,父母得知我执意上中专时那种恨铁不成钢的表情。现在才明白,面对那样不听话、那样叛逆的自己,父母该是多么失望和痛心啊!明知道我选择的是一条曲折的道路,却又无法阻止。而我,也确实为当初的任性付出了代价。为了逃避高中3年的艰苦,为了早日得到想象中的自由,我中专毕业后又不得不边工作、边复习,参加成人高考,继而是研究生考试,重新回到父母原先为我设计的人生轨道上。其中所付出的艰辛与努力也是常人所不能想象的。

然而,人生的每一段路都不会白走,尽管我选择了一条坎坷之路,但这条路上的风景也有其别样之处。就像中专的4年学习生涯。当时刚刚15岁的我步入中专校门时,并不知道要学习什么,将来要干什么,而我们的任课老师也都是一些刚刚大学毕业不久的二十多岁的小伙子和姑娘们。好在中专的课程不似高中那么紧张,年轻的老师们在讲课之余更容易与学生进行交流。这就使我们的中专生活比一般高中轻松、悠闲得多。而我,在4年当中最大的收获不是成绩单上的总分第一名,而是4年里把学校图书馆里金庸、琼瑶、三毛、岑凯伦、路遥等作家的书读了个遍。没有升学压力的我可以尽情徜徉在书的海洋里,尽情感受各种书籍带给我的神奇世界。中专的4年,既领略了金庸武侠世界里的侠肝义胆,也痴迷于琼瑶小说的缠绵爱情。不过,最喜欢的,莫过于唐诗与宋词。每天到学校后,会拿着一本宋词书,到学校的平台上默默背诵,体会着诗词中的种种意境。遗憾的是,虽然叹服古人撰写诗词时的精炼,却始终未能自己创作出古诗词。还好,余光中、席慕容、徐志摩、戴望舒、舒婷、北岛等现代诗人的诗歌为我开启了另一扇通往诗词的大门,我尝试着用朦胧诗去表达自己的感情与思想。也许,每一个女性的少女时代都有着诗一样的情怀,她们敏感、细腻、稚嫩,对未来充满着美好的向往与幻想,对现实有着独特的领悟和批判。我亦是如此。虽然作为十七八岁的少女,真正的人生尚未开始,这些诗歌有些"为赋新词强说愁"的味道,不过,毕竟它们记录了一个少女青春时期的稚嫩情怀,记录了一段青葱岁月。真希望再回到那个十七八岁的季节!

迟到的冬天

枯黄的枫叶
在枝头失意地招摇
苍空中却回荡着
秋风远去的呜咽
渴望
捧起第一片雪花的惊喜
日历上的冬日
却常常阳光高照
暖风里怀着对地震的恐怖
惶惶地期待
终于吹来一枚霜叶
心
终也释然

清平乐·淑女

　邻女娇俏
　对窗花枝笑
　倚墙绣梅斗巧
　不知谁家花巾好
　忽闻楼外低吟
　金簪急挂枝头
　穿过一片竹林
　情人探看殷勤

残 秋

霜风月残
举杯独饮窗前
吟诗放歌
惊醒一靓幽兰
去年月圆时候
嫦娥卷帘
天上人间俱多情
佳酿陈年
引得蝴蝶醉青莲
皆逝也
小楼空余尘纱帐
拂不去　空惆怅

悔

一开始
就知道是在追求一个美丽的影子
彷徨等待中
命运又故意将我捉弄
在支离破碎的记忆力
我只留下一个无言的苦笑
明知自己不是一个高明的演者
可是为了你
我一次又一次地把拙劣表现在舞台上
几阵稀松的掌声过后

默默地
把过去锁进了抽屉

告 别

积雪已经把天空映成苍白
云雾中也传来太阳无力的呻吟
在这个冰冷的冬日里
我们只能
默默地分手
不管开始
曾经怎样相识在一笑之间
别
亦
难
分离的滋味已经尝过一千次
然而每一次道别
都是一样的心酸
梦中千万次挥手
到头来只是
相视无语
虚情假意的祝福已太多余
沉默是我今夜
最衷心的祝愿
也许
也许桂花开放的那一天
你我会重逢在
一笑之间

初 恋

浓酒冲不淡
夜夜月下的愁思
轻歌掩不住
苦苦期待的焦灼
楼前的梧桐树
花开了又落
落了又开
而你的消息却杳无踪影
舍不下千载的依寄
微风
将额头吹皱
使我终不再回首
那份初恋的苦涩

夜 梦

心
在黑暗处不安地悸动
于是
夜醒了
在弥漫着夜来香气味的河边
张望着月亮苍白的面颊
星星沉默着
悄悄地躲在云后

聆听太阳的鼾声

可是 朋友

你可曾感受到

遥远角落里那个小小的呼唤

那就是我呵

梦中的流连

生 日

生日的蜡烛吹灭了

也吹白了父母昔日如墨的双鬓

怀着对青春的向往

心中

企盼着成年的欢愉

却没有留意

岁月

正在父母的额头悄悄碾过

道道年轮

假若

假若我永远不再长大

上帝呵

你是否可以让我的双亲青春永驻

或许

他们年轻的笑容

早已深深地嵌在了

我永恒的记忆里

给 你

我把祝愿编织成
极密极密的丝网
好让你的归程
满载着喜悦
我把祈祷溶入
如水的月色里
洒落在你的床前
使你的旅程不再孤单
然后
我再托海鸥
捎去我夜夜的思念
朋友呵
你是否已在烛光里
读出了我的心事

生 活

你总是用你极其冷酷的庄严
面对每一个生灵
令人生畏
可是我知道
在漆黑的面纱之下
你有着衣服美丽如玉的面庞
你如一个挑剔的雕刻师

不断地用你冰冷的目光

审视着世间的一切

令人心悸

可是我知道

你不过是个最滑稽的魔术师

不停地戏弄着你的所有

冷凝剂

老年人幽幽地慨叹

时光为什么不可以停留

少年却急急地

追索着太阳

渴望　快快长大

可是命运呵

你为何还要向我来寻找答案

为什么不去看看母亲多皱的额头

父亲斑白的双鬓

望着他们日渐蹒跚的背影

我又怎能够

再去忍心啊

怎能

再去催促苍老的人生

加入能让时间的流水凝固

上苍呵

请把我变成一种极效冷凝剂

牢牢地握紧它

青春的诱惑

巧妙地躲过了你的每一次暗示

徘徊在孤寂的雨巷

你紧锁的双眉

凄单的背影

都消失在晚春的斜阳里

我默默地庆幸着

自己的理智

能够如此

恪尽职守

然而　夜深时

你却闯入我的梦中

将我牢牢抓住

使我再也无法逃避

青春的诱惑

玩　世

狂欢之后

再把自己打入寂寞的冷宫

所有的鲜花与美酒

都奉献给了太阳

而我拥有的

只是一片荒凉的沼泽地

孤独　阴冷

找不到心中的太阳

蜷缩着雨季的屋檐下

横着一曲流浪之歌

然后

戏虐地做一个鬼脸

给乌云挑逗的一笑

忏　悔

我不知道

痛苦是否可以延展成为

一缕淡淡的芬芳

当我们回首往昔时

就像在品味着一杯淡淡的美酒

我不知道

是否一切的错过

都将不再寻回

使我只能在每一个寂寞的夜晚

咀嚼着失落的苦涩

现在

我唯一能做到的

是用我真诚的忏悔

在那道深深的裂痕上

绣一朵无怨的小花

然后

折一束荆条

一同放在那个男孩的枕边

因为作业

我曾那样鲁莽地打碎了
一个男孩虔诚的梦

背　影

是不是所有的故事都已接近尾声
是不是大海的波涛早已听写
是不是炽热的感情早已冻结
是不是你我
就要握手告别

不要说太多的祝福
不要叙太多的离愁
不要
用充满爱恋的双眸
再次深深地凝望我

尽管走吧　朋友
踏着希望的羽翼
别回首
请
给我一个无悔的背影

青　春

记忆的小船
载着少年纯真的梦幻
自由地滑翔

而时光
却不肯再回首
回到那个十六岁皎洁的月夜
那个
初冬的黄昏
站在岁月的舟头
我沧然回首
回首
那个一无所有的季节
那个
乍懂还未懂的年龄
还有
轻易错过的那趟末班车
轻叹中
将一切小心地收藏在行囊里
又缓缓地踏上征途
然而
眼角的凄楚
却怎么也无法让我潇洒地说一句
青春无悔

无泪的歌

曾经拾起所有的欢笑
为拼凑出一支无泪的歌
然而绵绵的细雨
却总是将眼帘打湿
难以拂去

腮边的点点倦意

只好放弃

所有强装的欢颜

孤独地

撑开一柄大伞

在雨中的林子里

等待

天边那道夺目的彩虹

汇成心中一缕

悠悠的哀曲

声声慢

（寻寻觅觅）

在每一束斜阳里

在每一道彩虹边

在熙熙攘攘的人群里

（冷冷清清）

如歌的岁月里没有一丝欢笑

如馨的香径间没有一声鸟鸣

时光

凝固了所有的往昔

（凄凄惨惨戚戚）

琴弦上沾满风尘旧影

而知心的朋友呵

却远在天涯

（乍暖还寒时候 最难将息

三杯两盏淡酒 怎敌他晚来风急）

横扫过心头的

又岂止是来急的晚风

在最无备的时候

年轻的心

早已无言地老去

(雁过也　正伤心　却是旧时相识

满地黄花堆积 憔悴损 如今有谁堪摘)

晚春的小何

流水载着落花的千般无奈

悄然而去

而潇湘妃子的古琴却永远哑去

(守着窗儿 独自怎生得黑)

镜里

是遂然黯去的朱颜

相爱的人呵

怎舍我

独自伴烛影

(梧桐树更兼细雨　到黄昏　点点滴滴)

浮舟载不动

心头千钧万钧的重荷

紧蹙的双眉

又怎能用愁字说的明白

也许

还是未识愁滋味的年龄

千古风流佳句　却

随着少年的清泪一同漂泊

而月光下反反复复低吟着的

还是那首

声声慢

夜 思

晚风拖着长长的叹息
渐渐远去
远去的
是你依旧灿烂的笑颜
是岁月悠悠的钟声
和湖面上枯残的荷瓣
无力挽住时光的脚步
只好
让风雨无情地敲打过去
叩响记忆的门扉
叩开那个光洁清新的花季
叩开你我
年轻的心棂
也许有一天
你的身影将不再离去
也许
我们还会重回到那个
卿卿细语的月夜
那个纯洁无暇的春天
只要
心不在沧桑不再老去
朋友
我会在寂寞的角落里
咀嚼每一份过去

重温

每一份回忆

无 题

心也消瘦了

在阴森的黑暗里

瑟瑟发抖

万物在沉寂中恹恹睡去

血液

掺杂着苦涩的泪水一同流淌

冷风依旧刺骨般袭来

有的

是一身铮铮挺立的傲骨

冷月为我镀上一层银色的盔甲

如剑的双眸

划破寂寞的长空

撩开上苍神秘的面纱

却迎来

蜷缩在天边的

如血残阳

心

也益发地消瘦了

绽 放

也许

生命中原有一种疯狂

是为你而绽放的
只是
在娇艳多姿的花丛中
在洒满晨光的香径间
卑微的我
又如何能够
与众芳争艳
如果　如果你一定要寻我
那么　我就是那株
墙角边含羞而立的野菊
静静地
等待你的驻足
也许
生命中原有一种温柔
是为你而铺洒的
在幽幽的雨季
在深深的小巷里
悄悄地为你撑开一柄大伞
如果　如果你一定要寻我
那么　我就是小桥边
那棵默默矗立的大树
静静地
看着你擦身而过

告　别

时间的列车悄然而至
载着千般离别的伤情

挥手　向

那个朦胧多雾的季节

拭去腮边点点泪滴

面对未知的旅程

默默举杯

不是不想留下

昨日满枝馥郁的丁香

只是不知道

青春是否也像

狂风席卷残花一样

会被岁月无情冲走

是否

光洁美丽的面庞

也会被冲刷得布满沟壑

双鬓染霜

只好这样

踏着轻风　踏着游云

凄凄告别

幻　想

因为眷恋天空

所以幻想翅膀

幻想着做一只快乐的小鸟

在天空中飞翔

因为渴望自由

所以幻想流浪

幻想着做一叶冲浪的孤舟

遨游于海天之间
幻想着背一只破旧的旅行袋
去探索原始森林的古老和沉寂
幻想着一次次分别的前夜
将彼此的爱恋细细倾诉
幻想江南清丽的水乡
幻想冰峰上洁白的雪莲
幻想着在未知的旅途中
遭遇一次浪漫的邂逅

历 史

是勇士剑端的点点寒光
是帝王脚下的万里山河
是奴隶肩头的累累伤痕
是富者朱门的金缕玉衣
是忠者叱咤风云的吼声
是懦夫拱手出卖的尊严
是千军万马的奔腾驰骋
是古琴弦上悠长的细诉
是名山古刹的石雕
是文人笔下的长词
是想寻回却又无踪的辉煌
是想忘却又不能抹杀的痛苦
呵　历史
你是一座巨大的回音壁
记载着千年喧嚣的盛世
记载着百年痛苦的呻吟

你是一幅漫漫长卷

在仓空中回荡

在宇宙中永存

十八岁的秋

其实，梦早已醒了

在秋风的瑟瑟中颤抖着

那么十八岁的季节

是不是过于仓促了

甚至

十八岁的序曲

还没有谱好

就这样地向我挥手告别吗

我的十八岁

日记本里的墨迹还未曾干涸

十八岁的行囊里依旧空空

而我苍白的面容

还拖着点点稚嫩

在黑暗的夜里

只有对着远方的灯火

轻叹

无言的情感

（一）

你还是沉默着

尽管别离的日子迫近

那我也只好

像从前一样地欢笑一样地若无其事地

面对你

把自己藏在最深最不易察觉的角落

叶　也落了

飘零在阴暗的角落里　伴着青春的岁月

于是心中

也夹上了一层长长的叹息

是对秋的控诉吗

还是　黎明

早已把昨天抛得太远

太远

风流

也总被雨打风吹去

（二）

告诉我

怎样才可以打开这座门

它好像锈蚀了好久

可是你依旧用沉默

筑起一道高墙

不顾墙外的我

怎样踟蹰　颤抖

（三）

泪

悄悄地滑落在梦中

泄露了埋藏已久的苦恼

而在遽然梦醒的刹那

还回味着

那份轻柔的涩意

美丽的错过

难道

还有什么可以留下的吗

既然别离已在眼前

夕阳里

重叠在一起的　是影

而目光却在不倦地搜寻者

渴望已久的答案

不　朋友　还是

别做太多的解释

就让我们若无其事地

在各自的心页上写下一束

平淡的别语

含泪错过这

明知美丽的一刻

然后　用笙箫

把思念　送给远山

等　待

久久的等待

只是因为

信念

已深深地植在了心中

任霜风雪打　却从不肯停止滋生

在十月的冷风里

我怅然独立

遥望着天边

那颗不知名的小星星

就像

离别前

你深凝的双眸

梦的青春

思绪

漂泊了很久

在宁静的海湾里悠闲地划动着双桨

伴着笙箫吟唱着——

望美人兮天一方

在蓬山的迷雾中

领会了仙者

自在逍遥的意境

此刻　它在寻找着回家的路

我也在寻找着

寻找着逝去的青春和年轻的记忆

而捡起　却又轻轻弹起的

是书页上淡淡的尘灰

和早衰的华发

只有

空

悲

切

残 局

曾经有过的宴席
在记忆中闪烁着它的辉煌
而曾经聚集起的欢笑
却被时光无情地席卷
留下的
只是空空的旧日亭台
唯月与夜依然
在人尽之后静默着
静默了无数次
花开花落
回首时
沧然面对的
是狼藉的残局
和
难言的悲戚

追 溯

沉积了很久的故事
今天
又被重新打捞起
搁浅在记忆的海滩
那溪边的垂柳
在轻风里颔首

悠扬的笛声飘过树林

随着流水悄然散去

一切的布景如同昨日

而寻不回的

是故事里早已消逝的主人公

于是

信手拾起一片火红的枫叶

含泪吻着

任凭夕阳里踟蹰的身影

寻着时间的痕迹

追溯

献给十八岁

在那个昏暗的夜里

告别了十七岁的最后一天

没有鲜花相伴的温馨

也没有欢快的生日宴会

踏着晨雾的朦胧

轻轻地

走进了十八岁

于是在一串祝福声中

颔首

默许了成年

十八岁的季节　是耕耘的季节

不再做十七岁凭空的梦

不再幻想做一个长了翅膀的天使

十八岁只知脚踏实地　去开垦自己的未来

十八岁

不再对着失败黯然落泪

十八岁面对成功

只是报以淡然一笑

十八岁以后才知道

生活如河滩上的行舟

没有纤夫艰辛的努力

希望之帆就不会靠岸

十八岁的忧愁

不再是长吁短叹黯然伤神

十八岁的无奈

派遣在歌声与欢笑里

十八岁的春天

依然因鲜花　因绿柳而欣喜

十八岁的秋天

依然因叶落　因枝枯而惆怅

噢　十八岁

美丽　辉煌的季节

枫叶上的思念

夜

更长了

徘徊在稀疏的秋叶间

思念

也更深了

穿过浓浓的月色

滑落在你的梦中

于是

在清晨时

便化作枫叶上的一滴清露

凝聚着

火红的信念

心 波

目光

穿过远山飘落在你的窗棂上

溶入你凝望远山的思绪里

在异地的檐下

你好像凝望了很久

是忆起了春天的小溪

还是我寄去的问候

激起了你湖中的涟漪

可是

那封信还在你的手中颤抖着　只是

你可知道

那也是我

心灵的震颤

尾 声

你挥挥手

潇洒地转过身去

抛给我一束孤独的月光

于是

所有伪装的笑容

在一夜之间凋零了

拾起破碎的往昔　用泪

拼凑出一组组蹩脚的诗句

填充着寂寞的灵魂

心

还在抽搐着

在窗前划过一道长长的血痕

飘然而去

秋雨却依旧下个不停

淋湿了整个世界

日　记

心

被一页一页地翻起

翻起的

是少年时失落的梦幻

曾经试图忘记的名字

读起时

依然将双眸灼痛

曾经试图抹杀的往昔

在日记本里

依旧静静地眨着眼睛

那埋藏在最深最暗处的情感

也被发掘出图

回首的时候

才猛然发觉
岁月
早已将你的名字
雕成了塑像
屹立于心堤之上
弹奏着
一曲曲青春

赌　徒

债台高高地筑起
所有空虚的灵魂呐喊着
宣泄着
将时间一分一分地押在牌桌上
所有的爱与恨
所有的情与恋
都成了赌徒堂皇的借口
人们像疯狂的困兽一样
输光了笑声　输光了眼泪
然后大叫着一跃而起
用血红的眼睛诅咒着人生
当黎明终于撩开黑暗的帷幕
当太阳终于露出通红的双颊
人们的目光只是呆滞地
仰视着晨曦
仰起麻木的面容
行着注目礼——
向黑夜告别

残花的泪

当你终于注意到
我的问号早已砌成了一道很长的城墙
你轻轻地
在我的手心写下了
友情　两个字
可是　朋友
纵然是你我共同撑起的这片晴空
也难将秋风拒之门外
花
还在憔悴着
在晦暗的角落里低低地轻叹着
终于有一天
在我们曾经精心装饰的园子里
凋零了
我又重新回到了那原有的孤独与寂寞
但你还在费力地
为我举起那柄大伞
为的是
不让秋雨淋湿我的衣襟
可是　朋友啊
尽管你那样地小心
却无意间　用你的温情
又一次打湿了我的眼角

诺 言

你把诺言撕成缕缕碎片
撒向遥远的云头
冬季来临时
便化作片片白雪
冻僵了我痴痴等待的心
于是
不再编织美丽的梦境了
也不再
在宁静的港湾里停泊
悠闲自在地荡着双桨
当黑夜降下它宽大的帷幕时
我辞去了所有应约而来的忧愁和泪水
轻轻地
用微笑扬起风帆
踏上了未知的航程
而你
依旧沉醉在阑珊的灯火之中

余 波

如果不是那个午后
我一脚踢飞了原有的矜持
闯进了你的镜头
也许
我们的历史会重新谱写

也许我的画板上
会调上一层淡蓝色的背景
也许我依旧会做
那里面一汪静静的湖
可是　因你回眸
我便跌入了这期待的深谷里
那原本明快的晴空上
也集结了厚厚的一层乌云
于是画布上
便涂满了灰灰的色调
沉沉地　压在心头

游　戏

在进入角色之前我们就约好
要规规矩矩地背完每一句台词
不可以跨出剧本一步
所以整个夏季里
我都在不断暗示着
小心呵
你不能走错
哪怕是轻轻探出的一步
然而你却浑然忘我地
将整颗心铺展在我的面前
不顾我仓惶的躲避
于是　我只好
草草地写下一个结局
宣布这场游戏的终止

而你却在秋雨里　给青春
划上了一个重重的叹号
然后在烟圈中
玩弄着微笑

配　角

没有人会注意到我的存在
当幕起
当掌声响起的时候
我便认真地做着每一个动作
哪怕是一句无足轻重的台词
一个即逝的微笑
没有人会送我以鲜花
没有人会冠我以辉煌的称号
当幕落
当人们欢呼起立的时候
我是角落里一棵静默的树
用绿叶
装饰春天
推理
陈置很久的铁器
会布满斑斑锈迹
所以纵然是历经千年
曾经驰骋沙场的利剑
在今天
也不过是静静地躺在陈列台里
向人们昭示　岁月的无情

那么　感情会不会也是这样

埋藏得愈久　也愈发淡漠

最终只剩下

冷漠　迟钝的目光

相

　　视

　　　　无

　　　　　　语

错　过

若不是那场轻易的错过

也许今天　我会

站在另一个星球上俯视大海

若不是那个雨季

我仓惶的遁逃

也许我会趴在你的肩头

重新谱写一部恋曲

然而时间不肯容我假设

容我思量

当意识告诉我——我已无可选择

你却依偎着另一个身影

在湖边　静静地

观赏日落

秋 思

怯懦的
是掩藏在心底　却又
从不肯复出的那份情感
心窗紧闭
透过明亮的玻璃向秋天招手
而秋风
却报我以冷漠的一瞥
凝冻了一个美丽的微笑
那曾经精心串起的爱恋
零零落落地坠入心房
心
又沉入了寂寞的深潭
到海边去　在沙滩上
踩出一串闯脚印
为了向生命证明
我的足迹
坚
实
无
比

送 别

海风中
目送你远去的白帆

身影　在斜阳里寒伧而立

举足

然而我的脚步　却

被你的缆绳牢牢地拖住

迟迟难以迈出

想回首

冲你挥洒一个明媚的微笑

哽在喉咙里难以出口的

是心中的悲戚

怕回首

怕因我的回眸

你的船儿会永远停泊在理想的

海滩上沉酣

怕强求来的成熟

会过早地老去

只好剪断

越理越乱的目光

挥手

离去

遥向——未来的时空

新闻

早已变成了历史曾经风云一时的事件

也只是躺在古朴的书架里

泛着淡淡的尘烟

没有人会回顾

没有人会因日出 日落 而动情

一任岁月悠悠地滑进

历史的长河

冷漠着

仿佛呆滞的山羊

凝视着秋风

凝视着落叶

只因

微笑早已储存进了真空里

变质的　是目光

刮破眼前一片风景

可悲呵

我眼的我

最终也只是蜕变成

履历上一个极平凡极平凡的

名字

站在河边

浅酌

低吟着

惑

如果真的不爱你

又为何要躲避你的声音

为何在喧闹时悄然退却

宛若一朵胆怯的含笑

如果真的不爱你

又为何要捕捉你的背影

为何　双眸　飘忽不定

终要落入你的世界里
可是我依然小心地
将自己藏起
不动声色地走下去
尽管背景变幻莫测
当终于不能背对着你
终于目送
你温柔地挽起一双纤手
在夕阳中远去
我疲倦地卸下那副
用微笑武装起来的盔甲
踩着叹息
漂泊一生

美丽的感情

当第一片落叶飘过额头
坠入你我平静的心湖
我爱
你是否感觉到
青春易老
当面颊不再光洁明亮
寒霜终于染白双鬓
我爱
你是否还能像从前那样
欢呼雀跃
当冬夜
我们执手在炉边共饮时

我爱

你是否觉得

这长相厮守

其实也是一种美丽

如夕阳一般

无限美好

无 题

数着时针

一步步走上拾级

一级　便是一份惶恐

站在铁门之外

冰冷

钻进脖颈

预示着惨淡的结局

抬手　敲门

贴着墙壁听你的心跳

而时空里

却传来一个震耳的霹雳

终于

你的沉默

震聋了我的耳膜

心

也流逝在几万光年之外

尽管我们的手

还在冰冷地握着

秋天的回忆

终于在秋雨中融化了
那副坚不可摧的面具
每一片落叶　如一个无处依存的灵魂
飘散满地
只是至今还是不明白
为何要在落雨之后才肯
把憔悴写在额头的秋天
是不是还忆着那片翠绿的树林
和那片醉人的阳光
拖着尚未撑起的旧雨伞
独立　如一片落叶的我
是不是也忆起了
春天里那杯醉人的醇酒

摒弃过去

曾经用笑语　用泪水写下的过去
如今
成为一片肥沃的土地
孕育着一个全新的世界
曾经用信笺　礼札串接起的往昔
也浮出心的湖面
等候着春天
敲开沉闷的暗夜

那么今天

当我们举杯　当我们回首时

你是不是会觉得那痛苦那忧伤

其实也是一种

淡淡的美丽

像那夜轻轻滑过你我心头的舞曲

轻轻地

滑过我们年轻的岁月

你是不是

在含泪默许的刹那　会轻轻地

抹去额头的哀伤

只是因为

过去的

早已过去

影　集

惶惶中掀起的

是褪色的昨天

那孩童的笑颜

想必也是无邪的了

那双眸

也一定如水般纯净

不知道什么时候开始戴上的

那副沉沉的面具

竟然也微笑着

流下泪来

命 题

可以让风霜染白双鬓

可以让岁月改变容颜

可以让双手布满沧桑

可以让寒风吹瘦身影

然而不可以改变的

是日　是月

是年轻时镌刻在梦中的

那个不朽的名字

是写在红叶上的那首小诗

是生命中永远不会改变的

同一种命题

等待

等得眼睛瞎了

才知你有一双美丽的双眸

睫毛曾如刷子般

拂去尘埃的往事

等得耳朵聋了

才知你的声音曾那样的悦耳过

才知一切

已是枉然

等得心　更重了

里面装满许多发生过　又

早已消逝的一切

等得泪枯了

便沉默　如一座山
山谷中回荡的是
心
　　的
　　　　呻
　　　　　吟

　　　挥洒不出的——爱

是什么在牵动着难耐的思绪
在静静的等下
寂寥的冬夜
是什么在弹奏着年轻的心弦　仿佛在
娓娓诉说着
一个古老的传说
那株绽开的菊微笑着
在窗口映下挺拔的身影
可苍白的墙壁上
却依然画满我的凄单
思绪
脱缰而去
终于
沉睡的情感也苏醒了
呢喃着
向那片淡蓝色的天空　飞去

人生的棋局

我拿了整整一生与你对垒

风醒了

叫嚣着

掀起一片美丽的晴空

乌云也弥漫上来

沉沉地压在心头

你还在微笑着

调侃着

不顾天苍暮至

不顾日夜在匆匆交替着

当我们终于不再年轻

　　　　　不再美丽

当我们终于开始注意起

那盘未下的棋局

岁月

早已给人生划上了一个

圆圆的　句号

祭三毛（一）

一瓣残香

空留瑟瑟秋霜里

高朋满座

谈笑取自八方艳

却谁知心中

泪流无声

睹物思人皆辛酸

念去去

亦辞亦趋终无悔

挥洒长发

魂向天边客

风流也随落花

飘零于天涯

平添许多恨

此生何为？

谁晓我心？

再祭三毛（二）

泪

流在了心底　任其成河成川

我痛我恨

所有的事实

还是冰冷地摆在面前

沉默

仿佛一尊尊雕像

无奈

不是我的性格

却在今朝将我击倒

世界依然木讷地

颔首而立

是冬日里一棵冷漠的枯树

没有你

　苍空依旧

　　风也依旧

是的　依旧　依旧

依旧捧来一本本你写的书

细细读着　然而

不知何时　泪涌眼底

这书　已是遗作

依旧要在柔和的台灯下

仔细端详你

并不美丽的面庞

可快乐的你呵

何时　已成过去

噢

你不再流浪

流浪的心

昏昏睡去

不再有什么凄凄无所依的心情

不再有什么高处不胜寒的感觉

你　又回到了梦中

梦中的你　在　你的梦中

依旧　神采飞扬

再祭三毛

他们说

你已离去

踏着一团迷雾悄悄地离去

凄冷的夜

没能阻止你的行程

你顾自　不回首

孤零零地走了

你没有留下一句告别的话

把所有的寂寞与忧愁

抛给了凄惘的尘世

轻轻地

乘着柔和的月色去做再一次流浪

你悄悄地溜走

没有留下足迹

把所有人世间的希望

托于这久远久远的流浪

只有远山在夜幕中为你

默默垂首——送行

撒哈拉的大漠上不见你

欢快的身影

五彩的石头期待着你

狂热的亲吻

你呵　亲爱的你呵

是不是此刻

正流连在

爱人温柔的暖怀里

久久地

不肯抬起头来

夜的温柔

幽怨
是一缕青青的水草
在如水的月色里拂动
残冬里
枯枝摇曳　凄凉地
撑起一片夜幕
而吹笛的少年呵
独自
漂泊在思念的旋律中
任窗外的喧嚣
撩拨起悸动的心
和着笛声
我仿佛被流水淹没了
没过心中
那片干涸的谷地
此时
竟然感觉到一种
从未有过的
温柔

因为年轻

因为年轻
喜欢幻想
沧桑还不曾在额头踏过

片片足迹

坎坷也不曾涉及

稚嫩的心房

眼里

充满神奇的向往

因为年轻

喜欢微笑

哪怕是一抹淡淡

也要将芳香

散播四房

心中

永远存有一份美好的温馨祝福

因为年轻

喜欢浪漫

喜欢在精致的日记本里

谱写一曲曲青春之歌

喜欢山间的绿丛

喜欢湖边清盈的月色

喜欢驾一叶小舟

去做一次孤独的流浪

因为年轻

我们的生活洋溢着欢笑

因为年轻

我们把心愿串成小诗

因为年轻

我们纯洁

我们热情

我们好奇

因为年轻

我们没有忧愁

没有叹息

没有世故

噢

我庆幸

因为我还年轻

无悔人生

常常是在一瞬间

选择了一生的坎坷

常常是由于一时的固执

便毅然踏上了一条

崎岖的荆棘之路

旁人在簇拥中手捧鲜花

听着一曲曲赞美的颂歌

而我依旧

在生命的轨道上

踩出一条血痕的路

我不悔

纵然千万次黯然落泪

纵然烛光下苦苦寻求

我依旧

昂首走过

四季交织的岁月

我不悔

纵然荣耀距我遥遥

纵然我只是一颗

不知名　不悦目的小星星

但

我曾经走过的

是一条自己选择的路

回首时

将是红花簇簇

映出苍穹　彩云一片

心　情

持着一张单程票

踏上了漫长的旅途

来不及思量过去

来不及细细斟酌未来

在仓促的夏季

蝉语中

匆匆地把理想否定在

冷酷的现实之中

接受命运

实实在在地活

一次又一次劝告自己

在几千光年之外

却依稀记得

梦中的自己　光彩照人

错　错　错

不是捧书前撩起的一份惆怅

不是秋雨中拾起的那片红叶

却总有一种心情

说也说不明白

追 悔

不要向苍天呼唤

去祈求时光的倒流

聪明的人

会抓牢春天的每一片嫩绿

而愚蠢的人

只能让泪水同时光一起

东流

诺 言

一直以为

诺言

是最不可以轻易出口的语言

就好像

最深最深的爱

不可以随便出口

所以

纵然是海誓山盟

慷慨陈词

没有了真诚

诺言

也只不过是一张毫无价值的

空头支票

所以 请不要责怪我的吝啬
我不会用华丽的词藻装饰爱情
也不要怪我不曾许诺
因为
因为我的许诺
早已深深地植在了心里
深深地

给谣言

你孕育于嫉妒的温床
分娩与仇恨的产房
在众口编织的摇篮里
你迅速地成长
你是一股带刃的疾风
滴着善良的鲜血
卷着邪恶的狂笑
你用霹雳掩盖你的无力
用暴雨冲洗你的罪恶
可是
只有事实最明白
你的本质 是那样的污浊不堪
所以它只是静静地
报你以不屑的一笑

一叶孤独

甩不开的

还是那一叶孤独

春风淡淡地拂过

希望

却迟迟不肯发出芽来

就用泪水去浇灌它吧

然而双目涩涩

心

竟啼出血来

这甩也甩不掉的孤独呵

在绿色的枝头

茫然地摇曳着

月 夜

望月

月色清幽

静静地滑过星海　使

所有的疑问在瞬间消逝而去

唯路灯以沉默肃立

夜

以无声作答

而海

以波浪

敲击岩石

孤岛的海

孤岛上看海
海是一片无尽头的苍茫
汹涌着
迸溅出所有的昔日
斑斑点点的浪花
闪烁着晶莹的光泽
是记忆里颗颗透明的珠玑
串成一首首稚气的小诗
挂在青春
光洁细腻的脖颈上

处　境

四周是群山环绕
群山
以冷漠无语而立
想奋起呐喊
却依然是凄冷的长夜
伴着我的无奈
泪
涌进眼底　又　悄然退却
唯心中的狂潮
久久地翻滚着
不肯落去

群山

群山依旧冷漠如冰

我——小小的我

我不奢望

拥有整个世界

可以在悦目的阳光下欢舞

我只希望

拥有一片安静的天地

那里

有着几丛淡淡的野花

和丁香枝头

几声不经意的鸟鸣

我不奢望

独揽整个月夜

也不想做一颗捧月的星辰

我只想

漫步在清幽的林荫道上

听远方的几缕幽怨的笛声

踩着月光斜射在地上的

自己懒懒的

影子

给你的诗

你醉了

流着泪

诅咒着周围的一切
是的
你醉了
几乎想要醉掉你的一生
所以你无所顾忌
潇洒地饮尽了所有
悲欢离合
然后悠然地夹起香烟
将那份真诚
轻轻地
弹在脑后

离 别

你是一个凄惘的影子
紧紧地跟随在
每一个旅客的身后
你是站前频频的回首
你是码头上惊起的一滩鸥鸟
你是飞机甩下的缕缕尘烟
你是我手中那块　想挥起
却终未挥起的红帕
你是我抛又抛不开
抓又抓不住的
那一瞬间的温存与伤感

无 题

请原谅

我没有一句承诺

留给你

既然知道前方

是一片没有结果的苍茫

又何必

用语丝

将你的心

紧紧缠裹

如果

一定要我做些什么

那么朋友

我会在每一个想你的夜晚

默默祈祷

祈求上苍

让我们相逢在

一个有雨的夏季里

因为

我不相信的

是眼泪

新 人

我必须把自己

隐藏起来

然后

做出一副恭卑的笑脸

去倾听布道者的教诲

我必须把自己

隐藏起来

让所有的清高

躲进自己的角落里

那里应该是一个

最不引人注目的角落

我必须

隐藏起所有的自我

让心

套上一层重重的锁链

然后

用我僵直的笑

去对付　一切外面的世界

如果（一）

如果

我的痛苦只是缘于

那极小极淡的一滴秋雨

我情愿去做秋风里的一枚红叶

如果

我的哀伤只是因为

那瓣哭残无味的落花

我情愿做一涧潺潺的流水

如果

我的苦恼只是因为

你不经意的一回首

我情愿用一生的等待

去迎接一个虚无缥缈的身影

如果

如果一切的如果都会变成现实

我情愿　活一千次　变一千次

如果（二）

如果

你的生命是一片繁星密布的夜空

我便是那颗曾经悦目

却又瞬间即逝的流星

如果

你的心是一块肥沃的土地

我便是那株曾经开放过

却又迅速凋零的小小的兰

所以

请不要急于表白自己

也不要轻易地向我吐露

那一个字

因为

年轻的你

年轻的我

还不懂得什么是

爱

也许

当我们不再年轻

当我们两鬓苍苍的时候

我们会站在岁月的彼岸

遥望

这曾经美丽的青春

也许

那时的现在

会成为我们记忆里

最富有诗意的一幕

秋

一片落叶

便是一份心情

说不清是收获时节的喜悦

还是秋寒之前的惶恐

一滴秋雨

便是一份心情

心情坏的时候

秋雨也来

敲击着枯黄的枝叶

敲击着冷漠的柏油马路——

冰冷而又缠绵

让人恼怒得

竟想流下泪来

这躲也躲不开的秋呵

是四季里

一份无奈的沧桑

等 你

等你
等得朝也萧萧
暮也萧萧
等你
等得秋雨残霜
红枫含血
等你
等得双鬓斑斑
两眼欲穿
等你
等得时光将过去
串成一段无泪的历史
等得四季将昔日
染成红绿黄白
等得檐上燕飞几度
等得台前春花几载
等得青春流逝
等得岁月凄凄
而最终无所改变的
还是那颗等你的
心

未完的结局

给我一个永恒的位置
筑起一道心中的长城
在思念中翘首
在企盼中回忆
太多的话还没有说
这未完的结局
便匆匆而过
留下一段苦涩的回忆
恨你入骨却又爱你如初
相见无语
别离更难
谁知世间万物
千种风情
未完的结局
是你我冷冷相握的手
和在各自胸襟上
别的那枚残霜染红的枫叶

心 情

凌乱的心情写于笔下
凑成一首无调的歌
在孤灯下细细回味
这段苦涩的情感

究竟是什么

千百次辗转无眠

为了你一句我爱你

千百次痴痴呆想

只是因为你无踪的身影

不知道这是否是爱

只是别离之后的想念

太长太长

想告诉你我的心情

又怕你嗤鼻的讪笑

也罢　也罢

将这份心情悄悄收起

给你一个无所谓的微笑

矛　盾

明知

最后的结局是一份悲凉

却依然要固执地

执手相携

想摆脱掉每一丝柔情

阴云过后

却依然笑靥如昔

拂不去的

还是那份

无奈的情感

挣扎在凄迷的冷雨中

后 记

　　本书的出版，缘于一个同事的提议。本来，留日期间的日志也罢，青春岁月的诗歌也罢，只是出于自娱自乐的想法而为，并没有想过将之呈现于大众的目光之下。同事说，往往是一些无心写下的东西，才会打动读者，让人感受到其中的真实与真诚。所以，在同事的游说下，终于下定了出版这本书的决心。就当是学术之外不务正业的玩票吧。一方面，可以借此机会回顾一下前半生的坎坷、曲折经历；另一方面，也可以借此机会，向大家展示一个众人口中所谓"第三种人类""灭绝师太"的女博士的真实生活和学习状态。

　　20世纪70年代，我出生于一个省会城市的普通知识分子家庭。父亲是"文化大革命"前最后一批大学生，母亲则是"文化大革命"后恢复高考的第一批大学生。母亲上大学时，我和妹妹尚年幼无知，因此，只能留在乡下的姥姥家里。由于姥姥家里孩子比较多，我的童年基本上是处于一种放养的状态，每天跟着比自己大两岁的小舅舅在农村的大街小巷玩耍，物质虽然贫乏，但却也不乏快乐。后来，母亲毕业后我们随之进城读书。那时的我正好进入叛逆期，加之没有在父母身边成长，与父母之间的隔阂日渐增大。特别是初中阶段，父母的严厉管教使我愈发地反抗。最后，为了早日摆脱父母的控制，我居然不顾众人的反对，报考了当时非常热门的中专。因为报考中专对于许多农村孩子来说是首选，考上的话可以转成城市户口，并且分配到稳定的工作，不必再回到农村过面朝黄土背朝天的苦日子。而我报考中专的目的则是因为毕业后我就可以参加工作。我天真地以为，参加工作能够挣钱后就可以自立了，不必再受父母的管教。可以想象，当父母得知我的决定时是多么得痛心疾首。两个大学教师的孩子，居然在中考分数线达到重点高中的情况下去上中专，这在旁人看来是多么不可思议的事情啊！

最终，父母还是尊重了我的选择。如今，回首望去，没有升学压力的四年中专生活应该是我迄今为止比较单纯、惬意的四年。我可以随心所欲地阅读自己喜欢的书籍，可以在节假日和同学骑着自行车到处游玩。最重要的是，中专的老师大都是大学毕业没几年的20多岁的年轻人。他们不会像普通中学的老师那样整天督促学生学习，而是在讲授知识之余和我们探讨人生，探讨未来。尤其是我的语文老师——乔老师，不管是我的作业本上，还是作文本上，他都会用红笔认真地写上一段很长的评语。乔老师总是能在评语中指出我自己都不曾了解的优点，激励着我在学习和写作中不断地充实自己。那时，每当语文作业或者作文发下来的时候，我的作业本总会被有些同学先"截留"下来，因为他们总是很好奇地想知道老师又给了我什么样的评价。记得有一次老师让我们把一篇古文改编成话剧剧本，作业发下来后，老师又是写了长长的一段评语，除了赞扬我的创造力外，最后一句写道："老师不能预言你的将来，但是我知道，无论做什么，你总会成功！"这句话，对于一个十几岁的女孩儿而言，是何等的震撼、何等的鼓励啊！当时的我自己都不知道将来会是什么样子，而老师却对我的未来充满信心！也许，老师的话只是为了增加我的自信，他可能不知道，这句话在我之后的人生道路上起到了多大的作用。每当我遇到困难、遭遇低谷时，我都会从书橱里拿出当年的作业本，蜷缩在书房的角落里，一遍又一遍地重温老师的评语，然后重新打起精神，继续努力。

当我以全班总评第一名的成绩从中专毕业后，我被分配到一家工厂担任跟班技术员。三班倒的生活对于一个不到20岁的女孩儿来说无疑是痛苦的。参加工作后，我才发现现实与我的想象完全不同。出身于知识分子家庭的我，骨子里带着的某些清高，显得与周围的工人们格格不入，加之年轻、没有社会经验和工作经验，常常因为车间主任的训斥而偷偷流泪。曾经，也恳求过父母帮我调动工作，然而，父亲抛给我的一句话是："路是你自己选择的，你要么接受，要么通过学习去改变自己的环境"。

于是，我再一次参加成人高考，进入夜大学习英语。上班时，当别人深夜找地方睡觉时，我拼命地背英语单词和课文。下班后，我就到父亲学院的教室里自习。每当我独自一人坐在教室里开始学习前，都会先在黑板上写上一段话："天将降大任于斯人也，必先苦其心志，劳其筋骨，饿其体肤，空乏其身，行拂乱其所为，所以动心忍性，曾益其所不能。"时至今日，父亲的同事和学生都还记得当时我在黑板上写的那段话。可以说，工厂里四年的三班倒生活是"劳其筋骨"时期。它使我能够放下身段，融入到最基层的普通工人当中，与他们打成一片。在工厂里，我可以拿着扫帚和工人们一起搞卫生，也在人手不够的时候顶替工人上岗，甚至推起几百千克的布车。慢慢地，我也从同事们眼中的"大小姐"变成了"女汉子"。

机会总是为有准备的人而留，此话在我身上得到了验证。一个很偶然的机会，得知一个国有房地产公司正在招英语翻译，不知轻重的我贸然参加面试。没成想，竟然在众多应试者当中被选中。于是，我终于可以摆脱三班倒的生涯，调到一家许多人都可望不可及的单位上班。

岂料，"福兮祸所伏"。由于种种原因，进入公司一年多以后，老总外逃，公司瞬间跌入濒临破产的境地，我也处于半失业的状态。父亲于是建议我不如趁年轻继续自己的学业，否则年纪大了再想学什么也难了。恰好当时适逢我英语大专毕业，在新闻中看到我国当时缺乏涉外律师，因为学法律的人不懂外语，学外语的人不懂法律。出于将来就业的考虑，我又选择了进修国际贸易和法律两个大专班（这要得益于我的父母，父亲大学里刚好有这两个专业）。同时，为了进一步巩固和提高我的英语水平，我报考了同一所大学的英语在职研究生班，第二外语选修日语。

感谢父母，在我人生最困难的时期给予我无条件的支持和帮助。在之后的3年多时间里，我处于一种全脱产的学习状态。白天到英语研究生班上课，晚上上法律夜大，寒暑假上国际贸易专业的函授课，平时还要复习英语自学考试（因为没有学士学位在职研究生就拿不到硕士学位，而自学考试是拿学位最快的一种方式）。在那3年里，我几乎挖掘出了我的全部学习潜能。不仅拿到了法律和国际贸易两个大专毕业证，还拿到了英语本科毕业证并获得了学士学位。当然，其中的艰辛与痛苦也是一般人所难以体会的，因为大量记忆而导致的神经衰弱令我几乎每日都难以入睡，不得不服用安眠药物以防因睡眠差而影响第二天的学习。因此，我将其称为"苦其心志"的3年。

2000年，我参加全国研究生统一招生考试，终于正式地走入大学，开始了法学研究之路。我的人生道路也开始逐渐由坎坷慢慢走向平坦。研究生毕业后留校任教，第二年赴日留学，在日本近4年的时间里，不仅在自己的研究领域得到了一定的收获，而且也结识了不少日本朋友。日本朋友对我无私的帮助，使我在日本仅用1年的时间就通过了日语考试一级，也为后来的研究奠定了基础。借本书出版之际，希望能够让大家了解一个较为真实的日本和日本人。虽然中日两国之间在政治上存在严重的分歧和矛盾，但这并不应该影响两国人民的民间交往和友好关系。

2013年，人生过半的我又举家迁来首都，重新开始另一番打拼。

如今的我，虽然顶着"博士"的头衔，却丝毫不敢以博士自居。记得我原单位——河北经贸大学的一位校长对我的评价是"为人过于低调"。是的，我的确很低调。尽管熟悉两门外语，尽管拥有"海归博士"的光环，可是，从基层一步一步走来的我，从内心中感到自己没有任何高调的资本。因为这些年来的努力和奋斗，使我深知今天的来之不易。比起中专的同学们，我是幸运的，因为我的每一份努力都得到了预期的收获；比起那些顺利考入大学的同龄人，比起法学同行们，我还差得很远。我依然只是蜗居在京城一隅的普通一员，无从高调。我将一直走在学习的路上，不敢懈怠。

时光飞逝，回首青春时那些飞扬的文字，不觉之间已经走过了20多年。感谢一路陪伴我走来的家人、老师和朋友们。你们的帮助和鼓励是我前进的动力。也感谢我的女儿王笑樱，你的出生，给全家带来了无限的快乐和希望。但愿这本书能成为妈妈留给你的精神财富！

缘浅缘深、缘来缘去，一切尽在不言中！

沐 鑫